归藏图

郭敖 / 著

天津人民出版社

图书在版编目（CIP）数据

归藏图 ：引渡人 / 郭敖著. -- 天津 ：天津人民出版社，2018.4

ISBN 978-7-201-13051-4

Ⅰ.①归… Ⅱ.①郭… Ⅲ.①科学幻想小说－中国－当代 Ⅳ.①I247.5

中国版本图书馆CIP数据核字（2018）第056195号

归藏图：引渡人

GUI CANG TU ：YIN DU REN

郭 敖 著

出　　版　天津人民出版社

出 版 人　黄　沛

出　　址　天津市和平区西康路35号康岳大厦

邮政编码　300051

邮购电话　（022）23332469

网　　址　http://www.tjrmcbs.com

电子邮箱　tjrmcbs@126.com

责任编辑　王昊静

策划编辑　李　艳

特约编辑　王三石

装帧设计　仙　境

印　　刷　北京凯达印务有限公司

经　　销　新华书店

开　　本　700×990毫米　1/16

印　　张　20

字　　数　300千字

版次印次　2018年4月第1版　2018年4月第1次印刷

定　　价　42.00 元

版权所有　侵权必究

图书如出现印装质量问题，请致电联系调换（0316-8863998）

我是一个魔术师，这是现代人对这个职业的称呼，在某一年某一个国度里的某一天醒来。这个世界每天都在变化，有些东西却始终没变，如果时间对我或者我们失去了意义，它就只是一个长久的冷笑话，这个笑话冷得跟我的身体一样，没有任何温度。

目录

楔子

在这样的一个年代里，容易让人忘记年月，那时候岁月足够长，时间足够慢，全神贯注地做一件事情可以足够认真，认真到一辈子只做一件事情。父亲是一个老实人，我见到他的时候不多。父亲说祖祖辈辈都知道一件事情：没有踏出过家门，永远不知道自己的卑微，生活是讨来的，老天给饭吃才能生存，对一切万物都应该心存敬畏。

伤痕累累地走过岁月，即便血肉模糊，依然能够坦然地微笑面对。成就我们的不是那些光鲜亮丽的身份，而往往是那些抹不去的伤口。用我祖母的话说，生活就是麦场，苞米地，玉米糊糊和热炕头。

我叫陈尘，我的祖母是十里八村著名的湿婆子，小到孩子出生起名，给孩子叫魂儿、治病，大到红白喜事，调解夫妻矛盾、兄弟斗殴，无处不见她的身影。我出生就没有见过我的爷爷，父亲母亲不愿意继承祖母的衣钵，违背了老陈家的祖训，那时候父亲认为巫师为蛊，故为巫蛊，蛊惑人心的事儿属于装神弄鬼、招摇撞骗，为此与祖母争吵了很多年，最后父亲离家出走，跟一个戏班子闯江湖。父亲走后，祖母便强迫我背诵一些拗口的词句，辨识祖上传下来的一本龙图，多年以后，我才知道一个鲜为人知的词汇：巫者。

年幼的时候，总有小伙伴在林场地里尾随祖母并呼喊着“老巫婆”或者是“湿婆子”，这些我不能更熟悉的称呼。很多年以后，我才明白它的含义。

巫者贯穿了上下五千年的历史。

祖母去世的第二年，父亲回来了。父亲对祖母的仇恨没有得到缓解，父亲一把火烧了家里与巫术相关的祖母的所有遗物，包括祖上传下来的那几卷龙图。那天父亲看着火光，眼睛里闪烁着泪花。从此那些陪伴了我十多年的称呼随着祖母的离世，一去不复返，它在我的印象里平凡得像所有的职业一样，在我的生命中存在过。但受父亲的影响，招摇撞骗四个字深深地烙在了我童年的阴影中，不可触碰，父亲在阳面，祖母便在阴面，她努力地把真相藏匿在黑暗之中。祖母活着的时候经常念叨，藏起秘密的代价就是要忍受孤独，不会有人理解众目睽睽之下的那种孤寂与落寞，错就错在它牵引出了一个令人疯狂的秘密。

我们降生在时间的洪流中，不快，不慢，不早，不迟。正如时间本身，我们无法改变它，只能义无反顾地前进。死亡是生命的终结，在历史的长河中，形形色色的人匆匆走过，每个人都在走向同一个终点，走向最终的死亡，而我在这条路上迷失了。每个人来到这个世界上都带着枷锁，它根深蒂固地植入于血液、基因，即便逃脱了家门，逃脱了村庄，逃脱了阶级，逃脱了世俗，终究还是逃脱不了命运。

祖母去世没几年，我的身体状况越来越糟糕，隔着窗子看着身边的玩伴戏耍，我能够感觉到我们之间是不一样的。我整天咳嗽不止，有时候会咳出血来，父亲说这只是先天性的肺炎，母亲杀了鸡，取了新鲜的苦胆汁儿让我一口喝下，那种苦涩难以想象，然后母亲拿颗糖果塞进我嘴里，抱着我哄我睡觉，说一会儿就好了，睡醒了就没事儿了。

父亲把这一切归咎到祖母身上：就不该再碰那些东西，造了孽，就要还，现世现报在孙子身上。后来我才知道爷爷的死也和这件事情有关。

我一直不知道父亲在逃避什么。在我模糊的记忆里，所有的成长是从远离故乡开始，我从小体弱多病，脉象怪异，六岁时依然口不能言。我小的时候生活在狭窄、潮湿、孤寂的沉默中，郎中断言我十二岁之后还活着一定就是奇迹！父母变卖了所有的家产，带着我四处寻访名医，中药、西药都吃了个遍依然无济于事，药石无医。后来祖母的一个朋友有天找来，他是一位私塾里的老者，据说他曾翻阅过的一本古书中恰有记载，在川蜀、滇南一带曾经流传过一些古老的禁术——祈禳古法。这偶然的一个决定，让我触碰到这个世界上最邪恶的文明禁忌，这个世界上很多禁忌是生命不可触碰的，即便这些禁忌可以带来一线生机。这一线生机却被我父亲牢记于心，尝试着逾越禁忌的界线，而奇迹对我而言显得太陌生、太遥远。这个奇迹来得无声无息，过于漫长，我甚至不知道它是何时来临的，却又于何时陷我于另外一个永无止境的厄运中。而这都已经是很久以前的事情了，久到我甚至忘记了时间的界限。

这只是一切的开始。

生活在这个世界上，你或许对它从来都一无所知。

这个世界上每天都在发生着光怪陆离的事情。同样的一条街道，同样一群人，同样一张面孔，可是每个人看到的未必一样。同样的一些事情，在不同的时代、不同的故事中扮演着同样的角色，它们藏匿在历史的背后操纵着一切。真相往往藏在你最容易忽略的盲点中，那些你经常挂在嘴边却永远不会相信的传说里。

序章　巫术师

十二岁那年，那时我们正在距离家乡千里之外的路上，我们是在老佛爷薨了的那年出来的，已经足足三个年头。出来得太久，一路颠沛流离，母亲在路途中身染重病去世，父亲带着我继续在川蜀和滇南的交界处寻医。铁路被封锁，全国都在闹运动，我和父亲只能靠着双腿步行入川，这也是我们老陈家第一次踏入关内，听我的祖父说皇帝大兴文字狱，尽毁民间遗书，祖上因为几卷图文受到株连，举家被发配到关东，不得踏足关内一步，此次求医，父亲一路上靠卖艺维持生计，人称“跑江湖”的，又叫杂耍。

父亲说从宋朝到清朝都兴这个，这是老祖宗传下来的老手艺活儿，北平的天桥、南京的夫子庙、上海的徐家汇、开封的相国寺等等，繁荣景象今非昔比。马戏、魔术、评书、相声、唱戏、杂技、算卦、相面、卖药石等等，把式齐全，汇集处那叫一个热闹。到了清朝的末年，更多的手艺人流离失所。茶肆酒楼，我们已经很久没有见到过熟人，四周都是陌生的面孔。偶尔街头巷子里遇到街坊四邻，父亲都会强颜欢笑地招呼上一句：言之为江，口之为湖，为人长者为江，为人宽者为湖，人即是江湖。

若有人问：这江湖有多重？那便知道是自己人，答上一句：四斤，十三两，五钱，五厘。这是江湖行话，按照先秦十六进位制的古秤，十六两为一市斤，刚好是“半斤八两”的意思，表达彼此虚心谦让，不相上下，是一个笼统的量词。世风日下，骗术披上了传统文化的外衣，骗子逐渐地抹黑了江湖，南北骗术迥异，各成派别，殃及了江湖上的手艺人。

我亲眼见过有人拿父亲寻开心，接话茬儿问：“这缺斤短两，低三下四的行当，称得了什么？能算个什么东西？”

人群中一位满头银发的老婆婆佝偻着身躯，牵了一个小女孩走出来，反问道：“称得了骨，算得了命，占卜生死，祈禳天运，亦可算任何东西。”

那人恼羞成怒，龇牙咧嘴地想动手，凶恶地指着老人说：“你算什么东西？”

“老媪就是一路人，见不得好人被欺负。”自称老媪的婆婆摸了摸身边小女孩的额头，笑看着周围的人。

天空顿时风沙阵阵，阴霾四起，父亲听她提到祈禳之法，心中大喜，凝视着眼前的老媪。

她在小女孩的牵引下从人群中走过。这位老媪瞳孔混沌，仿佛蒙了一层轻纱，她走到我面前停顿了一会儿，无神的眼珠透露出一股寒意，我不寒而栗，她面容木讷，不露声色地摇了摇头。

我跟父亲立即追了上去。

她感慨地说：“这世道要变了，这世界也要变天儿了。”

这世道变了，这天儿是什么时候开始变的呢？清末时局动荡，各地都有暴动事件发生，学生们放下课本走出了教室，一切都失去了秩序。因为暴雨成灾，灾民为了生计开始大面积地迁徙。乱世之中，生命贱于草芥，武汉、南京、陕西、河南谣言四起。

有人说当一个时代谣言风靡之时就是动荡变革的前兆，当这些谣言一个一个成了真，这个国家、这个民族就真的病了。

那天我们尾随着老媪走了好久，一路上走走停停，父亲也没敢上去搭讪。这一路上遇到几个衣着朴素的人，每个人背着沉重的包裹，眼睛里闪烁着异样的亮光，那种看人的眼神令人生寒。他们身上散发出一股阴寒的土腥气，夹杂着硫黄和木炭的混合味，一个年轻人不小心掉出一把铲子，铲头圆锥形，我还没有来得及细看，父亲就冲着他们讪讪一笑，一把摁住我的头，拉扯着我向前走，过了一会儿才低声说："这附近一定有人墓将现，别惹事儿，是淘沙官。"

我当时并没有多问上一句淘沙官是什么官，听到淘沙官三个字，老媪的脚步停留了片刻，我依偎在父亲的怀抱中，疾步追赶了上去。

直到滇南地区，郊外一处幽静的草棚外，老媪突然停住脚步，转身面对我立了良久。我不确定她是不是在看我，她空洞而冰冷的眼光看得我寒意刺骨！在她核桃般的脸上，那双眼睛竟然蒙了一层白绸一样的东西。她身边的小女孩儿扯了扯她的衣角，老媪一动不动，愁眉不展，她仰头对天空喃喃低语，都是一些我们听不懂的词，而后一脸疑惑地继续面向我，叹息道："这娃子身上处处透着邪性。"

父亲拉扯着让我给老媪跪下求婆婆救命。我拖着疲惫的身躯，无力地祈求。父亲报了我的生辰八字，讲了一遍事情的原委。

老媪咳嗽了一声，说："算起来，这娃子早就命数已尽，何故还活在这世间？"

父亲和我一同长跪不起，祈求老媪。老媪见我们不肯离开，无奈地说："我一个行之将死的山野老婆子，哪里懂得行医制药的道理，何况自古生死有命，岂可得而禳之。”她佝偻着身躯，缓慢地挪进了屋子，冲着门外喊了一声“姜儿”让小女孩关门进屋。我和父亲长跪数日，老媪开始的时候试着驱赶我们，见我们执拗不肯离开也就作罢。

有一天暴风骤雨突然而至，在泥泞中那简陋的草棚纹丝不动，小女孩儿从屋子里探出来小脑袋张望。暴雨在傍晚的时候渐渐停歇，我的身体已经和泥土、冰冷的雨水混为一体，刺骨潮湿的寒冷使我全身麻木，没有知觉。

老媪突然慌张地走出草屋，对着天空口中念念有词：“天石已至，客星倍明，主星幽隐，星象互易，相辅列曜，斗转星移。你命中三魂有缺，七魄不全。天象既已如此，也罢，你身属异数，算得上缘分。我有一古法可以一试，若有缘点得了七星古灯，兴许能有一线生机，也只能看你的造化。”

那年的彗星异常亮，星孛入于北斗，位于北斗西南，吐芒丈余，群星皆暗。老百姓口耳相传“彗星现，朝代变”。

老媪在院子里摆放了祭物，院子周遭布置了屏障，在我身边放了七盏青铜古灯，院落四周外布了四十九盏小灯，内安本命青铜盏一尊。三国时期，诸葛孔明曾用这祈禳古法，借三魂、追七魄，试以逆天改命。可惜天时未到，诸葛亮强点这七星古灯，向天借命，致使天时地利人和尽失。

老媪讲完了这古法的来历，停顿了一下看着我说：“七日内，若这灯灭，你必死无疑。”

父亲不知所措地看着老媪，又忧心忡忡地看着我。小女孩和老媪不约而同地望向我，就像是在告别。

我说：“我自小体寒多病，邪气侵扰下早已脉绝。承蒙婆婆搭手相救，若得生机，定当感激不尽。”

俗话说独阳不生，孤阴不长，阴阳互换，五行移转。这七星青铜古灯一旦点燃，凝聚冤魂戾气，开启移星换斗的祈禳之术，便没有了退路，稍有差池便回天乏术。

老媪说着在我四周按照宫位摆放祭器，诵念几句，点燃了七星青铜古灯。灯芯处燃起一团蓝光，火光青而不热，胜于蓝。四周一片漆黑里氤氲着一层青色的光晕，青光弥漫在空气中，与星空中的彗星相呼应。

头几日，这灯光就像凝固了一般，林子四周连鸟兽似乎都绝迹了。我心如止水，身体和空气好像已融为一体。在第七日，这青铜古灯里的火光开始微微地闪烁，我隐约从黑夜里的空中看到了光。

突然间风雨飘摇，院子外传出嘈杂的人声。一行人与父亲一番争执，过了一会儿后，撕打的声音不绝于耳。

很久以后我才知道，那时正逢革命，扫除封建迷信，湘江一带的民众最先开展了去巫行动。那天一行人冲到庭院内一番抢砸，一把火烧了草棚。我的父亲以封建迷信，被鬼神怪力所迷惑的罪名被五花大绑游街示众，在寨子中和乡绅一起绑上了示众台。后来父亲、老媪和小女孩儿都不知所踪，下落不明，那潦草的告别，竟然是我和父亲的永别。

凌乱的脚步声踏过泥泞，火把照亮了整个茅舍，嘈杂的抢砸声由远及近。那天夜里有人踢倒了青铜古灯。突然一声震耳欲聋的声响，地动山摇，整个世界仿佛被颠倒了过来。我在昏厥前最后看到的景象是：彗星划过天际，流星雨弥漫在整个星空中，波澜壮阔。而无数的岩石、冰雹散落下来。很久以后我在国家图书馆里看到相关记载，那年的彗星几欲撞上地球，散落的陨石划破大气层，造成了前所未见的流星雨。天文局记载，那是猎户座史上最大、最壮阔的流星雨。

我忘记沉睡了多久，在孤独的黑暗中我才发现原来自己如此的懦弱、胆小，我感到前所未有的害怕，父亲讲过的“人生而卑微”，再次萦绕在我的耳边，人和虫蚁之间本无区别。我的身体在发生着细小的变化，等到冰冷的四肢恢复知觉的时候，我的整个身体都浸泡在泥水中，四周一片狼藉。

东方晨光熹微，一觉醒来，这个世界改变了。

学生们走出了课堂，工人、农民都放下了工具和锄头，铁路、衙门口站满了熙攘的人群。

我沿街寻找失散的父亲，听闻前几天一个崇尚封建迷信的巫者在众目睽睽之下被众人殴打致死，挫骨扬灰。我在混乱的案发现场找到了父亲几件零碎的遗物，我更愿意相信是父亲在慌乱中遗失了这些随身的物件。

大清国没了，所有人都在一股脑地忙着革命。多出来了一个叫总统的人，有人断言九五之位颠而倒之，灾难马上就要来临。

就在彗星离开的那一天，突然下起了暴雨，电闪雷鸣、地动山摇。那天晚上我们所处的巫镇发生了一件诡异的事情，镇上一百七十五个村民凭空地消失了！蒸发在人们的视野里，好像从来都没有存在过，而我是唯一幸存下来的人。

越来越多奇怪的人一夜之间齐聚在这个名不见经传的小镇上，此时这个小镇只剩下死一样的寂静，小镇里的一切还停留在最后一刻，吊脚楼里的烟叶、蚕丝都还没有来得及收拾，碗里的粥、榻上掀开的被子似乎还有余温，狗都没有来得及吠叫，小镇上的居民却一瞬间诡异地集体消失了。

一个人消失了那叫失踪，如果所有人都在一瞬间消失了，这事儿背后可能就是一场阴谋。这件事情惹得街谈巷议，大家讳莫如深，最后沉默对待，不了了之。

那天早上，第一缕阳光洒在小镇的青石板路上，嘈杂的脚步声震耳欲聋，我从芦苇席子下醒来，小镇上突然乌泱乌泱的全是人，穿着形形色色的军人制服，中药铺子里的掌柜老袁最先探出了头，我躲进了中药铺子里，老袁指着街道上的人说你看那旗帜，是德国人。他的女儿在德国留学，书本上就有这样的旗帜，还有昨天晚上来的日本人，都齐聚在这个偏远的小镇里。看来这小镇要出大事，老袁的断言是准确的，最先抵达的是红毛鬼子，他们在小镇四周安营扎寨，勘察了两天，一些人带着几箱东西乘坐火车返回省城。湘江一带的军队第二天晚上赶到，迅速清场、封锁了整个小镇。沙俄政府自从年初要求争取扩大在华权益和活动范围，越来越多的俄国人活跃在湘江、川蜀一带。英兵率领两千人入侵滇南西部地区，进驻小镇废墟。

傍晚的时候，几个衣衫褴褛的中年人急匆匆地抬着一个受伤的年轻人，冲进了中药铺子里，各个灰头土脸的，褴褛的衣衫上血渍斑驳，尾随在身后的老人拿着洛阳铲、黑炸药，警惕地环顾四周。进屋后便紧闭了房门，老人有鹰一般的眼睛，犀利地注视着一切，痛心疾首地盯着地上的年轻人。年轻人受了枪伤，血渍染红了裤脚，中年人用一把刀抵在老袁的脖子上，老袁这辈子从来没有见过枪伤，手足无措。老者夺过了中年人手中的刀，扔在地上，训斥说任何时候，在任何地方，规矩还是要讲的。说完一脸歉意地看着老袁，中年人愤愤不平地用刀指了指我，叫我小鬼，让我过去帮忙。年轻人疼得满头大汗，不停地呻吟。

老袁双手都在颤抖，唯唯诺诺地问：“几位爷是？”

一个中年人厉声说："别问，问多了，得死。"

老袁用镊子和弯刀挖开了弹孔，取出了子弹，年轻人已经昏死过去，老袁取了百草霜、花椒、雄黄、麻油搅拌均匀，将一层油脂的东西外敷，装了一小瓶备用，老袁叮嘱早晚各擦拭一次，半月后便好了。拿着洛阳铲的老人不动声色地点了点头，中年人的手臂上隐约露出一只燕子的文身，他放下一锭金子，拱手告别。

他们离开了，老袁这才舒缓了一口气，又去看桌子上的那锭金子。这些是河南洛阳来的"淘沙官"，连"旧时王谢堂前燕"的淘沙官李三爷都出面了，这次不是明面儿上的事儿。

这是我第二次听到"淘沙官"这个名称，我疑惑地看着老袁，不知道他为何清楚这些事儿，老袁感慨地说年轻的时候也干过这个捞偏门儿的行当，这李三爷又被称为燕子爷，身轻如燕，出入帝王大墓如履平地，近代河南安阳，洛阳，广汉几座大墓都被他勘过点儿、滤过坑。老袁不解，这李三爷绝迹江湖三十余载，多次有人传言他早死于一座先秦的大墓中，这次出现在名不见经传的巫镇，看样子洛阳李家是倾巢而出了，实在令人匪夷所思。

说到"燕王"李家，自唐宋以来便活跃在历史上，北宋以后转为低调作风，最后的记载中李家掌管宋朝的"淘沙官"机构，"淘沙官"也是中国历史上唯一正式被载入史册的军方盗墓机构，隶属于皇家直系管理，盗掘历史上的帝王大墓。这淘沙官的总长官，又被戏称为"燕王"，活跃在历史最黑暗的一面里，唯一的一次例外，在众目睽睽之下盗掘荒坟古冢，这个机构登堂入室，在北宋浮出水面，载入史书，行事规则的迥异引发了淘沙官内部派系的分裂，南宋时期机构的权力中心发生的分歧日益加剧，军方高层与皇室之间暗流涌动，淘沙官裂变出南北两派，洛阳燕王李家就是北派的掌门人，与南派长沙刘氏家族分庭抗礼，泾渭分明。

老袁猜测这受伤的少年，应该就是李家的少爷，别说有生之年亲眼见到李家如此狼狈，就是从前听都没有听闻过。老袁祈祷这个小镇千万别再出什么变故，巫镇再也经不起折腾，这世间难得的便是孤独和安宁，这两个是老天给你最好的礼物，那一刻，你与上天站在一起。

老袁曾无数次救济我过活，偶尔给些破旧的衣物，让我不至于风餐露宿，我便住在他中药铺子的杂货间里，偶尔端茶递水，打打下手。老袁抽着烟袋，看着熙攘的人群，感慨地说这偏僻一隅片刻的宁静怕是要被打破了。

果然没过几日，有人说巫镇中心塌陷出一处天坑，天坑深不见底，直通酆都鬼城，镇子就是地府的大门。整个小镇周围弥漫着迷雾，如同黑夜一般被笼罩着。民众讲得绘声绘色，那一夜鬼哭狼嚎、人喧马嘶，还有人听到了龙吟声，这镇子上的人都一股脑地被厉鬼勾去了，活不见人死不见尸，都被拉进了阴曹地府里。

民众煞有其事地说，这一定是受到了诅咒，遭到了天谴，据说巫婆都不是善茬，能通灵鬼神，这也是清扫巫者运动时候留下的孽障，巫婆搬了阴兵前来索命。这些传言搞得人心惶惶，人人自危，总结出来的结论是大家都会死，都会消失。解铃还须系铃人，一些人提议请其他巫者来家中作法，解救大家，祈求平安，有人蓦然记起来，最后一个巫者已经被大家伙齐心协力给打死了。当场就有几个人吓得抱头痛哭。

中药铺子在午夜的时候突然传来一阵急促的敲门声，老袁迷糊着眼去开门，我们就在不经意之间，没有来得及揉开惺忪的睡眼之际，迎来了一个不速之客。敲门的年轻人满脸是血、衣衫褴褛，门打开的一瞬间就瘫倒在了老袁的怀里。

我到柴房烧了热水，帮他擦干净脸上的血渍，那张蓬头垢面的脸渐渐露出原来的轮廓，这个伤痕累累的少年，就是前段时间来铺子里的李家少爷，他腿上的伤口还在流血，满头大汗，攥紧了拳头，恐惧占据了他整个人，伤口的疼痛使他呓语不止，老袁给他敷上药才安稳地睡下。

第二天醒来我们才知道，淘沙官李家一门全折进了黑洞中的古墓里。提及这事，李家少爷瞬间面容失色。老袁觉得难以置信："李三爷他……"

李家少爷痛苦地抱着头蹲在角落里。看着他全身伤痕累累，老袁不忍心再问，他一直把自己关在杂货间的角落里，一个月没有踏出过房门。我每日送饭给他，时间久了才知道他叫李沌，是李三爷的孙子，这是第一次踏出远门，与爷爷和父亲到滇南刨红薯，这次翻肉粽的途中被人当了活种，爷爷舍命相救，自己才得以逃脱，一行人惨死在墓中成了地仙儿。

老袁听完骇了一脑门子冷汗，他解释说，你有所不知，这些都是盗墓这一行的黑话儿，虽然南北有些差异，大抵上意思相同，这行最怕被人当了"活种"。在地下干活本就凶险万分，空气稀薄，机关暗器重重，有些人见财起意，起了内讧动了杀机，抑或分账不均的时候，想做掉同伴，就叫"栽活种"，被谋害的人死在了墓里，也就成了"地仙儿"，残忍的不是死亡，不是惊悚可怖的肉粽，而是在背后动刀子的往往是你最信任的人。

李沌一直抱头痛哭，祈求老袁："三爷死的时候，让我来中药铺子里找您，说您一定会帮助我。"

老袁意味深长地点了点头，讲到这些的时候老袁深有体会。老袁儿次冲澡的时候，我看到他身上的伤疤宛若鬼画符，他也经历过林林总总的事，都已不愿意再去回忆。老袁脸色黯淡下来，安慰他说："行家就是行家！我以为这么多年已经散去了身上的土腥味儿，我和李三爷不过一面之缘，他一眼就看出咱们是同行，可惜没有缘分。一朝踏入江湖路，终生再无回头时。你三爷和父亲虽然不在了，江湖还在。既然李老爷子看得起袁某，临危托孤，你别怕，好好养伤，放心在这里住下。"

我们不知道那天夜里究竟发生了什么，无法想象李家淘沙一门遭遇了什么样凶险的状况，老袁是懂规矩的人，从来不多问一句话。江湖就是刀尖舔血，脑袋挎在裤腰带上的行当，讲的是一个规矩，除此之外一切都不成章法，毫无底线，别的再无可说，如果规矩再坏了，事儿就没法办了。事情办不成所有人要面临的就不再是规矩，而是生存。规矩是老祖宗定下来的，在老袁眼里老祖宗比命重要。

我和李沌算是沦落到异乡的患难兄弟，李沌的处境和心情我完全可以理解，彼此同病相怜，父亲虽然生死未卜，我也从来都没有放弃过寻找他，老袁一再告诫我们，禁止接近巫镇塌陷出来的天坑，但每到夜半三更，我和李沌都会偷偷溜出去。塌陷的天坑有两三公里，天坑的四周都是废墟，一眼望去深不见底，深渊中传出来阵阵的龙吟声，洞壁上有荧光涌动。李沌逃亡的那天慌不择路，我们找了一个礼拜，在废墟中才找到一个一米宽的盗洞，沿着盗洞下探了十几米，遇到大面积坍塌，盗洞尽头被人为破坏得很严重，乱石掩埋，一些石块上依稀可以看到黑火药爆破后残留下来的痕迹，洞穴里的爆炸是在李沌逃出后发生的，在内部人为引爆，应该是李家人做的，这玉石俱焚、同归于尽的做法，做得干脆利落。

那年的夏天特别长，到了末伏已经是九月份，天气干燥，人心躁动。

所有人都在干同一件事情，甚至以此为职业，就是闹革命！在这个活见鬼的年代，每个人都疲于生存，为了活下去而奔波，一个久远的时代画上了句号。我们趁乱，几次下探到盗洞中，盗洞被堵得结结实实，水泄不通，我们试着一块一块石头向外搬运，李沌想寻回李三爷、父亲以及叔伯们的尸体，李三爷是讲究人，一大把年纪命丧他乡，不应该是老人家的归宿，即便确认了李三爷已经逝世，也要叶落归根，找回尸体好运回洛阳入殓。我们搬了一月有余，在一个深夜里突然盗洞再次塌方，李沌刚刚愈合的腿再次被砸成了重伤，看着自己的辛勤努力，面对大自然无济于事，李沌在盗洞里痛哭流涕，我们在黑暗的废墟里度过了我十二岁的生日，当凌晨的钟声敲起，我依然还苟延残喘地活着。

我们几次在深夜里偷偷跑出去，有几次旧伤未愈，又添新伤，我扶着李沌回到铺子里，天已经蒙蒙亮，蹑手蹑脚地悄悄推门进来，老袁就坐在铺子中间的太师椅上，我们溜过铺子的大堂，他咳嗽了两声，厉声说："等养好了伤，你们还是走吧。"

我和李沌吓了一跳，两个人跌倒在地上，祈求他让我们留下来。老袁毅然决然地说："不懂得惜命的人，不值得同情。"李沌的腿骨折成了两节，在草塌上躺足了两个月，老袁细心照料他，说这娃子的腿可能保不住了，即便愈合后也会是一个跛子，李沌强忍疼痛，他依然心系古冢里三爷、父亲和叔伯们，不知道他们下落如何，是否还有人生还，即便是尸体也要重回故土。

李沌慢慢地可以扶着墙勉强走上几步，我做了一副拐杖给他，他在地上狠狠摔过几次跟头，半年后才能独立行走。

一天早上，天坑的废墟上突然站满了附近围观的村民，一些村民们在洞穴旁发现了散落的零星甲骨，最早的时候是孩子们发现的，后来村民去废墟中寻宝，发现这些甲骨异常大，有人猜测是大象或者鲸鱼的骨头，更有可能是上古恐龙的骨头。我也多次去凑热闹，在光天化日之下，望向深渊依然阴森恐怖，我在废墟边缘捡起过一块甲骨，是一块褪色的骨头，皮表暗黄，上边刻画着几个残缺不全的符文，我拿回铺子。老袁第一次见到这些甲骨的时候，摘下眼镜啧啧称奇。根据他的经验，这些甲骨并不属于任何一种骨科类物质，密度之高类似于青铜，成分却与青铜器皿迥异，以前从来没有见过类似的金属，材质更像是青铜器的一部分。上边奇形怪状的图纹看不清轮廓，根据细节拼凑出来的样子，没有人认识，这些符文的轮廓犹如蝌蚪，亦如相形，和失落已久的河洛文化相近却又不同，除了符号没有任何文字，更无法判断。一些学者试着在《山海经》中寻找类似的鸟兽相关的图腾。

英兵在黑洞附近挖掘出一些奇形怪状的青铜器皿，那天在岩壁上发现了很多失落的符文，消息传开，迅速地吸引了所有人，外国人再次汇集于此。一只美国考古队，夜以继日地抄写拓绘岩壁上的图文符号，几个美国人用巧克力置换村民手中的甲骨。第二年，这些拓片由一个美国牧师带回太平洋的彼岸。然而这些拓片带来的是接连不断的怪事，当年的工作人员都诡异地失踪或暴毙，这些人死亡的共同点就是都被人活生生地挖去了眼睛，死状惨不忍睹。之后这些拓片被一分为二，一部分被烧毁，一部分遗失。而这些仿佛带着诅咒的拓片被称为“死亡的符文”。

后来这件事情被一个英国的古籍收藏者桑格斯基听闻消息，他痴迷于有关死亡与诅咒的古籍，他是第一个来到巫镇的外国商人，带来了糖果、巧克力，还有一台照相机，给镇子上的孩子们拍照，以物换物或者高价收购居民手中的甲骨。这来不及整理的甲骨碎片随着史上最豪华的巨轮在北大西洋撞上了冰山，永远沉没在冰冷的海水中。多年后另一部分残缺不全的图文手稿，辗转出现在耶鲁大学的图书馆里。手稿里大部分的拓片内容在抄写的过程中遗失，在整理的过程中被涂改、翻译、修订，早已经失去原有的样子。

那一年，很多附近的村民都陆续搬出了小镇，据说隔壁的巫镇已经完全被黑洞吞噬，黑洞里常年发出奇怪的声响，阴森恐怖！每到半夜里虎啸、龙吟不绝于耳，村民们传言这地府里的怪物呼之欲出。隔三岔五的，驻地新军就来收缴村民捡到的零星甲骨，直到有一天，英兵从黑洞中抬出一具又一具的尸骨，我和李沌一具一具尸体地查看，有些尸骨已经腐烂得看不清原来的样子，李沌每看一具尸体，都试着从衣物，轮廓上寻找熟悉的样子，那种杂乱的心情无以复加，一方面想找到亲人，另一方面又拒绝接受这样的结果。老袁看着我们坐立难安，想不到可以安慰的话，也没有再赶我们出去。

每天都有新的消息传出来，有人说在地下的洞穴中发现了一座遗失的古城，村民们说那是阴曹地府的鬼城，传闻说得绘声绘色，恐惧让镇上的村民越来越少，留下来的村民到了傍晚都紧闭大门，天还没黑，镇子上已寥无人迹。

这巫镇附近的村民几乎绝迹，镇子上的疯子冲着过往的官兵大喊：“你们触碰了神的秘密，这是被禁止的文明，灾难来了，谁都逃不掉！”

那天夜里，镇子上的狗吠了一个通宵，我和李沌趴在窗户上，看到一队外国军人在半夜里装了几卡车神秘货物，向西离开。多年后我看到记载，那天英军在撤退途中，于土耳其地界上一千多人的军队集体失踪，就像从这个世界上蒸发了一样，没有了任何踪迹。

民国四年，巫镇的黑洞在一场大地震中被掩埋，那场地震空前巨大，摧毁了一切，让一切归于一片废墟，李沌在废墟中找到了一把燕子标识的洛阳铲。最终废墟上又长满了植被，渐渐地被人遗忘。

我始终都没有找到我的父亲，老媪和那个小女孩儿也从我的生命中蒸发了。老袁的中医铺子在地震中被夷为平地，老袁捡回了几样铺子里的东西以及一块牌匾，分别给我和李沌准备了些干粮，他女儿来信给他，让他出国一起生活，我们短暂的一个小家庭瞬间分崩离析。我的成人礼便是，在这个世界上不再信任任何人，在老袁离开巫镇的前一个礼拜，我也离开了这片土地。我就像一叶扁舟，漂泊在陌生的人海中。在这个糟糕的时代里，孤独让我成了我，无助让生命变得更坚强，希望让生活变得没有想象中那么艰辛。

我和李沌分道扬镳，他二叔没来巫镇，而是带了一支队伍前往甘肃一带，李沌带着那把洛阳铲想西去探寻二叔的下落。我和李沌的辞别很简单，我们都没有回头，只是简单地挥别。

西出阳关，再无故人。

简单的几个词句，无尽的辛酸在贫瘠而遥远的路途中渐渐褪去，看着迷茫的前路，我只能硬着头皮走下去，在灼心的烈日下独自前行，或者终将有一日，我们能在别处再次相遇。不过，这一别就是十几年。

我即将步入而立之年，辗转流离到北平，靠父亲传下来的技艺的一些皮毛，成了一名魔术师，这小把戏让我勉强度日，不至于沦落街头。

我第一次见到周沫，是在北平大学的门口，她一身中式旗袍，眨着眼睛一动不动地看我在表演魔术。由于经常出没在北平大学的校园里，我结识了第一位忘年之交韩欲教授，他带历史系的学生，鼻尖上顶着一副高度近视镜，头发花白，眨着一双小眼睛，摘下眼镜基本上就是一个瞎子。

那天午后，我像往常一样来接周沫放学。初次相遇，韩欲用一种怪异的眼神看着我，那眼神透过厚厚的镜片仍然锋利得像刀子一样，让人感到毛骨悚然。

他揉了揉眼睛，问我："是你？我真不敢相信自己的眼睛。"

我看了看他那双快要瞎了的眼睛，我说："我也不敢相信你的眼睛。"

"我们认识？"我补充地问。在确认我完全不认识他的情况下，他龇着两排淡黄色的牙齿，笑得全身都在颤抖。

我们相见恨晚，一见如故，聊了一下午，无话不说。从军阀割据到政治立场，最后聊到他的专业学科。他一直痴迷于滇南一带十几年前发生的一件事情，一个小镇塌陷出天坑，底下惊现遗失的古城。这事情过去了这么多年，韩欲一直在暗中调查，依据收集到的资料，他试着把那些甲骨上的符文拼凑成残章，在《归藏》《连山》《周易》三本天书中找到了极为相似的词句，这些词句贯穿于三大奇书，追根溯源文明的起源出自《河图》《洛书》，他十几年如一日钻研其间，虽有些进展却始终不得其精华，苦于资料太少，哀叹没有机会目睹当年出土的文物和符文。当年介入相关事件的人竟然全部消失得无影无踪，相当诡异，仅存的文献资料只有寥寥几笔，根本无法获取深度有用的信息。

那天在他的研究室里，韩欲郁郁寡欢地盯着那些符文，这些甲骨上的符文让他完全陷入迷雾中，这些符文和图书馆里的版本书籍所载内容大相径庭，或许年代比河洛文化更早，案台上摆放着几卷复刻的资料，看着那些眼花缭乱的文字，我试探着打乱顺序摆列这些甲骨上的符文，有些符文跟我幼年时祖母让我背诵的龙图很相似，这些残卷过多的遗失，又无从确认是否类同，参照河图洛书的矩阵，相互融为一体，河图归藏于洛书之中，洛书归藏于河图之内，二者合而为一，就像一张图，蓦然发现这些打乱的符文中，暗藏着一些秩序，似文似图，交替错乱地排序后，形似山川河流，稍有调整一切随着变动而变动，灯光下灿若星空，一切秘密的重点在于一个“藏”字，韩欲从某一个维度看到桌子上凌乱的字符，拍案惊奇地说：“对了！全对了！世人只知有归藏，却不知有归藏图。”

韩欲教授开了瓶红酒，手舞足蹈，贪婪地捧着那些甲骨，视若珍宝，呼吸着它们的气味，豪情万丈地说，这就是遗失的文明，神的禁忌。

那天晚上我们喝到天空破晓，我们都酩酊大醉，不省人事。

韩欲找到了研究的方向以后，进入了一种痴狂的状态，很长一段时间神魂颠倒，自言自语，顺着这些线索追查下去，韩欲却慢慢接近崩溃，有一天韩欲神秘兮兮地在我耳边低声细语道：“目前有一只无形的手在操纵着这一切，这个世界也是由少数的几个家族在操纵着，他们渗入到每一个行业，每一个角落，当年巫镇的事情据说跟日本人有关，他们为了抢夺文物，活埋、暗杀了很多人，怕引起风波，用障眼法假借鬼神怪力之说，蛊惑众人，混淆视听。”

韩欲发现有特务已经渗透到北平大学，政府秘密逮捕了几个特工，查获到日本近期有一批在西南地区装箱的文物要秘密运往东北，具体时间和线路尚不明确。

8月初的一天，韩欲突然收到了一个包裹，包裹里是一张字条和一片甲骨。韩欲教授把自己关在房间里，废寝忘食地研究符文，一个礼拜后他突然消失了。周沫拿了一张字条给我，字条上写着：

尘：

如果，有一天我消失了，那一定是因为我触碰了神的禁忌，这一切终将被大地吞噬，最终尘归尘，土归土。

勿念

韩欲

1931 年 8 月 3 日

一个月后，我借着中德文化交流巡演的机会与周沫一同前往了欧洲。回国前一天，《每日邮报》刊登了日本关东军炮轰沈阳北大营，理由是铁道“守备队”炸毁沈阳柳条湖附近日本修筑的南满铁路轨道。

我有一种不祥的预感，一些可怕的事情正在发生，这个认知几乎让我溺亡在恐惧之中。恐惧占据了我身体里的每一寸肌肤，灌入我的口耳眼鼻，包裹了我身体里每一粒细胞，这种无休止的恐惧似乎才刚刚开始。

临行前，一个黑人塞给我一张字条，什么话都没有说。

字条上是一个地址：伦敦西郊的 Portobello 市集。

在巷子深处有一家不起眼的古董店，店铺的门脸不大，隔着窗户我看到一个人佝偻着身子，头发花白，形影相吊，是我在国内的故人。我认识他的时候，他还在国内经营中药铺子。我推门进去，头顶上的铃铛响个不停，声音清脆，算算他今年已经八十多岁。很久后他才发现有人进店，蹒跚着走过来，也许是眼睛花了，他一时没有认出我来。

他张罗着向我们介绍店里的宝贝，开始以为我们是日本人，用日语寒暄，周沫用中文问候他，看是老乡，他更加兴奋，把货物一件一件地拿出来。看我们听得索然无趣，话说到一半就停住了，直到我叫出了他的名字：“老袁，袁城！”

听到这个名字，他似乎不敢确认，愣在了那里用疑惑的眼神看着我。过了良久，才颤巍巍地举起已如枯槁的手指，热泪盈眶地说：“是你……”我点了点头。

他跌跌撞撞地走过来，抱住我，说：“好，真好！”

我们坐下来喝了杯茶，听他说这些年的颠沛流离。清政府被推翻后，战火连绵，他几次往返于国内外。等到了民国获得了暂时的太平后想回去看看，突然发现自己再也走不动了。说话的时候，袁城老泪横流，多年的漂泊和压抑让他无法自制，哭起来全身都在颤抖，我们最后一直听他在哭。因为要赶火车，我们便匆忙向他告辞，走的时候他要送我们一件礼物，拿了一份镇店的北宋字画。

周沫觉得礼物太贵重，婉言相拒，他执意说：“我老了，这些东西生不带来，死不带去，你们带走了我倒是安心了。”

我紧锁眉头，问他有没有见过一个叫韩欲的中国人，他想了良久，突然眼睛中放出异样的光芒，随即从怀里拿出了一块玉觿。玉觿沾染了血迹，没有任何装饰，色泽朴实无华，玉觿的环壁上是两条浮雕的龙，嘴如鸟喙。手感虽说温润，表层却布满了不规则的圈圈点点，凹凸不平，一眼看去已经千疮百孔，如果形状不是一块玉觿，肯定被人认作是一块普通的石头。

他说：“半个月前，一个人慌慌张张地闯进来，满脸都是血，手里握着这块玉觿，说如果有人来找韩欲，就把这个东西交给他。”

我不知道韩欲为什么要冒着生命危险把这个东西交给我，我又追问他去了哪里，老袁说不知道，韩欲走得很仓促，根本没有给他问问题的机会。

袁城那双混浊的瞳孔突然发出一丝异样的亮光，摆了摆手，又是一阵叹息，声音已经沙哑，叹息地说："我想应该就是你，他让我带句话给你，'逃，不要找我，销毁跟那件事相关的所有资料。'"

我头皮一阵发麻，心中一凉。这既然是韩欲留给我的东西，他所说的"那件事"一定指的是巫镇的那件事情，可是他为什么又要留下这只玉觿给我呢？

我和老袁依依不舍地惜别，直到我们消失在街角，他依然茕茕孑立地守望着，这次仓促的会面也是我们最后一次相见。

走出这条街，我似乎感觉到有一双眼睛在注视着我，我攥紧了手中的玉觿，和周沫快步前行。回到酒店，我们的房间已经被翻得横七竖八，衣物凌乱不堪地散落在地上，我转身拉着周沫立即离开，一路上舟车劳顿，回到北平的时候已经深秋。

到达京奉铁路正阳门东站，我们租了一辆黄包车，刚一出站几个衣衫褴褛的小乞丐蜂拥而至，围在车子左右跟着跑出十几米。

我一生中发挥得最好的魔术，便是博得了周沫的芳心，一生中最幸运的事情便是娶了她做妻子。魔术给不了任何答案，只是提出无穷无尽的问题，在阳光下吹出一个个五彩缤纷的泡泡，就像凭空开出的花，而这一段爱情便是结出的最好的果实。

回到北平大学，还是迟了一步。韩欲教授的研究所燃起了熊熊大火，一切都付之一炬。学院里的解释是没有人纵火，属于自燃火源。研究室的图文资料、甲骨、笔记在大火中都化为灰烬，我们趁乱逃走，躲在一个小胡同的四合院里，等待风波平息。期间我们四处托人，多方打探韩欲教授的消息。

1934 年的夏末，很多事情变得微妙起来，日子过得如履薄冰，一些事实和真相扑朔迷离，谣言四起，真假难辨。民间传言，日军在辽东营口一带准备装箱运往关东的一批物资被苏联军队截获，德军的先遣小队也不期而遇地参与进来。为了抢夺这批物资，在暴雨中连日激战，地方警力、驻地官兵以演习为借口，与潜伏的特务交火，第二天一具数十米长的龙骨残骸惊现在世人面前，日本在华的秘密被公之于世。南京政府迅速接手此事，军方和媒体利用封建迷信炮制成了坠龙事件，顿时震惊了世界。

这件事情虽很快被封锁，却引起了全世界对中国的古老文明以及华夏大地的考古热。各国人士先后多次深入中国腹地，在西部地区秘密探寻失落的神之禁忌，寻找“地球轴心”。

我和周沫多处辗转，四个月后徒步渡过长江，日军空袭的飞机整日盘旋在城市的上空，我们像蟑螂鼠蚁一样整月躲在暗无天日的防空洞中。周沫在防空洞中生下了我们的女儿，长期的营养不良导致女儿偏瘦，我一直恐惧的事情还是发生了，女儿出生的时候和我一样脉象异常，肺部发育异于常人，呼吸道感染。我们带着女儿求医问路，我完全可以体会父亲当时濒临崩溃的心情。在乱世中逃不脱这诡异的命运，这可能就是我们老陈家的宿命。

我们给她起名一一，希望她这一生一世都简简单单、平安快乐地度过。

12 月初，当年挖掘文物的十三团川军秘密押运营口截获的文物，遭到日寇的围追堵截。为了躲避日寇的封锁，两千余人的军团踏入了迂回曲折犹如盘龙的青龙山中，青龙山地势险要，日寇为了夺回文物谋划了锁龙计划，六面包抄青龙山。

就在青龙山北麓的麒麟门附近，那支两千余人的军队和押运的文物凭空神秘地消失在人们的视野中，活不见人，死不见尸，从此杳无音信。同样的事件，一遍又一遍地发生着，究竟是哪里出了问题，这一切和巫镇的天坑事件又有什么样的联系？那些藕断丝连的头绪萦绕在我的脑海中，有些事情正在孕育着，我不知道什么时候会来，会在哪里发生。

第二个月中旬，漫天的传单和硝烟战火让每一个人都很不安。我抱着一一，牵着周沫的手在战火中逃亡，为了祈求平安，我们把身上唯一的物件——那枚玉觿贴身佩戴在一一身上，希望她能够在这个乱世中健康平安地长大。此时任何地方都已经成为战地，城市、公路、旷野、城镇、医院、学校等等，无处幸免！只有不断地行走，才能有生存的机会。

我脱去了捡来的军大衣，衣服是从一具农民的尸体上扒下来的，也不知道辗转了多少个主人，衣领、袖口上都已经露出被油污浸染的棉絮，在呼啸的风中我为周沫和女儿披上。我们坐在漫天烽火的湖畔，没有烟火只有硝烟，满天的火光照映在我们的脸上，雷鸣般的轰炸机在头顶掠过。

看着熟睡的女儿，周沫憧憬着未来，仅存的希望依然让幸福洋溢在她脸上。

她憧憬着说：“在最好的时光遇见你，在最差的时代希望也能陪你走过，如果不能生活在和平年代，我们一家人能够在一起就是我最大的愿望。看着女儿一天天地长大，与你同生共死，这就是我一生做得最棒的事情。”

我的眼眶被泪水湿润，哽咽地说：“我一定会带你们回家。”

此时，家在哪里我完全不知道，路就在脚下，没有人知道通往何方。

疲惫地跟着人群随波逐流，我们的方向没有人能做主，唯一的信念就是活下去。对于懵懂的一一，她甚至不知道家是什么，只知道那是一个安全、平凡而又温暖的地方。

一一四岁前一直跟着我们辗转流离，身体每况愈下，看着女儿的身形日益消瘦，周沫总会暗自哭泣，无数次觉得这样的日子扛不下去了。过着居无定所的日子，一一眼中的这个世界，本来就硝烟弥漫，她早已习以为常，以为这个世界似乎原本就是这个样子。久而久之就不再害怕轰鸣的炮火声，不再对硝烟的味道过敏，而这一切都成为我们生活中的一部分。每到一个地方，长则一年半载短则三五日，我们不断地寻找着新的陌生的地方，只求能遮风避雨。直到某一天，周沫的眼泪被风吹干后再也没有流淌出新的，污渍斑驳的脸上被麻木取代。

最难熬的就是不知道哪里才是终点，周沫苍白的脸上伤痕累累。

日军空袭的飞机从我们头顶上掠过，炸得到处硝烟弥漫、黄土飞扬。我们在逃亡的途中，一一和我们失散在人群中，我和周沫仔细翻看沿路的尸体，找遍了每个角落都没有找到一一的踪影，那天不知所措的周沫蓬头垢面地走在人群中，像失了魂魄一样大声叫喊着一一的名字。她踉跄地在慌乱的人群中逆流而上，往返走了十几公里，直到嗓子哑了发不出声音，嘴唇、脸上干皮迭起层层附加。我们在附近找了三个多月，周沫最终神情恍惚，认不出我了，也不知道自己身处何方，一直呢喃着一一的名字。

过往的难民说这年头卖儿卖女的事每天都在发生，我们的女儿怕是被别人抱了去。

我们沿路从豫东找到浙江，杳无音讯。所到之处，城市已经沦为废墟，每天都看到有人死去。周沫的精神彻底崩溃了，最后她已经忘记了自己在寻找什么，只记得一个名字，一一。每天不断地重复着这个名字。

有一天，日军再次空袭，我们和三百多个难民躲在防空洞中，她从防空洞中跑了出去，站在山丘上的墙垛中，她突然记了起来，冲着飞机大喊：“你们有没有见到我的女儿？她叫一一，一一不见了，我的女儿不见了！”

炮弹像出巢的马蜂一样从空中洒落下来，炸烂了墙垛，我闪身出去抱她下来，被震得耳朵嗡鸣，我们立即被尘土所掩盖。等我们从土里爬出来，我抱起她躲进防空洞，防空洞外昏天暗地，地毯式的轰炸整整持续了一个下午，傍晚的时候才有人陆续地走出去。

第二天，有些难民开始有局部淋巴结肿痛、化脓的现象，然后大面积寒战、高烧、头痛，迅速进入恶心、皮肤瘀斑、出血，神志不清，谵妄或昏迷的状态。那天夜里突然死了很多人，有人学过西医，帮忙诊断救护，根据他们死前高度发绀，皮肤常呈黑紫色的体征，断定是令人闻风色变的黑死病。周沫身上也发现了一些疱疹，伴随着咳嗽、吐痰等症状。我四处探访寻医，整个城市里尸体遍布在路边，后来大夫也接二连三地死去。

第三天，整个镇上的人陆续都死去了，周沫的病情也急剧恶化，吐出大量鲜红色的血痰，脓包下有淋漓的血痕，伤口惨不忍睹。

那天下午，四处传来消息，惨剧是东北日军一个细菌部队投毒造成的，很多战线的士兵也遭遇不测，伤亡惨重。我已经失去了女儿，不能再失去周沫！我在城外找了一个独轮车，小心翼翼地把周沫抱到车子上，推着车子一路北上，试着为周沫治病。

周沫渐渐恢复了神志，看到所有人都死了只有我还在她身边，她泣不成声地骂了我一顿。我从来没见过她发这么大脾气，她训斥我赶紧离开，让我去逃命。她奄奄一息地整理鬓角的头发和衣角，微微翘起嘴角，气若游丝地问我："把衣服都弄脏了，头发一定都乱了。"

我眼睛里含着泪水，抱着她说："好看，你什么样子都好看，永远是最美的。"

她剧烈地咳嗽，嘴角喷出血来，我擦干净她嘴角的血渍。

她躺在我怀里，说："我可能再也见不到女儿了，答应我，有生之年一定要找到她，她平平安安地度过这一生，我就知足了。"

我紧握着她的手，说："你一定会亲眼看见她。"

突然下了大雨，雨线击穿了大地，落在枯黄的草丛中，干裂的大地上扬起尘土。我脱下军大衣，为她披上遮挡雨水。远处几辆装载着军人的车子向我们开来，汽车咯吱咯吱地在泥泞中晃动着，泥巴飞溅到马路两旁。我放下周沫，跑过去拦住车辆，车子风尘仆仆地停下。几个军人走下来看了我一眼就把我拖拽到车上。我挣扎地看着独轮车上的周沫，周沫最后留给我的是一瞥淡淡的微笑。我试着求他们救救周沫，被抽了两个耳光，在漫天的尘土中，我看着爱人渐渐远去却无能为力，周沫最终变为一个黑点，彻底地消失在我的视野中。

我被强制抓去服了兵役，与生死未卜的周沫失散在这个战火纷飞的年代中。这仓促的离别，我们甚至没有来得及说一句话，此生便再也未见。

我每天都像行尸走肉一样失魂落魄地活着，不知不觉地会哭、会笑，口中默念着周沫和一一的名字，那些流离失所、四处避难的场景都成了最珍贵美好的回忆。

这场混乱的服役生涯比逃难也好不到哪儿去。每一天每一秒都觉得可能熬不到明天，每天都会梦到周沫，梦到一一，醒来的时候看着自己还在喘气，又多出些许失落。很长一段时间，我都希望自己能在战场上死掉，心中却尚有一丝挂念，女儿这会儿应该又在哪里？命运来临的时候，你会突然发现，最脆弱的就是生命，最勇敢的就是生存下去的决心。

在豫中会战的时候，我们连队在安阳被敌军伏击，一路溃败，战火依然在炙热地烘烤着大地，侥幸存活下来的几个战友犹如惊弓之鸟，我们撤入了深山之中，在溶洞和繁茂的古树上睡觉，半夜里经常被野猪和一些动物惊扰。

活见鬼的是，那天夜里一阵撕心裂肺的哭喊声从林子深处传来，忽远忽近，分不清是男是女。我们警惕地组织反击攻势，这鬼哭狼嚎的声音让人毛骨悚然，一个战友拿着枪扫射，说看到了几个迅捷的鬼影，虚无缥缈地出现在林子中。在我们的四面八方都是哭喊声，我却连一个人影都看不到，或许我们出现了幻觉，这哭声也许是风吹过树梢的声音，连队里的一个小同志精神恍惚，抱着头跪倒在地上，在崩溃的边缘，突然调转了枪口对准我们，环顾四周破口大骂：别再装神弄鬼，哪怕是阎王老子，今儿也要出来拼个你死我活。

四周的哭声戛然而止，片刻之后那哭声突然变成了尖锐的笑声，笑声就像刀子在刮玻璃。我们面面相觑，同时想到了一件事情，这他娘的是鬼在笑吗？那凌厉的笑声充斥在我们耳边，耳膜欲裂，全身犹如触电一般起满了鸡皮疙瘩，我们围成一个圆圈，顿时林子里火光四溅，枪声响成一片，我们打光了最后一粒子弹，奄奄一息地躺在一棵榕树下，那种绝望无法想象，战斗持续了三个小时，筋疲力尽，战斗的结果是我们压根儿就不知道敌人是谁。

那个笑声一直都在持续，并没有停下来的意思，笑声越来越近，越来越尖锐，就像在我们的耳边狞笑，无孔不入地钻进脑子里。

我们锐挫望绝之际，心想日本鬼子的坦克大炮都没有轰死我们，却在这小阴沟里翻了船，栽在这荒无人烟的深山老林，无人问津地埋骨于此，倒不如轰轰烈烈地血肉相搏，死在战场上。突然一株耀眼的强光照射过来，我们眼前人影绰绰，突然一个伟岸的身影站在我面前，那身影一瘸一拐，挡住了光线，过了良久，他突然大喊了一声："陈尘？老陈！"

这个声音很熟悉，我侧过脑袋，想看清他的面孔，他拿出手电照在脸上，在那阴森恐怖的灯光下，我依然没有看清楚是谁，他走过来抱住我，我再三辨认，那张面孔有些熟悉，似曾相识，他揽着我的手臂上有一只燕子的文身，这是淘沙官洛阳李家的标识，我恍然大悟、喜出望外地说："李沌！"

我们久别重逢，我如释重负拉着他："刚才是你们在装神弄鬼？"

李沌也是一愣，疑惑地问："我们是听到枪声才过来的，你说的装什么神？弄什么鬼？"

我说："不是你们装神弄鬼？"

李沌一脸茫然地看着我，完全不知道我在说什么。

我脸色一沉，有一种不祥的预感，说："那就可能真的有鬼！"

我刚说完，那个尖锐的声音再次响起，有哭，有笑，比刚才更密集。我痛苦地捂住耳朵，我的战友也一脸惊惧，李沌他们却没有受到丝毫的影响，瞠目结舌地看着我们。我痛苦不堪："难道你们什么都没有听到吗？"

李沌侧着耳朵聆听，听了一会儿什么也没有听到，反问："我们应该听到什么吗？"

几架日本的侦察机从我们头顶掠过，那个尖锐刺耳的声音源逐渐减弱，几架飞机分别发射出高、中、低频的强振幅声呐探测声波，李沌仰望着头顶上的侦察机，日本人用声呐侦测附近山脉里的矿田和军事部署。这已经是这个月的第十六次了，日本的侦察机每隔一天都会来一次，有时候一天回来两次，让李沌困惑的是这种声波人体一般不会感应到的，不知道我们为什么会有如此强烈的反应。

第二天，日军的一个团驻扎进深山之中，一路围剿走散了的连队散兵，为了逃避日军的围捕，李沌和他二叔以及其他失散的连队战友一同躲进附近一处阴暗潮湿的古墓，日军在古墓的入口处炸了三天，没有找到墓道，第四天才稍消停，李沌和他二叔组织了几个年轻的战士，从古墓内部驾轻就熟地反打了一个盗洞，绕过日军的军营，去打探地面上日军的情况，我们从盗洞中看到日本人的营地，勘探仪器一应俱全，我们看到的情形和预想的有些出入，几个日本军人穿着防化服，在爆破的坑洞里进行地质勘探，最外围有日本的军人把守，方圆几千米内围成了一个包围圈，李沌一脸困惑地看着眼前的一切，疑惑地问：“他们不是来围剿我们的！”

我说：“这帮孙子是闲得慌吗？”

李沌的二叔探出头去观察了一会儿，说：“这些是防化兵，不是作战部队。”

一个女军官拿着一份地图，观望四周的山脉，几个士兵走过去敬礼，声音太小我们没有听得太清楚，只听到“福冈大佐”，比画着眼前的山脉走势，几个士兵搬了几箱炸药，分布在古墓所在的四周。李沌回过头跟我们说：“这帮鬼子是为了古墓来的。”

我们刚说完，一阵急促的爆炸声连绵不绝，灰尘和石块再次埋没了我们的盗洞，第四天爆破的声音足足炸了五六个小时，我们在古墓中依稀可以感觉到震动，爆破声震耳欲聋，古墓的椁室四周用柏木堆垒成的题凑型框架崩塌下来，我们从古墓的偏房一路逃至正藏椁室，墓室里的青石板危若累卵，粉尘四处掉落，快要崩塌，最终分别躲进陪葬室的棺材里以及正藏椁室中，才得以幸存。

漆黑的棺材里除了发霉的恶臭，便是无尽的黑暗，李沌和我躺在同一具棺材里，我问李沌这些年去了哪里，自滇南一别好生想念。李沌当年去甘肃颠沛流离地找了半年有余，一路漂泊回到洛阳，二叔得知李三爷一行人葬身于巫镇的古冢之中，觉得这一切难以置信，又去了一趟巫镇，地震之后的巫镇荡然无存，一片荒草萋萋，找了一个多月毫无收获，回到洛阳后将李沌带回的洛阳铲葬于李三爷的墓中，抱憾至今，抗日战争爆发以后，洛阳李家最初带领当地的民众加入到保家护国的队伍中去，得益于地利人和，在豫中会战中打起了游击。我们在漆黑的棺材中不知道躺了多久，听到爆破声停歇，等我们再次从棺材里爬出来时，古墓的内部建筑已经崩塌得很严重，完全变了样子，几处地方燃着火苗，所有的壁画、陪葬品都付之一炬，各个蓬头垢面，很难认清脸上的轮廓，我们有几个战友被坍塌的石块砸中，一个来不及避让的战友逝世，多人负伤。

我帮战友简单地包扎了伤口，捡回一些干粮充饥，又等了半晌，没有再听到爆破的声音，看着受伤的战友，我们不能再坐以待毙，谋划了几个反击的方案，我和李沌带一队人引开地面上的日军，让二叔掩护受伤的战友从后方伺机逃离，我们冲出古墓的时候，看到了惨不忍睹的一幕，日军的尸体身首异处地挂在几颗古树上，尸体被撕裂成多块，血肉模糊，死状惨绝人寰，我们最初看到的日军部队已经撤离，一些损坏的设备被遗弃在地上，军营的帐篷还点着火。看来他们撤退得很匆忙，来不及收敛尸体和设备，可以说是丢盔弃甲，不知道那天他们究竟炸出来了什么东西，搞得自己这么狼狈，引火烧身。李沌在灰烬中捡起一份档案残片，隐约还可以看到“防疫给水部队”的字样。

我从李沌的手中接过来看了一眼，百思不得其解：“他们究竟在寻找什么？”

李沌看着尸横遍野的日本人，无奈地摊开双手，说：“鬼知道！”

生命的起源从一瞥野心开始，坚韧、无畏、野性、残暴，生存的原则本就狂野，连呼吸都带着一丝血腥，野性就是它原有的味道，没有人知道这个世界究竟怎么了。看着燃烧的战火，我们从古墓中逃出来以后，怕再次遭遇伏击，我们在李沌和二叔的带领下，没有从原来的道路返回，而是选择了一条艰辛的道路，穿过了深山老林。我们每天都穿梭在崇山峻岭之中，繁茂的千年古木攀坡蔓生，耸立在天际之间绵延不绝，四季青翠的枝丫遮掩住阳光，有光泄进来照射在一缕薄薄的雾霭上，萦绕在波光粼粼的沼泽中，从地面望去，头顶一片泛白。我们搀扶着负伤的战友试着穿越这片丛林，周围扑鼻的恶臭让人感到恶心，苍蝇、蚊虫在眼前环绕，每走出一步都深陷在泥潭里，泥巴裹着裤腿，深一脚浅一脚地艰难前进，走了三天才走出那片林区，弹尽粮绝之际找到了下山的小路，一座横卧在山脚下的村庄。绝境逢生的时候，我们的兴奋和喜悦并没有维持太久，几架日军的93式轰炸机呼啸而过，山脚下的城镇已经一片火海，民房燃烧着，倒塌的房屋下掩埋着尸体，流离失所的难民四散而逃，孩子趴在母亲的尸体上哭喊着。我们掩护着人群撤离，轰炸机群再次飞来是在三个多小时后的下午。这次投递下来的不是炸弹，而是漫天飞舞的传单以及粉末状的物质。

当天夜里，开始有人倒下，我们都以为是脱水，身体虚弱。后来倒下的人越来越多，连队里的战友也开始倒下。第二天早晨，第一缕阳光照射下来，我们得以看清，倒下的战士的皮肤溃烂得厉害。我感觉到目眩、呕吐，身上起了红疹，天亮的时候日军的飞机再次前来勘探，扔下了几枚炸弹。炸弹就在我的耳边炸开，我的耳朵一阵嗡鸣，倒下来的一刻我看到班长的身影也倒了下去，身体伴随着尘土被炸得四分五裂。隐约听到有人在喊我的名字，陈尘，不要丢下我。好像是班长的声音，又好像是周沫，又或者是一一？如果没有经历过战争，你永远都不会懂，美好的事物都多么的简单，我所向往的美好的一切，比如阳光、空气、健康、温暖、食物、亲人、爱人、朋友，都那么遥不可及，一切平凡的向往都成了奢望。

在这一刻我就像一个被抛弃的孩子，终于也丢掉了自己，独自面对着无尽的黑暗和深渊，一个人孤独地离开。我面带着微笑，看着这个残酷而冰冷的世界，渐渐地失去了知觉……那些不可思议的残酷画面，没有人愿意再去回想，或许也根本不会有人知道，不会有人记起，而我们却身在其中。

也许是上天眷顾，我醒来的时候躺在医护营帐中。我是在撕心裂肺的疼痛中醒来，四周有很多负伤的战友，但没有侦察班的战友。

我努力坐起来，李沌就坐在我的身边，我问："他们呢？"

李沌红着眼睛，没有说话，医护人员走过来，用沉默回答了我。

那天日军两次空袭、一次细菌投放，所有人都死了，而我是唯一幸存下来的人。

无休止的战争，似乎永不完结。

四月上旬，我们被派往许昌，受命修建霸王城附近黄河铁桥。敌军的坦克履带碾压过这片荒芜的土地，扬起漫天的黄土，炮火声连绵百里，弹片撕空。两个月的时间，豫中会战死伤惨重，惨烈的战火点燃了河畔、大地，照亮了天空。黄河两岸，尸体堆积如山，黄色的河水混着大量的血液，把河流染成了深褐色。我所在的数个集团军也被歼灭，我和李沌，以及两千多名战友沦为战俘。

六月底我和二百余名体格健壮的战友被运往哈尔滨，被关进哈尔滨郊区几座平房区。一个战俘营里关的有苏联、朝鲜和中国的战俘，被他们称为“原木”或者“马鲁他”。

战俘营在半地下的几个房间里，一扇小窗子可以看到忙碌的脚步和穿着医护服的日本士兵，潮湿阴暗的战俘营里，每天都会有人被带出去，却从来没有人回来过，也会有一些新的面孔被送进来，甚至有些还是孩子。一些消息在战俘中传开，这是日军一处负责实验和生产细菌武器的研究所，进行鼠疫、伤寒、霍乱、炭疽等细菌和毒气活体实验。我想起妻子周沫患病的惨状，身体一点一点地腐烂，我每晚都会做着同样的梦，伴着梦中呓语，也总会梦到我的女儿一一，梦中看到她们的一颦一笑。

一个新来的女军官给我们训话，这个女人正是我们那天在古墓外看到的“福冈大佐”，她说我们都生病了需要治疗，要求我们配合救护，大抵上的意思就是他们会竭尽全力地来帮助我们。这些鬼话我们都心知肚明，相信这些话的人，都成了鬼。

战争让一切都变得戏剧化，现实摆在每个人面前，让人不可置信。所有人都在期盼着，有一天这一切能画上句号，而这一天什么时候到来，却没有人知道。久而久之，人们从排斥到适应，最终变成一种习惯，对未来的恐惧已经成为颠沛流离的生活中的一部分。最初还会有人问为什么，试着找出答案，可事实上很多问题抛出来始终都无法解决，答案也从来都无法用准确来衡量。冥冥中似乎一切都早已经安排好，我们被摆布的命运随着时间冷却，一个又一个的人离开，陌生的脸孔又走进来。

我们每一分每一秒都在通往一个叫未来的地方。我们的未来在方寸之间之外，夜间可以透过窗子看到微弱的星光。最初，被俘虏的战友之间会谈论家乡的妻儿父母，憧憬着未来，后来却只剩下沉默。在战争年代谈论明天是很奢侈的，活着就是最幸运的事情了。

在三天前，我们的起居依旧，伙食逐渐得到改善，在限定的时间内可以有自由的活动空间，在日军严密看管下健身，绕着操场跑步，李沌一瘸一拐地跟在我身后，最初还能跑上几步，最后腿肿得厉害，连走都走不上来了。我们的状况看上去似乎有所改善，但这恰恰才是噩梦的开始。在这里，最初我们有所抗拒，时间久了，剩下来的人都选择了服从命令，谁又不是呢？我们渐渐地学会了服从，只能服从。没有命令甚至不知道该如何生存，如何活着。

一天夜里，李沌突然抓住我的手，摸出一枚青铜印，绝望地说："我可能走不出这里了，有一档子事儿我想跟你说。如果有朝一日，你能离开这里，到洛阳李家把这个交给我儿子，这是淘沙印，虽不是什么贵重物件，也是我们李家祖上传下来的，传到我这儿算是白瞎了，给儿子留个念想，不要跟他说他的爸爸很没用，死得这么窝囊。我出门的时候他才八个月，现在应该会叫爸爸了，可惜我听不到了。"

我把青铜印放回他手里，我知道他很害怕，害怕死在这不见天日的牢笼里，我说："你必须要活着走出这里，你们老李家祖上传下来的物件，必须要由你亲手传给你儿子。"

李沌万念俱灰，攥紧了手中的淘沙印，无奈地摇了摇头，他快熬不下去了，身体恶化得很厉害，很快便不能再下床。

一切尊严和尊重都是自己争取的，是自己把自己当作工具，士兵服从士官，下级在服从上级，员工在服从老板，演员在朗诵剧本，音乐在既定的旋律之上，谁又会尊重一个工具？最可怕的就是模式一旦进入，就无法出来。在这里，我们只是一个工具。

有一段时间我们的生活节奏被加快了，李沌病情严重，被单独隔离治疗，在他被带走的第二天，我和几个身体强壮的战友最先被带到一间密闭室内，赤裸上半身。有一些异样刺鼻的空气弥漫在四周，片刻，那种气味越来越浓，我们吸入大量的刺鼻气体，全身像火在燃烧，疼得几欲昏厥，五脏六腑渐渐麻痹，身体摇摇欲坠。战友一个一个倒下，我的视线渐渐模糊，似乎看到了周沫牵着一一的手，从我身边擦肩而过，回头冲着我微笑、挥手。我无法动弹，最终狠狠地摔倒在地上。

我第一次醒来的时候躺在一张病床上，身边传来痛苦的呻吟声。几个同伴脸上、手臂上伤痕累累，皮肤溃烂，血迹染红了被单，他们在病床上挣扎，瞳孔里布满了血丝。有几个人已经死去，被戴着面罩的士兵抬了出去，空气里弥漫着防腐剂的味道。我隐约感到几个穿着白色防护服的人来看过我，深夜我的呼吸会变得不稳定，有时候格外急促，有时候气若游丝。我的身体痉挛成一团，煎熬地度过每一分每一秒。

不知道过了多少个昼夜，我恢复了意识。当我醒来，一个女军官站在房间的角落里，气定神闲地看着我，几个穿白色大褂的医生围了上来，他们手臂上藏匿着同样符号的文身，看不清全貌，只能看到一些棱角。我的视线模糊，他们翻看我的瞳孔，几个人用日语说了几句，把我从简陋的病房里抬了出去，绕过阶梯转移到地下的一间秘密病房。四周都是玻璃质的隔离间，一个戴着眼镜的女医生全身上下地打量我，用手电照射我的瞳孔、口腔、耳朵、鼻子……我身上的那些毁坏性的创伤，有一些正在愈合。几个医生散开，一个日本军官走过去向她汇报，女医生是一个军官，名叫福冈亚美，他们用日语简单对话，夹带蹩脚的中文，大概意思是，我是这次细菌实验中唯一活下来的人，让人费解的是，我身体内所有的抗体细胞都源自病毒，抗体与病毒相互排斥却又相互依存。

那个叫福冈亚美的女人好奇地盯着我，我的血样被放置在溶剂瓶中。时间一分一秒地过去，我躺在监控室内，像一只小白鼠，等待着最后的宿命和生命的终结。我的身体却在发生着悄无声息的变化，体温在慢慢地褪去，实验室里几次亮起了警示灯，几个人手忙脚乱地翻动我的身体，而我就像一个旁观者一样，无能为力，动弹不得。

福冈亚美盯着我的时候面带笑意，她对我似乎青睐有加，确认了奄奄一息的我还有生命迹象才舒缓了一口气，她嗅了嗅我汗迹斑驳的肌肤，鼻尖微搐，在我耳边轻声地说了一句："你身上有一种神秘的味道。"

一个士兵恭恭敬敬地走进来，拿着两份急件。翻看文件的时候，福冈亚美秀眉微蹙思索了一会儿，在一份德文、日文的 1 号"卍"字绝密文件上签字。事后这又被称为"X"工程计划，哈尔滨便是"X"站的十三个据点之一。

我被转送到另一间实验室，在耀眼的白炽灯下，布满了仪器的手术台边站着几个早已经准备好的医生，瓶瓶罐罐的药水和血清注射到我的身体里。顷刻之余，我的身体内部像一团火一样燃烧，我清晰地感知到周遭的一切，水滴声、喘息声、仪器表、蝉鸣……传入我的脑海。那团火燃烧着，遍及全身，很多数字在我眼前浮动，清晰地计算着，如血液循环全身一周大概需要 25 秒，以每秒 60 米的速度在流淌，时速 216 千米。我一生的热能和激情似乎在这一刻全部被点燃，又化成灰烬。我暴露在空气中的肌肤灼痛难忍，撕心裂肺的疼痛很快让我的意识变得模糊，眼角淌出鲜血，身体像雾霭一样在蒸发，我喘息着，却感觉不到呼吸。周围的空气在不断地升温，我的四肢被捆绑在手术台上，身体痉挛成一团。在一阵手忙脚乱中，我又被转送到低温实验室，体温慢慢地降下来，突然机器一声鸣叫，几个人摇着头选择了放弃。

福冈亚美抓着我的身体，不愿意接受这样的结果，我听到有人在说，实验失败了。几个日本军官建议烧掉我的尸体，福冈亚美毅然决然地把我停放在实验室中。

1945 年 8 月 14 日，我几个战友的尸体一起被弃置在郊外的雪山中。

我最后的记忆是女儿一一的那张笑脸，她笑着跟我说："爸爸，我想回家。"

我的世界从此归于一片无尽的黑暗，冰冷把我包围。死亡在这个乱世之中，倒是显得多出了几分安宁、祥和。我相信，有一个温暖的地方，我爱的人在那里等着我，一缕期待的目光、一个微笑，足已温暖余生。

生命结束了，有些路还没有走完。

I 亡者归来

当我闭上眼睛，我宁愿自己已经死了，死亡是一种什么样的感觉，归结到一片黑暗。这个世界的喧嚣一点一滴地消失，逐渐地远去，时间、风沙从你的身体上划过，每一天每一刻都在发生着细小的变化，直到身体的温度消失殆尽。顷刻之间，我离开的那个世界，已经化成尘土，硝烟都已经冷却，生命虽然只有一次，历史却记住了你的某个时刻，或许，从来都没有人记起，也没有人再提及。

在战火连绵的时代，我们每天都生活在死神的阴影中，一个男人无法照顾站在他背后的女人和爱着的人们，一种揪心的无力感和愧疚缠绕在心中，撕心裂肺、痛不欲生。那些抹不去的记忆就是罪恶的毒药，一生都在回忆的折磨中苟且度日。

有人说死神的样子并不可怕，可能是最初离开的最亲近的人，在冰冷的死亡中带着一点温存。我不知道在黑暗中沉寂了多久，似乎又听到花开的声音，感觉到树木在土壤中的生命力，冻结的血液缓缓地流动着，万物复苏，斑驳的光线照射下来。

我喘息着，猛然间吸入一口空气，夹带着泥土的气息，我还活着。

最先恢复的是意识，有些模糊。身体却无法动弹，四肢已经僵化。我看着周围的一切，荒草丛生，我褴褛的衣衫和皮肤沾粘在一起，已经无法裹体。我能感觉到风、鸟鸣……一切。我的身体深陷到尘埃中，努力地用意念控制双腿、双手，却纹丝不动，张开的嘴都无法闭合，转动眼球的时候，瞳孔生硬，蓝天、白云、光线映射在双眸里，像钢针一样刺射进来，泥泞的眼泪蜿蜒地流淌着。

一天，两天，三天，我就这么躺着。我尝试着抬起手，想支撑着身体坐起来，却丝毫不能动弹。有虫蚁、蟑螂从我身体上爬过，一只老鼠在我耳边逗留，啃咬着已经腐烂的瓜果，唧唧、嘤嘤作声，在我耳边停留。一条蛇在不远处与我对峙，它猛然间扑咬过来，在我眼前一闪而过，脖颈处一阵刺痛。我感觉到血液逆流、伤口灼痛，那只蛇在我身边扭曲着身子，在地上挣扎了一会儿，一动不动地静止在草丛中。我的体温持续升温，身体内有一团火在燃烧，这团火随着时间的流逝持续降温，冷却，直至冰点。

这世间唯一的奇迹便是生命，脆弱而顽强。

泥土的气息扑鼻，我的手指弯曲，又一次触摸到湿润的大地、芬芳的青草、充满生机的空气……手指、颈部、脚踝的关节有些生硬，咯吱作声。我匍匐爬行了几十米，膝盖逐渐地可以弯曲，草尖上挂着冰珠，膝盖划过泥泞的草丛，裹满裤腿的淤泥压倒了嫩草，拉出一条蜿蜒的长线。我弓着身子前行，翻过山丘，几辆汽车风驰而过。

我醒来看到的第一幕就是大规模的候鸟迁徙，犹如狂风过境一般，终日盘旋在这个城市的上空，这个城市突然变得躁动，让人感觉到不安。冷风吹过肌肤，扑面而来都是生命的气息，走过悠长的公路，形形色色的汽车川流不息。红绿灯闪烁着，人行道上着装怪异的行人匆匆而过。

我只是打了个盹，仿佛睡了一觉整个世界都已经变了。战火熄灭了，日军、城镇、村落都不见了，这个新奇的世界对我来说很陌生，我能看到的似乎只有数字，漫天飞舞的数字在我眼前缭乱地飞舞着。我不知道这个世界究竟发生了什么，自己又错过了什么。

我突然意识到我错过了自己的时代，错过了所有的亲人，错过了本应该属于自己的人生。眼前的这个世界好奇怪，每个人都在自言自语，各自忙碌着，抑或一个人窃窃私语，低头看着手里的东西。我这个别人眼中的异类也许是唯一的正常人，这并不重要，在这个活见鬼的时代，一个疯子的话又有谁会在乎呢。

看着镜子里颓废的身躯，衣衫褴褛，眼眶红肿，眼睛里布满了血丝。看着周遭的人群，让我感觉到恐惧，我想知道自己的身体里究竟发生了什么。

整整一年，我躲在一个硕大的图书馆的角落里。图书馆里的管理员、图书的摆放位置、上班的时间节点、排班结构我都一清二楚，甚至几个常来的人每天的作息和习惯的位置，每天多了几张陌生的面孔，都在我的记忆中。我每天翻阅书籍，历史、军事、文化、艺术、科技、计算机、航天、生物、医疗等等，这一年里我从来没有放弃寻找一一的下落，如果她还活着，应该已经是七十九岁的高龄。我翻阅了所有的县志、战后的记载和这些年里的新闻图片，寻访活着的老兵，试着找出一一的线索。根本无从查起，这个世界已经发生了翻天覆地的变化。我试着在历史记载中找出那场战争前后发生的诡异事件的蛛丝马迹。我把那几起失踪事件的地理位置标注在地图上，我发现这些地点连接在一起，竟然组成了一个五芒星的神秘图案。

我时常会想，为什么我还活着，那种负罪的感觉排山倒海地压下来，让我无法喘息。

在这一年里，我感觉不到温度，冰冷的身体不会因为周遭空气的冷暖而改变。我在医疗典籍中没有找出相关的病例，中西医都没有相关的记载。我在网上看到有位教授写过一篇类似的文章，一位叫张伯伦的生物学教授在做一种病毒科研，我的病状跟他描述的有些类似。

我在电脑上检索近百年来和这个五芒星相关的讯息。五芒星一直被运用于各种宗教的教徽等标志，这些教派的活动内容涉及军事、政治、金融、文化、思想、祈祷、祭奠等仪式。在几张熟悉的面孔上，我察觉到五芒星符文为核心组织，以不同的形式频繁交替地出现在历史的舞台上。根据我所检索的关键词，一个无形的网状结构错综复杂地藏匿在生活当中，在悄无声息地运作，在我即将捕捉到关键点时，这个组织却若有若无，让我头脑发胀。

这几天，图书馆里来了一些陌生的闲人，这些人之所以是闲人，因为他们来图书馆里注意力完全不在书上，而是在寻找书籍以外的东西。一个礼拜的时间里形形色色的人接二连三地来到图书馆里，他们悄无声息地仔细观察图书馆里的每一个人，包括每个人在翻阅的书籍，整个图书馆被他们监视起来。可以确定的是他们在寻找东西，或者寻找人，还不清楚东西在哪里，寻找什么样的人。

在夜深人静的图书管里，我蜷缩在凌乱的历史书籍中整理我的搜索资料和讯息，昏昏欲睡。电脑屏幕突然闪烁，不受控制，屏幕上弹出来一个网站，是一个以五芒星为标识的叫 π 的网站。我点击进入网站，屏幕上蹦出来二进制的符号，这些符号组合起来拼接成甲骨文的形状。突然走廊里传出来凌乱的脚步声，窗外凌乱的灯光照进来，我耳边突然响起一个声音“跑！”

那个声音忽远忽近，我根本无法判断出来这个声音的来源，我打破了图书馆二楼的窗户，沿着管道逃出了图书馆。

我一口气跑出几条街道，天色朦胧，熙攘的人群开始在拥挤的大街上走向高楼耸立的写字楼，我顺着人潮保持和他们一样的步伐。汽笛声在我耳边响起，一个司机把脑袋从车窗里探出来，咒骂着说："你瞎啊！"

这个世界并没有那么友善，我躲避着人群，不敢去看行人的目光，所有人都用异样的眼光看着我，面带嘲讽、冷漠。我感到手足无措，狼狈地在人群中逃窜。走过几个街区，我在一座耸立的大厦前停下来，四周都是钢筋水泥铸造的铜墙铁壁，蓝天白云笼罩在浓郁的雾霾下，空气干燥阴冷，风很大。几个穿着制服的警察走过来，我躲在一个狭小的空间里寻求慰藉和温暖，我开始期待着那个声音何时再出现。

一个人被跳楼自杀的人砸中的概率跟遭到雷劈是一样的，百万分之一。我亲眼看见一个人从七楼跳下来的全过程，像馅饼一样啪的一声砸在了我的身上，我立即就被砸懵了。那个胖子头破血流地爬起来，兴高采烈地跑向公路，手舞足蹈，在我还没想明白这事儿有什么值得庆祝的时候，胖子就被一辆汽车撞飞了出去。几分钟后，我被几个护士抬上了救护车，目测胖子已经没有了抢救的必要，血肉已经跟电线杆粘在一块儿，想凑一副全尸都很困难，电线杆都要锯掉一半。

救护车在等待着红绿灯的过程中我似乎出现过幻觉，那些穿着白色大褂的护士让我想起了福冈亚美和那些日本的军官。四周的空气凝固，潮湿而阴暗，这一切似乎都只是幻觉，难道我自始至终都没有走出那间地狱般的实验室，难道这一切都只是一场梦？最终还是要回到残酷的现实中。

我耳边传来护士的声音："病人的呼吸微弱，需要采取急救措施。"

我的胸口被人不停地反复按压，有仪器的鸣叫声萦绕在我耳边。过了一会儿，一切都静止了，我清晰地听到一个低沉的声音，无奈地说：“伤者没有了心跳。”

一个护士突然惊呼：“他的手指还在动，伤者还有知觉。”

后来，我嗅到空气中含有次氯酸钠消毒水的气味，夹杂着戊二醛、来苏水，甚至能分辨出其中的成分比例。我躺在一个宽阔的病房内，一张床、一套桌椅，我的身上插满了管子和仪器，寂静的病房内没有多余的摆设，我的床头写着“特 6”号床。

一阵凌乱的脚步声，几个专家匆忙地走进来站在我身边，我闭上眼睛假装依然在昏迷。

一个护士勘察了所有的仪器，做了记录，几个专家啧啧称奇，品头论足地点评着。我就像一只动物园里的猴子，被人围观着。

一个戴着眼镜的老专家说：“张教授，你是在开玩笑吗？”

张教授神情紧张，认真地说：“吴教授，最初听到这个消息，我也以为是玩笑，相信所有人都跟我一样，很快就笑不出来了。”

张教授递给他一份报告，说：“救护车没到医院就已经宣布了医学死亡，经过检测，他没有心跳，在休眠的状态下新陈代谢机能却是常人的百倍，在不同气温、运动等状态下的详细报告还没有出来，甚至可能会更高……”

吴教授面带微笑摇了摇头，接过来张教授手中的医疗报告，翻看了几页报告，他那张充满了疑惑的脸上突然僵持住了。他摇着头，攒眉蹙额，依然不相信他们所说的一切，他的笑比哭还难看，手指像被眼前的这份文件烫到了，有些颤抖。他笑着说：“不可能，一定是机器出了问题。”

张教授说：“开始我们也这么认为，一定是哪里搞错了，所以这份报告是第六次复查，六次检查报告完全一致。更让人难以置信的是……”

“是什么？”吴教授问。

张教授有点儿难以启齿，面露愁容，说出来似乎怕被别人当作是神经病，他终于鼓起勇气，说：“血检结果显示，他血液里综合性复合型毒素达到了令人难以置信的密度，没有任何生命可以承载。事实上……”

“事实上他还活着……是吗？”吴教授总结说。

张教授点了点头，完善地说：“他不只还活着，而且还活了很久，他的生理年龄已经一百多岁了。”

“这玩笑开大了吧，如果我们不是三岁小孩儿，明天就让精神病院给我们预留几个床位，组团进去可能不会太寂寞。”吴教授还是觉得难以置信，嘲讽地看着他身边的这些医学专家。

张教授一脸难为情，说：“医学应该严谨，我知道这种场合不适合说这种话，就是因为认真，因为严谨，您是医学界的泰斗，学生们没有办法才连夜请您老来。”

“请我来一起开这个玩笑？”吴教授说。

他爽朗地笑出声来，病房里只有他一个人在笑，所有人都板着脸。

张教授说：“可是……”

吴教授打断了他，说：“病人只是普通的病毒性心机衰弱，这种病状很常见，没什么大不了，是你们的机器出了故障，出现了医疗失误。”

张教授更正说：“我们已经复查过，查阅了全世界近30年的案例，都没有……”

吴教授厉声说：“我说过了，只是机器出了故障。”

张教授不服，追问说：“可是您甚至还没有检查病人……”

吴教授愤怒地摔了手里的报告，怒不可遏地说：“我说过了这只是故障！”

所有人都没敢再说话，吴教授出去打了个电话，行色匆匆地离开了。

护士在一旁看着张教授，不知道该怎么办，希望张教授能给出一些建议，护士问："吴教授为什么……"

她本来想问吴教授为什么突然发火，从读书到现在，这些年来从来没有见过老教授发这么大的脾气，如此轻率地坚持毫无根据的定论，神情还这么紧张。

张教授也紧张地看向窗外，这一切都错了吗？他有些犹豫，搞错了还好，如果没有搞错，他想都不敢想，感慨地说："事态严重了。"

张教授看到散落在地上的报告，重新整理到文件夹中，让护士复印了一份准备带回家中再仔细地研究。他叮嘱护士照料好病人，谢绝任何人探访，特别是媒体。随后把复印件随手扔进了后备厢里离开。

我躺在病床上，四周突然变得很安静，走廊里的脚步声也渐渐远去，熙攘而拥挤的医院里，一瞬间似乎都人去楼空。空气仿佛凝结成一团，我感觉不到任何的呼吸、温度，剩下来的只是冰冷的钢筋水泥，坟墓一般的寂静让我感到置身于深渊之中。

一阵整齐有序的脚步声由远及近，几声简单的争吵后房门突然被推开。吴教授神情紧张地走进来，几个穿着军装的人尾随在他身后鱼贯而入。一个女护士试图制止他们进来，提示他们现在不是探访时间，但被他们推到了一边。

女护士一再提示，说："病人需要休息！现在不是探访时间，请您天亮以后再来。"

吴教授并没有理会女护士，直奔床边走去。女护士再次拉扯着他的衣角，制止他们接近病人，并试着呼叫安保人员。

女护士红润的脸颊上，学生的稚气还没有褪去，吴教授匪夷所思地看着她那张为难的脸，问：“你是新来的护士？”

女护士愣了一下，继续坚持自己的原则，说：“是的医师，医院里有规定……”

吴教授看着她胸牌上的名字，说：“杜可可，张伯伦教授是你的导师？”

那个叫杜可可的女人捋了捋头发，疑惑地看着他以及身后的几个军人，依然挡在病床前。

吴教授看她没有反应，不想再跟她争辩，无可奈何地说：“请你不要妨碍公务，这些是二处和三处的同志，从现在起病人由军方接管。”

杜可可质疑地问：“军方？哪国的军方？”

吴教授恼羞成怒地说：“你……”

一个军人面带微笑地走过来，出示了军方的证件，说：“不好意思，事态比较紧急，相关交接手续还在办理中。”

门外等候的几个军人走进来，四个人负责转移我，给我打了一针镇静剂。另一些人整理了和我相关的所有资料，血样、诊断记录、X 光片等，销毁了所有的复印件，注销了入院记录。在几个军医的护理下，我被他们紧急转送到一辆军用 ICU 医护车上，车子缓缓地开动，我不知道要开往哪里，我身边所有人的表情都很严肃，车里的气氛很紧张。

车子驶出市区，明显感觉加快了速度。天空中突然下起了大雨，雨滴噼里啪啦地砸在车顶上，从车窗上蜿蜒地流淌下来。车子突然停靠在路边，一个军官走过来敬礼，前方的道路被泥石流阻断无法通行，抢险工作还在进行，大概明天中午才可以完成。吴教授焦躁地让他们找空中支援，士官有所为难，看着天空，雨幕中可见度不足十米，这样的雷雨天气，直升机都没办法起飞。唯一的办法是从一百多公里外的国道绕行，于是车队调转了车头，一行人开往国道。

车子的远光灯照进雨帘中被雨水反射回来，照得眼睛生痛。在等待红绿灯的过程中，突然一盏大灯照耀着，窗外仿佛白昼。我听到了车子加速的声音，时间、速度、距离、力度等几个数字闪烁在我脑海里，在六秒钟后会有一次撞击，我试着挣扎，用双手护住头和颈椎。接踵而至的是猛烈的撞击声，不及掩耳之际整辆车子翻滚着，撞断了路边的隔离带和电线杆，柏油路上划出一道火花。剧烈的疼痛传至全身，血液染红了眼眶、衣领，翻滚的车子变了形，雨水从碎了的车窗里滴落进来拍打在我脸上，和血液混搅在一起。我身边的几个军人已经昏迷，司机被器械击穿了身体，已然死去。

后边的车辆立即警觉地停靠下来，冲上来救援的时候，突然“呼”的一声从黑暗的雨幕中传来了枪声，几个战士倒下来，呼叫支援。所有人都神经紧绷，训练有素地营救倒下的士兵，这不是一场普通的车祸，而是蓄谋已久的袭击事件。黑暗中的狙击手像幽灵一样无处不在。一番争战之后，随车的几个士兵尽数倒下，尸体被雨水浇灌着。几个黑衣人逐辆地搜查着坏掉的车辆，他们在寻找着什么，车子里的尸体被一具一具地抬了出去，其中两个黑衣人蹲下来一具一具辨识尸体。

全身的疼痛让我的身体变得麻木，多处伤口在流血。几个人走过来，脚步徘徊，在我的位置只能看到几双马丁靴。几声枪支上膛的声音在我耳边响起，一个身材消瘦的男人蹲下来，试图打开弯曲的车门，我在他的手臂上看到一枚五芒星的文身，他们应该属于某一个组织，有预谋地策划着这一切行动。他突然被远处的爆破声所吸引，立即找了一个掩体防备，一辆摩托车轰鸣的引擎声撕开夜幕，只听几声闷响，车窗外的男人应声倒在了地上，其他几个人立即逃离开。

摩托车在我身边停下，隔着车窗，一个女人的声音说："上车。"

我完全摸不着头脑，不知道这一切是怎么发生的，可怕的是我压根儿不知道发生了什么。

我愣了一下，问："去哪？"

她脱下头盔，扎着马尾，一身干练的黑色修身皮衣，用一双疑惑的大眼睛看着我。我认出了她，她就是医院里的护士杜可可，雨水立即打湿了她的头发，她挠了挠头，无奈地说："如果你觉得躺在里边很舒服，哪儿都不用去。"

我全身痛得难受，几乎动弹不得，她伸出援手把我从车子里拉扯出来，套了一枚头盔在我头上。我被她拖到后座上，冰冷的雨水拍打着我的身体，两个人消失在夜幕里。

一路上杜可可绕过路边的监控探头，小心翼翼地从巷子里穿过。驶入一个盘山公路，山腰上低矮地坐落着几间民房和一座废旧的工厂，已经废旧了多年，荒草萋萋，山脚下是闹市，灯火弥漫。从泥泞的道路走近厂房，打开那扇厚重的铁门，里边灯火辉煌。她走路的时候步伐矫健，身姿敏捷，我尾随在她身后，这个陌生的女人从突然出现在我的病房里，到半路遭到袭击时游刃有余地出入肇事现场，把我从自称军方和袭击者手中救出来，有太多的疑问困扰着我让我心事重重，我不由得放慢了脚步。

看我对她心存芥蒂，她停顿了一下，站在了原地。

我疑惑地问："我认得你的声音，你不是护士！你是谁？"

她笑了笑，不知道是我的样子可笑，还是她觉得这个问题可笑，她说："我是谁，这很重要吗？"

我脸上没有情绪，只是尴尬地跟着她。我也细微地察觉到自己脸上的肌肉僵持，不知道是冰冷的雨水的原因，还是睡了太久，甚至无法做出一个标准的表情。

看我有些紧张，她继续向前走去，心不在焉地问了一句："你叫什么名字？"

我对她依然满怀戒心，被她一问，甚至都忘记了自己是谁，"陈尘"这个名字早已经尘封到岁月的尘埃中，蒙上了一层雾霭。

我反问了一句："这很重要吗？"

她轻描淡写地说："您想多了，这一点儿都不重要。"

我加快脚步追了上去，挡在了她前方，问："你为什么要救我？"

"我长得很像闲杂人等吗？"她探过来脑袋，翘着马尾，鬓角处蜿蜒着水滴，全神贯注地凝视着我。我摇了摇头，不知道该说什么。她目不转睛地看着我，这种眼神看得我全身发怵，我说："不像！"

"我哪来的闲工夫救你？"她无奈地说，转身拿了一块浴巾，擦干净头发上的水渍，然后把手中的浴巾抛给我。她脱去了外套，展现出婀娜多姿的窈窕身材，她指着楼上的卫生间，用极其不耐烦的语气告诉我："你最好去洗一下，这一脸血，我现在都不知道自己救的是谁。"

我还没有捋出一个头绪，环顾四周，这个库房被分割成几个不同的版块，有居住、办公和运动的区域。一个房间里摆放着健身的器械，客厅里停放着几辆摩托车，我从摩托车的后视镜里看到我全身都是血渍，突然意识到自己受伤了，深浅不一的伤疤和撕裂的皮肤暴露在空气中，一种撕心裂肺的疼痛传遍全身。我被镜子里的自己吓了一跳，欷歔的胡楂子，满脸的血渍，我都没认出来自己是谁。

温暖的水流从我身体上淌过，我再次感觉到了生命的契机，满身的污浊、泥土和血渍混搅在一起，染红了浴室里的地板。我简单洗漱后走出浴室，身体感觉轻盈了不少。杜可可坐在客厅里的沙发上，她目瞪口呆地看着我就像在看一个怪物，那张惊愕的脸上写满了质疑，她忍不住站起身来，揉了揉眼睛确认无误，眼睛里露出一丝恐惧，后退了两步撞在了身后的沙发上，一个踉跄差点儿跌倒。

显然她被我吓到了，目瞪口哆地指着我问："你究竟是什么东西？"

我也被她吓了一跳，活动了下筋骨，突然发现身上深壑般的伤口已经痊愈，甚至没有结痂。我完全不知道自己的身体里究竟发生了什么，看着她惊讶的表情，我说："我也想知道！"

很显然她没有听懂我在说什么，一个箭步跨到我跟前，不知道什么时候手中多了一把刀，那把小刀在她手中舞得跟朵花儿似的，一条腿劈落在我脑袋左侧，挡住了我的去路。那把刀在我眼前，如果靠近一厘米，我的脑袋立即就开花了。她步步紧逼，神情严肃，冷峻的眼神就像手中的刀刃一样，她一字一句地问："你是谁？"

看着她认真的表情，我真的相信了她只是出去遛个弯儿顺便把我给救了。

我思考之余，她继续追问："你从哪儿来？"

我疑惑地看着她，这姑娘的记忆力真不怎么样，真是贵人多忘事，这才多大会儿功夫的事儿，把一切都忘得干干净净，我感到莫名其妙："我从哪儿来你不知道吗？"

这时，一个胖子破门而入，跌跌撞撞地跑进来，一脸诚惶诚恐，他提了提裤腰带，气喘吁吁地看着我们，一张大饼脸"呵儿"的一声笑了，搓着双手，笑眯眯地问："都忙着呢？"

我想最糟糕的情况，比起现在我的情况也糟糕不到哪里去了，在一个女人的胯下，用刀子被逼迫着。对于突然出现的胖子，我不知道是福是祸，看他凶恶的脸上带着几分憨厚，我从缝隙中冲他挥了挥手，说：

“不忙，您请便。”

胖子从油光满面的横肉上挤出一个笑容，漏出两排黄牙，立即又板着脸冷冷地问：“你谁啊？”

我说：“你们救人都这么即兴吗？”

胖子仔细地打量着我，就像在看动物园里的动物，恍然大悟地说：“你就是张伯伦博士要找的那个人？”

看我没有反应，他失望地摇了摇头。杜可可叱责他说：“胖三，你来这里干吗？”

胖三的脸红了，羞答答地说：“我来看看你。”

杜可可一脸不悦，又问：“你每天还能不能有点正经事儿？”

听到正经事儿，胖三突然反应过来，神情紧绷着，说：“张伯伦博士不见了。”

“不见了？”杜可可似乎没有听懂他的意思，疑惑地看着他。

胖三手忙脚乱地解释说：“不见了，就是消失了，找不到了，嗖的一下没了，失踪了。”

杜可可不耐烦地说：“什么时候的事情？”

胖三说：“六个小时前，电话打不通，家里没人，实验室的大门紧闭。”

六个小时前，刚好是杜可可救起我的那会儿。

杜可可在冥思，看着天花板，胖三也跟着看了看天花板，不知道天花板有什么好看的，胖三喃喃自语地说：“一个大活人怎么突然就不见了呢？你一点儿都不感觉到惊讶？”

“今天已经活生生的多出来一个大活人，现在又少了一个大活人，你告诉我还应该怎么惊讶？”杜可可叹了口气，简单地收拾了一下东西，我们匆匆地走出房间。

第二天，天还没亮，坊间、媒体就流传出某医院诈尸的传闻，各个版本不一。在郊区的交通事故，也被清理得干干净净，一人轻伤，没有发生伤亡事故。

我们出门时暴雨已经停了，医院、实验室都被军方层层包围，值守的军人神情严肃，荷枪实弹地站成一排，看着齐刷刷的军装，让处女座的胖三看得赏心悦目，激动地翘首相望。过了一会儿，一个熟悉的身影出现在了我们的视野里，是吴教授跟几个军官匆匆地走进实验室，五分钟后一脸失落地仓促离开。

胖三挠了挠头，没头没脑地问了一句："我塞，气派。你说张教授会不会被他们就地正法了？"

杜可可斜了他一眼，希望他说话的时候能动点脑子，看着他那张木讷的脸，瞬间又放弃了这个念头。

我没有听明白他们在说什么，问了一句："你的意思是张教授死了？"

胖三点了点头，说："看这架势，乐观的估计当场就被击毙了……"

"张教授没有死，这些人还没有找到他们需要的东西。"杜可可分析说，她低头看了看手上的运动腕表，说："他们会在十分钟内撤离，并且烧掉房子，毁掉一切证据。"

果然过了一会儿，门口的守卫开始撤离，屋子里冒出滚滚狼烟，伴随着一声爆炸的轰鸣，与此同时，消防车、救护车同时赶到。一切都不出她所料。

我们混迹在凌乱的人群中，我惊讶地看着这个冷若冰霜的女孩，好奇地问："你能预知未来？"

"不，我只是喜欢胡说八道。"杜可可说话的时候依然没有表情，眼神有一丝变化，很短暂，可还是被我捕捉到她游弋的眼神中，似乎在刻意地掩藏着一些东西。她顺手从消防车上拿了一件消防服，我们也跟着拿了几件，抱着一注水枪冲入烟雾中。

实验室里已经狼藉一片，资料被烧毁殆尽，烧焦的墙壁上乌七八糟的，污渍顺着消防水柱流淌下来，蔓延到脚踝。我们仔细勘探着四周，希望从废墟中找出一些残存的线索和资料。胖三还在努力地把身体塞进消防服里，把头盔套在头上的时候嗷嗷乱叫，由于身体过于肥胖，消防服套在他身上显得极其臃肿，一根水管千回百绕地缠在双腿上，最后他干脆一屁股坐在了污水里。我拿着水枪喷射在墙壁上，回头看了一眼胖三，他蹲坐在水中，我不解地问："你是想试着在这里摸出鱼来吗？"

看着我认真的表情，胖三想了想觉得有几分道理。他抬起头尴尬地看着我们，杜可可用一种怪异的眼神看着他，径直走了过去，她接过来我手中的水枪，水柱所到之处污水四溅，那堵墙上的壁纸一层层滑落，从墙壁上顺着水渍流淌下来。她用袖口擦去污渍，在墙壁上隐现出一排排的文字，密密麻麻地写满了墙壁，有些文字已经被清洗掉，墙壁上重复地写着一句话：他们回来了！

杜可可断定是张教授的字体，字写得很仓促，写字的人似乎很赶时间，迫不及待地把这些字写在墙壁上。奇怪的是为什么要写这么多遍？难道张教授知道有人会烧掉这里的所有资料，才把这句话写在壁纸后面？这些字用壁纸遮挡住，显然是怕被人看到，又怕被什么人看到呢？"他们回来了！"他们又是谁呢？张教授又去了哪里？

我们带着种种疑问离开了实验室的废墟，胖三百思不得其解，挠着头说："张教授平时就喜欢打马虎眼，这会儿又打哑谜，玩儿失踪，这是要闹哪出？"

杜可可还在喃喃自语，说："他们究竟是谁？"

胖三搓着手，不耐烦地说："管他们是谁呢，有种就出来跟老三我干一仗，甭管从哪儿来，都给他干回去。"

胖三说着跟一个消防员撞了个满怀，骂骂咧咧地正要发飙被杜可可劝住。过了良久才消气儿，手插进口袋里想摸支烟出来，却掏出来一封信。他握着信的手在颤抖，从他惊讶和迷惑的神情中看出，他完全不知道自己口袋里什么时候多出来一封信。我们转头，刚才那个消防员已经消失得无影无踪，还好这只是一封信，如果是其他的，比如一把刀、一个枪子儿，那麻烦就大了。想到这里忍不住让人汗颜，我们的一举一动似乎都在监视中，早已经暴露了目标。信封上写着一行小字，这些小字和实验室墙壁上的字迹是一样的，是张教授的字迹，上边写着：陈尘亲启。

看到这个名字我心中咯噔一下，谁会知道这个名字，并且还知道是我的名字，至少对于我，对于我身上发生的一切，多多少少知道一些内情。而这个张伯伦究竟是谁？

胖三看见上面的字，气就不打一处来，立即大大咧咧地骂娘说："我又不是他娘的快递员，谁知道这个陈尘是什么玩意儿，我上哪儿找去！"

看见我尴尬的表情，胖三又看了看手上的信，问："你的？"

我点了点头索性承认了。从他们的态度上看，应该对我的情况一无所知，让我心悸的是，我从来没有提过自己的姓名，而这个名字张教授是从哪里得知的？我迫不及待地拆开信封，在偌大的一张信纸上，只写了三个字：熊瞎子。

张教授为什么不打个电话或者发个短信，而是采取这么古老的讯息传递方式？张教授是一个很谨慎的人，当他意识到有危险潜伏的时候，尽量地会屏蔽一切可能带来的危险，手机或许已经被监听，甚至包括语言识别的系统都已经被监控，让他不得不选择最传统且最安全的传递方式，而危险无时无刻不在，信的落款没有地址，甚至没有任何余赘的字符。胖三拨打了张教授的手机，显示已经是空号。

看着信函，有一个疑惑一直困扰着我，如鲠在喉。我满心狐疑、一脸芥蒂地问：“你是怎么找到我的？张教授是怎么知道我的名字？”

杜可可严肃地说：“在这个时代没有隐私，你的电话、讯息、电脑的浏览记录，都在被人监控，找到一个人并不难，在这个时代的数据库中，一些敏感的关键词是被禁止的。”

我追问：“你还知道什么？”

杜可可冷冷地说：“不只这些，我还知道你不属于这个时代。”

我退后了两步，看着眼前这两个陌生人，说：“你们究竟是谁？”

杜可可嬉笑道：“这很重要吗？”

我一把抓过她的衣领，一字一句地说：“你还知道什么？”

杜可可没有任何防备，被我突然抓过来吓了一跳，花容剧变，咳嗽了两声，喝令我说：“放手！”

我继续抓紧了她的衣领，她转身一只脚插在我的双腿之间，把我整个人狠狠地过肩摔在地上。杜可可无奈地说：“二战时柏林被盟军攻破，德军战败，苏联第一个攻入柏林，在纳粹机密档案中发现了一份德军的X绝密档案，陈尘是唯一被记录的华人名字。”

“那是一份什么样的档案？”我从地上爬起来问。

杜可可摇头，对于这件事情她坦然地说：“战后，这些档案被盟军标示为‘永不开启’的绝密档案。只知道和生物实验有关，唯一的名字也是苏联解体后偶然间得到的。”

我拿着信件，突然在信函标题处发现了一个圆盘状的金乌图案，像太阳，细看中间有一个眼睛的符号，简约的线条，朴素的标识，印在信函的角落里。如果不仔细观察，很容易被忽略，这是我们能找到的唯一的线索。

胖三偷瞄了这三个字，挠了挠头，怒火中烧，说："这都什么节骨眼儿上了，还有心思让我们去动物园？"

杜可可接过信函，思虑地说："熊瞎子不是熊，是一个人。"

我迫不及待地问："什么人？"

"一个制造麻烦的人，找到他的人都是遇到了大麻烦，见到他才是麻烦的开始。"杜可可陷入了沉思，胖三"哦"的一声，恍然大悟地说："你的意思是神算熊天平？"

杜可可点了点头，胖三"呵"的一声笑出声来，说："这张教授还挺有意思，都这会儿了，还有闲情逸致介绍我们去算命？"

杜可可眉头紧锁，说："熊瞎子算的不是人命。"

我感到有些莫名其妙，这个熊瞎子自恃过高，玩儿这些鬼神把戏的多数是江湖骗子，没想到这会儿还有人相信。

我以开玩笑的口吻说："不是算人命，难不成算的是天命？"

"不，算的是鬼命。"杜可可一脸严肃，满脸愁容带着惧色。

我第一次听到这个词儿，惊诧地问："鬼命？"

"据说找他的人只问生死。"杜可可说。

"既然张教授留给了我们一个名字，事到如今也只能问个究竟，在哪儿能找到他？"我提示性地问。

杜可可叹了口气，说："这才是最麻烦的，十年前他已经死了，当时还引起了很大的轰动，很多家媒体都进行了报道。"

胖三大呼小叫地说："那我们找一个死人有意义吗？这是要让我们去活见鬼的节奏呀！张教授的意思是让我们把他从坟墓里挖出来，逼问他一些鬼都想不明白的问题？”

我问：“这是张教授的意思？”

“鬼才知道。”胖三暴跳如雷地说：“这年头生不容易，死了也不能落个清静，做鬼也真够难的，啥都得知道。”

我忍不住笑出声来，说：“我们要到哪里去找一个死人呢？”

“或许关键就在这个符号上。”我端详着信函上的那个圆盘状的金乌符号，这只金乌头顶着一只眼睛，像甲骨文里的“蜀”字，以及圆盘中间的那只神秘的眼睛。

胖三抢过去信函，上下左右，前前后后看了几遍，皱着眉头，说：“以我多年的经验分析，这个符号应该是财富的象征，你看像不像美刀上的金字塔和全视之眼？”

杜可可不屑地看了一眼胖三，仔细地看了这个符号，说：“不，这是一个机构的标识，我在张教授的学术专著里看过这个符号，是一家博物馆标志——金沙博物馆。”

胖三的眼睛里突然闪烁着亮光，补充说：“四川金沙？”

我问：“张教授去了四川？”

杜可可摇了摇头，说：“不知道，这封信的讯息太简单，我们能看到的只有这些。”

胖三兴奋地说：“这太简单了，明摆着张教授给我们的暗示信息，就是他可能去了四川，或者这个熊瞎子在四川，我们现在要做的就是直奔四川去看看。”

杜可可看不惯他胡搅蛮缠，嫌他闹腾，说：“看你妹啊！”

这句话直接说到了胖三的心坎儿里，胖三笑盈盈地说：“说得太对了，四川妹子儿好看。”

看着杜可可一脸失落，我说："胖三说的也不无道理。"

胖三也一愣，没搞明白我赞成的是四川妹子好看，还是去四川这件事。我的话给了杜可可希望，她尝试着对胖三重新竖起信心，满怀期待地看着他，等他继续说下去。胖三脸上写满了骄傲，继续得意扬扬地说："四川是一定要去的，找不到张教授还是可以找到熊瞎子的嘛，即使连熊瞎子也找不到，也是可以找到川妹子的嘛，这理由够不够充分？"

杜可可再次陷入绝望，好不容易建立起来的希望崩塌了，她痛苦地抱着头，咬牙切齿地说："死胖子，你买个黑丝袜套头上吧，最好买两个，把嘴也挡上，别让我看见你，看见你我脑仁子疼。"胖三悻悻地闭上嘴低头沉思。

我们一行人决定去四川，因为杜可可也无计可施，这个城市已经没法再待下去了，找不到留下来的理由。

胖三说："去之前我还有一份很重要的东西要回去拿。"

"这都什么时候了，还收拾行李？"我建议轻装简行，略带焦躁地说。对于我而言，这个世界是全新的，我所有的行李就是一头雾水的问题和满脑子的问号。

杜可可问："很重要的东西？"

胖三信誓旦旦地说："绝对重要。"

我跟着胖三回到他的住处，胖三住在闹市区一个六十平方米的公寓里，杂乱的房间里就没有可以下脚的地方。一地的烟头和瓜果皮屑，蚊虫萦绕在方便面盒周围，沙发上、床上除了零食，堆满了电子类、科技类的书籍。胖三让我别客气，随便找地儿坐，我找了半天都没能找到可以坐下来的地方。

我感慨地说："哥们儿，你这生存条件够恶劣的呀！"

胖三撅着屁股手忙脚乱地在翻箱倒柜地找东西，回头一脸正经地说："天将降大任于斯人也，必先苦其心志，劳其筋骨，饿其体肤，空乏其身，行拂乱其所为。鄙人不才，刚好就是这个斯人。这些年一秒钟都没敢闲着，准备迎接这一刻的到来。"

我看着琳琅满目的房间，胖三竟然能身手矫健地在垃圾丛中游刃有余地穿行，我说："敢情你就记住了最后一句话。"

胖三不屑一顾地屏蔽了我这句话，若无其事地说："我姓李，名斯文，在家排行老三，你叫我胖三就成。"

"这不合适吧！"我看着胖三那一脸横肉，心中默念，斯文，这还真是缺什么来什么，我酝酿了一下情绪，斯文这两个字还真叫不出口。

胖三收拾着行李，突然停了下来，目不转睛地看着窗外，窗外是一条街道，街道两边种满了浓郁的香樟树。胖三又假装若无其事地收拾东西，低头弯腰冲着我使了个噤声的手势，绕开窗户，溜着墙根在窗户边上向外看去。楼下马路的对面停靠着一辆黑色的吉普车，两个男人站在车子旁闲谈，点了支烟，时不时地向我们这边张望。胖三把一包包的零食装进背包里，压缩饼干、牛肉干、薯条……塞了满满的一大包。

我疑惑地看着胖三，拿起一包薯条，不解地问："这就是你说得很重要的东西？"

"这么多吃的，难道还不够重要吗？"胖三反问我。

我看向窗外，马路对面两个人确实无时无刻不在监视着我们，我问："他们是谁？"

胖三瞥了我一眼，说："我应该知道吗？我问谁去啊！昨天我喝着啤酒，吃着炸鸡，哼着小曲儿，看着岛国爱情动作片，突然杜可可就闯进来把我揪了出去。我裤子都还没有来得及提上，告诉我计划启动了，问题是我连是啥计划都不知道。”

我同情地看着他，拍了拍他的肩膀。我确定他对那个所谓的计划一无所知，接着试问：“我们现在最重要的就是绕开这些人，跟杜小姐会合？”

胖三点了点头，看我说话支支吾吾的，他说：“有话直说，别磨磨唧唧跟个娘儿们似的。”

杂乱无章的地上、墙壁上、垃圾堆中，我总是能第一眼找到重要的信息。他房间里的书籍似乎成了立体的，文字跳跃在我眼前，瞬间便读完了房间里所有的书籍。

看着他杂乱的房间，他把东西一股脑塞进背包，我突然在他的手臂上看到一只燕子的文身，一把抓住了他的手，想追问他是不是洛阳燕王淘沙官一派李家的人，他挣脱了我的手，一脸疑惑地看着我，我转移话题：“作为一个处女座，你是怎么能够容忍房间乱成这样的？”

胖三振振有词地解释说：“乱当然不能够容忍，要乱得一致才可以接受。你可不要小看了哥们，想当年闹革命前，我们老李家也是名门望族，往上数个几百年还出过当官的。”

“什么官？”我笑着问。

“淘沙官，听过吗？”胖三自鸣得意地说。

我欣喜地点了点头，那这一切就对上了，我本来想进一步问他跟李沌究竟是什么关系，时间过去了这么久，一时半会儿可能还说不清楚，我在他的眉眼之间找到了一种似曾相识的感觉，那股劲儿还真像是李沌，一种无以复加的心情涌上我的心头。

我和胖三从后窗溜了出去，到杜可可的住处，她房子的四周停满了警车，在五十米处都拉扯上了警戒线，地上、墙壁上、草丛中随处可见斑驳的血迹，几具尸体陆续从屋子里抬出来，这里好像刚发生过残忍的谋杀血案，空气中弥漫着血腥的味道。我和胖子心中一凉，懊悔不应该让杜可可一个人回来，远处的几具尸体正在装上救护车，有的已经套上了黑色的裹尸袋。胖三从围观的群众中挣脱而出，一具扎着马尾的女尸被抬了出来，身体和脸已经被白布盖上，胖三呆愣在了原处，顿时泪眼婆娑，看得出他对杜可可的感情。我怕他下一秒立即会失控做出一些过激的行为，扯了扯他的衣角。胖三尾随着工作人员，直到尸体被放下来，无法自控地泪流满面。

他抬起头看了看我，擦干净眼泪，找了个借口，说："风太大了。"

每个人来到这个世界上都有着自己的使命，一些不寻常的事情就这么发生了。胖三打开裹尸袋，杜可可安静地躺在里边，面色苍白，满脸血渍，胖三的泪水又"啪啪"地滴落下来，落在她的脸上。胖三的表情在抽搐，他不愿意接受这样的事实。

我蹲下来，劝慰他说："生死无常，聚散有时。"

胖三嘴里重复着一句话，反复地说着："死了，怎么就死了呢？"

我环顾四周，有一些警察和人群中的几个黑衣人偷偷地用眼睛的余光在关注着我们，又怕我们察觉到。胖三完全没有察觉，目不转睛地看着裹尸袋里的杜可可，他抑制住情绪，点了支烟，贪婪地嘬了两口，泪水又被憋了回去，哽咽着就像拉家常一样说："顺便跟你说个事儿，我爱你，你看有没有可能也爱我呢？"

我觉得胖三疯了，精神已经崩溃，他竟然在笑，泪水划过那张粗糙而麻木的笑脸。接下来更令人疯狂的一件事情就是，杜可可竟然奄奄一息地睁开了眼睛，气若游丝地说："没可能，或许我做了什么事情让你误会了，可是我们两个真的不合适。"

胖三喜出望外，差点儿叫出声来，失手把刚刚扶起的杜可可再次跌落在了地上，杜可可被摔得眼冒金星，用一双憎恶的眼神恶毒地看着胖三。

胖三说：“这不重要，合不合适是人说的，时间能改变一切，时间不属于我们，我们只是时间中的附属品，时间属于过去。而我们属于未来，未来存在着诸多的变数，一切皆有可能，人总是会变的。”

这话说得酸溜溜的，我都忍不住感到头皮发麻，热血上涌。胖三向我投来求助的目光，询问我的意见，说：“你觉得呢？”

我说：“话都让你一个人说完了，我有什么好说的？”

杜可可有气无力地说：“我们的专业设施不配套，你和我的出厂设置不匹配，这事儿以后就不要再说了。”

胖三擦干眼泪，惊讶地问：“啊？你的意思你是拉拉？”

杜可可腾出手来，捂着磕碰在地上的后脑勺，愤愤地说：“不，我的意思你是个该死的胖玻璃。”

胖三还没有意识到这点，想开口辩驳。考虑到以后还要合作，我劝他别逼人家把话说得太明白，这样对大家都不好，搞得太尴尬以后都没办法再见面了。

杜可可身上多处负伤，枪伤和刀伤混在一起，血渍染红了衣物，她的身体极易虚脱，满头的汗水打湿了鬓角、发根。胖三追问她为什么会躺进裹尸袋里，她说这是能逃离现场的唯一方式。

我们趁着警察们不在，迅速搀扶着杜可可悄悄离开案发现场。没走出多远，杜可可就昏厥过去。

那天杜可可回到家中，发现从客厅到卧室一片狼藉，所有的抽屉和橱柜都被打开，家中被人翻了个底儿朝天，燃烧的烟蒂还在地板上，突然从卫生间里冲出来一行人，他们早已经躲在屋子里了。杜可可在有所防备的情况下，血战了四十多分钟，她虽然多处负伤却没有致命，这些人有意留下活口，显然他们要找到的东西还没有找到。几乎在一无所获的时候，几个警察模样的人在混战中冲了进来，警察进来的第一件事情并不忙于救人，而是忙于寻找东西，直到窗外拉起了警笛声，真正的警察涌进来那些人才四处逃散开。

我们在一家私人诊所里整顿休养，杜可可在一阵手舞足蹈的惶恐中醒来，惊魂未定地看着身边的每一个人。她不是一个容易受到恐吓的人，以她倔强的脾气，很少有东西能让她失去理智，甚至神志不清。现在她的意识有些模糊，那种受到惊吓后惊慌失措的不信任在脸上表露无遗，让我心生怜悯，隐隐地觉得有些诡异而可怕的事情正在发生着，也正在到来。她醒来第一件事情就是挣扎着迫不及待地离开这个城市。胖三安慰着杜可可，张罗着去订飞往四川的机票，杜可可拖着虚弱的身体立即制止了他，她警示我们一切和身份讯息有关的证件都不可以用，甚至连电子产品，手机都不可以再使用。

胖三一听眼睛瞬时炯炯有神，兴奋地问："事儿闹这么大？"

我说："你这架势分明是怕事情闹得不够大。"

胖三激动的神情无以言喻，第一时间把手机、平板电脑在地上摔得稀碎，伸手又去拿杜可可包里的手机。

看着胖三怪异的举止，杜可可制止他，好奇地问："你在干吗？"

胖三还是一把将手机摔在了地上，手机零件欢快地在地板上跳跃，他说："在一个信息满天飞的时代，隐藏自己是一件很不容易的事情，我的态度你们已经看到了，我在帮你下决心。"

杜可可无奈地摇了摇头，看着心爱的手机，差点儿被他气得吐血。

胖三调转矛头，质问我："你的态度呢？"

我不解地问："什么态度？"

胖三解释说："我们的态度都很坚决，你的电子设备什么的赶紧拿出来，让我替你巩固一下决心。"

我没有理会他，把脸一沉，我没有电子设备。

胖三用一种诡异的眼神看着我，惊奇地问："哥们儿，这都什么年代了，在这个世界上你是怎么活下来的？"

杜可可看我冷若冰霜的脸，没有表情，问了一句："你活过吗？"

我试着逃避她炙热的目光，透过一个人的眼睛能洞悉到很多的想法，甚至我能够听到一个人在想什么，只有杜可可除外，她是第一个让我看不懂的女人。她的眼神像一把刀，这个短暂的眼神儿被我捕捉到，她转而目光焦灼，心不在焉地收拾着东西，一分钟都不想再待在这个城市里，犹如惊弓之鸟，对一切都充满了质疑。看得出整件事情对她的冲击很大，我隐隐地感到，有些事情她对我们有所保留，她的样子看来真的被吓到了，而且那些事情她不愿意说，不能说，更不敢说，至少不适合在这个时候说出来。

我们决定开车去四川，即刻启程，张教授和杜可可的车都不能开，胖三又没车，最好找一辆陌生的车子。胖三雷厉风行地搞来一辆二手的越野车，只不过这辆车太陌生，样子有点脱离了汽车的范畴，已经完全不像一辆车了，车身伤痕累累，多处剐蹭，挡风玻璃裂开了几条缝隙，两个后视镜像蔫儿了的茄子一样耷拉在车窗上，散热管还在冒烟。胖三从烟雾中打开车门向我们走来，咳嗽了两声，准备向我们介绍这辆车子。我们一脸疑惑地看着车子，又看了看胖三，杜可可痛心疾首地说："先不说这车子还有没有维修的必要，我担心这车子都出不了二环。"

胖三抓耳挠腮地盯着车子，郁闷地看着我们，说："你多虑了，这车子压根儿就不让进二环。”

“这车子哪儿来的？”我问。

胖三一脸惆怅，眨巴着一双小眼睛看着我们，说：“这车子本来不这样。”

我和杜可可不约而同地点了点头，说：“能看出来。”

杜可可追问了一句，面带嘲讽地说：“你这车是从哪个车祸现场偷回来的？”

胖三信誓旦旦地向我们保证，一脸骄横地说：“怎么说话呢，什么叫偷？老三我做事儿从来都是光明磊落，这是一辆崭新的车子，我可是大摇大摆地开进了车祸现场，不过车子开出来就成了这样。”

“谁的车？”杜可可问。

胖三支支吾吾了半天，看着杜可可盛气凌人，吞吞吐吐地说出了一个名字：“九爷的车子。”

听到这个名字杜可可忧虑重重，同情地看着胖三，安慰他说：“如果下辈子还想喘气儿，你就跟车子一起私奔吧，最好别让九爷再看见你，如果见到，乐观的话估计你比这辆车也好不到哪儿去，到时候悲惨的就不只这辆车子了。”

胖三假装一脸不屑，摸着便便大腹说：“这些年老三我怕过谁？”

他的背后突然传来一阵剧烈的咳嗽声，一个满头白发的中年人走过来，胖三的脸色立刻像一只猪肝。我有一种不祥的预感，只见胖三硬着头皮想跑，刚跑出两步，被一个深沉的声音叫住，胖三觍着脸迎上去，点头哈腰地说：“这不明摆着的嘛，除了九爷，我还能怕谁？九爷，您觉得呢？”

杜可可也走过去恭恭敬敬地寒暄，这个中年人叫九爷，五十多岁的年纪，额头上的头发黑白参半，红光满面，走起路来步伐稳健有力，双目如炬，骨子里透着一股狼性。九爷有两样东西是最出名的，一是出了名的狠，二是出了名的吝啬。但凡动了他东西的人，他有九种方法折磨一个人，可以让一个人生不如死。他一生之中只对一个人讲义气，那就是张伯伦，两个人在一个连队当过兵，曾经在一次执行任务的时候，在长白山被雪狼围攻，张伯伦从狼嘴里救下了他，两个人也就成了莫逆之交。退伍后两个人选择了不同的发展方向，张伯伦重返了校园，做学术研究，他解决不了的问题，九爷总能够第一时间伸出援手，用拳头来解决一切，他用拳头解决问题的效率很高，简单粗暴，行之有效。九爷用得得心应手，他喜欢这种做事的方式，这么多年过去了，基本上各个城市都有他的堂口，账面上九爷做的是港口贸易，他发家的生意却跟账面无关。其中最大的有九个堂口老大都对他俯首称臣，九爷是他在道上的称号，九爷并不是在家排行老九，而是他手里有九个最硬的拳头。打断骨头连着筋的兄弟，在九爷的统领下风生水起。在三教九流的行当里，很多人都盛传九爷能通天，对于这九个兄弟而言，九爷就是天。

平日里想见九爷一面可不容易，而此时他却孤身一人出现在我们面前，可想而知，这件事情严重了。他白了胖三一眼，目不转睛地盯着我，欲言又止，又看了看身边的那辆破车，他站在那里不说话，嘴角挂着微笑，却不怒自威。开口说话的时候声若洪钟，他疑惑地看着胖子，淡淡地说：“我觉得这最好别是我的车。”

胖三移动着身子想绕过九爷，趁其不备挡住车牌号，矢口否认：“这哪能呀，您的车不长这样。”

九爷面无表情，长叹了一口气，感慨地说：“没事儿，你刚好给了我一个换车的理由。”

本来话说到这份儿上，应该已经没什么事儿了，可是氛围却更加紧张了，胖三吓得全身都在发抖，不敢去看九爷的眼睛，我从侧面看到九爷目露凶光，立即又从脸上挤出一个笑容。胖三诚恳地说："九爷，要不您骂我两句消消气儿？"

九爷哑然失笑，不知所谓地说："好事儿一桩，我干吗要骂你，我长得像泼妇吗？还是你以为这街谁想骂就能骂？"

杜可可脸上的笑容也消失了，看着九爷突然觉得有些陌生，胖三低头说："您这表情，我心里没底儿，您是有理由换辆新车了，我还没找到理由去投胎呢。"

九爷冷笑着问："你很着急去投胎吗？我可以送你！"

"您太客气了，我不着急，不着急！"胖三推拖着讪讪地笑道。

几辆豪华轿车簇拥着一辆房车，一字排开停靠在我们身边，九爷转身问胖三："你还有什么问题吗？"

胖三摇了摇头，说："没了！"

"出发！"九爷淡淡地说了两个字，面无表情，却没有抑制住略带仓促的步伐。

我们尾随在他身后，胖三距离九爷最近，情不自禁地问了一句："去哪儿？"

这句话刚说出口，胖三立即闭上了嘴巴，知道自己的话又说多了。

车窗外的天色逐渐暗去，昏黄的阳光透过车窗照进来，九爷脸上的轮廓棱角分明，他一半的脸藏匿在阴影里，让人看不到他的表情变化，他冷漠地说了一句："去该去的地方！"

II 古蜀图语

车子在最后一丝昏暗的夕阳中驶入夜幕，九爷看着窗外，他没有开口说话，所有人都鸦雀无声，车内装饰得雍容华贵，有沙发、吧台、电视、卫生间和下榻的双人床。就在这样的氛围内，因为九爷板着的脸，我们呼吸都要小心翼翼，目光对接之时显得很尴尬，所有人把目光都悄悄地移向了窗外。窗外一片漆黑，什么都看不到，胖三左顾右盼，也学着模样看向窗外，看了一会儿，又偷偷地瞄了一眼车内，看见九爷那张冷漠的脸，刚好四目相对，躲闪着假装若无其事，胖三顿时恨不得自己这双眼直接瞎了才省事儿。远处的几盏米黄的灯光，衬托得夜色更加漫长了。

上车不久，我就倒在座椅上睡去，不知道过了多久，路况有一些颠簸，我在胖三的呼噜声中醒来。车内的灯关了，在黑暗中我似乎看到了一双冷峻的眼睛——是九爷，他若有所思地坐在黑暗中，定睛细看才发现，他一直在盯着我看。我整理了领口的衣角，不知道自己做错了什么。他依然在看着我，那种眼神看得我全身发毛，头皮发麻，那冷若冰霜的眼神能把目标撕碎。他眉头紧锁，直到他叹了口气，气氛才有所缓和。

我刚酝酿了一下想冲着他笑，他低沉地在我耳边说："你骗不了我。"

我心中一震，敷衍着把那个酝酿好的笑容硬邦邦地扔了出来，比哭还难看。

我还没有说话，他走过来迅速地抓住了我的手腕，力道很足。我没有尝试挣脱，他继续说：“你不是普通人，这双手也不是普通的手。”

他的手力气很大，我讨厌被束缚，对于一个魔术师，无论捆绑还是被擒住都是小儿科把戏。我简单地转身，已经坐在了他背后的那张沙发上。他突然发现自己抓住的竟然是胖三的手，胖三被他用力一抓从睡梦中惊醒，被吓了一跳，差点儿叫出声来。九爷翻手又将胖三打晕，这一下打得胖三鼻血直流，竟然没了反应。九爷紧跟着说了一句：“睡吧，这没你什么事儿。”

九爷站到我面前，对于金蝉脱壳这种小把戏，他不屑一顾，嗤之以鼻地说：“这世间的事情都很简单，复杂的只有人，更确切地说复杂的是人心。”

我跷着二郎腿，展示着自己的全身上下，证明自己只是一个普通的正常人，好奇地问：“我看上去很复杂吗？是我身上多了什么不该有的东西，还是少了什么应该有的东西？”

九爷也在笑，听到我这么问，他吸了吸鼻子，说：“你身上多了一种神秘的味道，少了一颗好奇的心。”

我不知道他所说的神秘的味道是什么味道，在二战期间，我身陷日军的俘虏营时，一个日军的女军官福冈亚美也说过同样的话。而这是一种什么样的味道，我没有感受过，是酸、甜、苦、辣……还是一种什么特别的人才能察觉得到的味道，抑或是刺鼻的恶臭，抑或是柔和的香味。我自己闻了闻身体，没有嗅到什么异味，再次听到这个词儿，我心中五味杂陈，困扰了我太久的问题，现在想起来依然耿耿于怀。我确实有很多问题想问，我更清楚的是有些问题没有人可以给出一个准确的答案。

九爷看到我为之动容，爽朗地笑了，这笑声就像一个黑洞，似乎藏匿着多种预谋。

“哦？”我在等他继续说下去。

“你不想问问我们要去哪儿？”九爷卖起关子，他冷漠的眼神试图看穿我。

“只要是该去的地方，去哪儿重要吗？”

“哈哈。”他的笑声夹带着些许的得意，却依然没有忘形，说：“我现在没那么讨厌你了。”

“您抬爱了，彼此彼此。”我回应说。想起张伯伦博士给我的那封亲笔信，还是没有忍住把信递给他，看到这封信，九爷禁不住一愣。根据车子前进的方向，我不知道我们要去的金沙和“该去的地方”是不是不谋而合，我问了一句：“张伯伦博士最后的活动轨迹就是实验室，他失踪前留下来的一句话就是‘他们回来了’，而‘他们’是谁？”

九爷看见张伯伦的笔迹，喜忧参半，喜的是说明张伯伦目前还是安全的，忧的是事情变得越来越扑朔迷离。这个熊瞎子，九爷不认识，只是在道上听过这么一号人，可是这么多年也从来没有听张伯伦提起过。这个名字给前往“该去的地方”又蒙上了一层迷雾，让前方的路变得更加曲折和迷惘。

胖三醒来的时候，发现自己连睡觉都睡得七窍流血，还不知道是怎么睡出来的，真是倒了八辈子的霉。他擦干净鼻血，破口大骂：“53°的纯悲催，都够下酒了。”

三个月前，张伯伦告诉九爷，如果哪天实验室出了事儿，自己失联，踪迹全无，肯定是遇到了无法自行解决的大麻烦，让他去一个地方，这个地方在到达之前，不能跟任何人说。至于这个地方在哪儿，只有张伯伦和九爷知道，一切讯息都过于简单，这个地方有什么东西，有什么人，更不得而知。

我总觉得有一双无形的眼睛无时无刻不在盯着我们，就像怀里随时都揣了只野猫，百爪挠心，背后似乎长出了第三只眼睛，它能看到我们的一举一动，而我们对这一切都一无所知。

九爷的意思是，既然我们对敌人一无所知，处理这种问题最好的方法就是搞得自己真的一无所知。这一点，张伯伦早就已经想到了，连我们自己都不知道在做什么，如果“他们”明白了，这也是好事儿一桩。

我们所到之处，所有的路人都在用一种异样的眼光看着我们，就连电线杆、砖头、公路都好像长了眼睛一样，监视着我们。我的命运始终都被人操纵着，每到夜里，想起黑暗中的那双眼睛，我都会头皮发麻。

第四天，所到之处逢站必停，一路吃遍半个中国，乐得胖三合不拢嘴。

看得出九爷在声东击西，虽然胸有成竹，隐隐地感觉到他的眉宇之间藏着一缕难言之隐，所经过往，风俗民情、名胜古迹，就像观光旅游一样一处都没落下，几个人玩得兴趣盎然。

车子过了广汉，到了成都的地界，依然没有要停下来的意思。九爷让司机加快了速度，跟以往慢吞吞的节奏相比，此时开足了马力，继续开往都江堰的方向。此时，我们察觉到一些车辆一直暗中尾随着我们，怕我们发现，换不同款式的车型交替出现。我们突然加快了节奏，那些车子没有防备，出现的频率、速度都露出了马脚，终于，九爷让车子在龙溪隧道附近停了下来。

胖三不解地问：“为什么要停下来？”

九爷沉吟说：“等等他们。”

胖三更加困惑，说：“等他们干什么？”

九爷老谋深算地笑了笑，说："等他们看表演。"

九爷吊足了他的胃口，胖三兴致勃勃，笑呵呵地追问："等他们来看一堆大老爷们儿跳脱衣舞表演？"

杜可可睥睨地瞧着胖三那一脸没出息的样儿，不愿意跟他为伍。

九爷说："如果你愿意跳，也没问题，内裤脱了都没人管你。"

我们的车子佯装抛锚，停靠在路边。后边跟上来的几辆车子看到我们突然停了下来，不知所措，不知道该停下来还是该继续往前开，走到我们身边的时候放慢了速度，看着九爷如炬的眼神儿，只好硬着头皮继续往前开。几辆车子刚进入隧道，九爷便安排司机追上去，猛然间只听到几声干脆而响亮的撞击声，伴随着剧烈的晃动。我们在隧道里连续撞了几辆车，彻底地惹毛了他们，几辆车围在我们的房车左右，在隧道里擦出火花。前方突然传来亮光，在隧道的出口，我们的车子撞破了护栏，顺着滑坡冲了出去，跌跌撞撞地滑落到山崖下，围绕着我们一侧的车子也随着跌落了下去，瞬间被摔成了废铁。我们的车子也七零八落地摔在了山脚下。

在车子跌入山崖的时候，九爷暗示我们在滑坡的缓冲地带跳了下去，集体落在一团绵柔的草垛上，草垛旁是一个黝黑的山洞。车子在山崖下冒出滚滚的黑烟，而我们的司机来不及跳车随着车子跌落到崖底。我们向上看去，不多会儿便有十多辆车子停靠在事发现场，几个人探着头往下看。这一切似乎都在九爷的意料之中，他最信任的司机刚刚在车祸中遇难，他完全没当回事，带着我们走入深不见底的山洞。

胖三有所迟疑，欲言又止地跟在九爷身后，觉得这个九爷够凶狠，也够冷漠。前些天还在一起吃喝玩耍的司机小刘，现在和车子一起为了九爷粉身碎骨，九爷连一滴眼泪都没掉，甚至脸上还带着一些得意。

胖三支支吾吾地说："小刘他……"

九爷一脸阴森地说："早就知道身边有叛徒，没想到是他，启程的时候我就知道这小子有问题，在没有任何电子设备的监控下，为什么我们的一举一动都有人了如指掌。"

我们都没有再说话，山洞里只有脚步的声音。我们走出洞穴直通环山公路的另一边，洞口停靠着一辆早已经在等待的越野车，我们上车往回程的方向开去，即使追踪我们的人到崖底勘查发现我们没死，那时候我们也已经消失在他们的监视范围外，哪怕继续盲目地向前追赶，也不会想到我们竟然往回程的方向走，这一切都是九爷早已预谋好的。

现在只剩下我们四个人，杜可可来开车，九爷眯着眼睛冷酷地坐在副驾驶。胖三对九爷敬畏之余多出几分惧怕，有再多的疑问都不敢再张口。

正如我所料，在傍晚的时候我们到达了广汉。车子穿过闹市，驶入一个阴暗的胡同里，最后停靠在巷子深处一间古色古香的四合院，门口点缀着两盏灯笼，泛出阴森的红光，处处透露着一股邪气。

胖三打了个哆嗦，确认我们有没有走错地方。九爷也是第一次来，面露狐疑，我们正在踌躇不前，那扇黑漆漆的大门突然大开。院子里站了一个人，头发花白，背对着我们，他咳嗽了两声，我们跟着他走进屋子里。

坐下来才看清楚，他戴着一副墨镜，胖三挠了挠头，凑到我耳边品头论足地说："大晚上的戴着一副墨镜，要么神经病，要么真的高深莫测，这老小子八成是一江湖骗子。"

我做了个噤声的手势，提示他小声点儿。

杜可可愤愤不平地说："骗子又不会写在脸上，你怎么知道？"

胖三反驳说："骗子能写在脸上的，那还能叫骗子吗？"

九爷瞪了我们一眼，胖三和杜可可立即闭上了嘴。

我说："不，还有一种可能，他是一个瞎子。"

胖三惊讶地张圆了嘴巴，指着戴墨镜的老人，蹑手蹑脚地在他眼前比画了两下，确认老人的确看不到任何东西，轻声说："你说他就是熊瞎子？"

老人坐在椅子上，吸了吸鼻子，似乎闻到了什么气味，突然脸色一变又有些犹疑。熊瞎子不由一惊。勉强地笑道："不知道三位深夜到访，有何贵干？"

我正要开口说话，突然一想，这话不对，很显然胖三也注意到了这句话有问题，脸色凝重。这老家伙眼瞎耳朵不好使，那还说得过去。杜可可距离他最近，也突然警惕起来，故意抛下了一枚钥匙扣，钥匙扣还没有落地，这个老人看都没看，伸手便接住了即将跌落在地上的钥匙扣，轻轻地放在桌子上，笑吟吟地说："姑娘小心点儿，你东西掉了。"

我们几个都鸦雀无声，全身起满了鸡皮疙瘩。他不但能辨识人，甚至能辨识出性别来，甚至身边的一切动静。这样的人走在人群中，没有人会觉得他是个瞎子。我们明明来的是四个人，而他却脱口而出三位，这说明我们之中，至少有一个不是人。

房间里的气氛突然紧张起来，空气仿佛凝固了，我们彼此张望，确实四个人，灯光下四个影子。

胖三按捺不住，捋起袖子骂骂咧咧地说："老小子，你到底搞什么鬼。"

熊瞎子冷漠地说："从你们进到这个房间里，我就嗅到了腐烂的死亡气息。"

胖三看不惯他故作神秘，想动手。我也嗅到了一股异味，这个房间里散发出一股榴梿的味道，微甜、潮湿，夹带着酸腐的刺鼻味。我不知道死亡是什么味道，这种味道却似曾相识，可我分辨不出来是从哪里散发出来的。

我劝住胖三,一脸歉意地看着眼前的这个老人，说："请问您是熊天平，熊大师吗？"

他点了点头。听到我说话，他突然愣住了，摘下来墨镜，那是一双极其恐怖的眼睛，冷漠的眼神似乎能冻结四周的空气。那双眼睛没有瞳孔，全部都是眼白，他抽着鼻子，在捕捉着空气中的某一种味道。

杜可可被吓了一跳，胖三也着实被吓得不轻，"呵"的一笑，挥动着手在他眼前晃了晃，说："你还真是瞎了。"

熊瞎子没有跟他计较，压根儿就没有理会他，只是愣在那里继续看着我背后的某个地方，似乎在看一样很可怕的东西。

胖三啧啧叹息，说："我说熊师傅，您这白内障病得不轻啊，有些年头了吧？不过话又说回来了，您也别往心里去，现在全国雾霾这么大，有没有白内障都是同一个德行，想看清东西，都不容易……"

杜可可顺着熊瞎子的方向，向我看过来，问："大师，您在看什么？"

熊瞎子简单地说了两个字："未来。"

胖三笑得前俯后仰，差点儿没背过气儿去，说："哥们儿，你都瞎了，还操哪门子的心？"

我打断了胖三的胡说八道，看着熊瞎子僵持的表情，略带扭曲。我认真地看着熊瞎子的一举一动，恍然大悟地说："他不是瞎子，也不是白内障，而是……开了天眼。"

开了天眼的人，据说可以通灵，可以看到常人看不到的东西，而代价就是放弃常人能看见的东西。有些开天眼的人甚至可以看到未来，这种人大部分会被能力所吞噬，吞噬时间，吞噬寿命，也就是我们所说的天谴，这些都只是道听途说，我也是第一次见到开天眼的人。

熊瞎子的眼白突然布满了血丝，手指在发抖，表情异常痛苦，就像羊痫疯发作。

过了一会儿，他终于恢复了平静，疲惫地说："老规矩，来这里的人，我只回答一个问题。"

他的表情严肃不像在开玩笑，此时扔出这句话，颇有逐客的意思，他跟我们谈话很谨慎，不想再跟我们纠缠。我刚要开口，胖三抢先了一步，我还真怕他开口来一句哪有豆浆油条卖，或者川妹子漂不漂亮的问题。

胖三润了润嗓子问："张伯伦博士现在在哪儿？"

熊瞎子一震，皱着眉头，说："远在天边，尽在眼前。"

他故意把"近"说成了"尽"，这句话定有蹊跷，一个"尽"字绝对不是指距离，而是心态。张伯伦留了线索，让我们来找熊瞎子，莫非张伯伦博士有意躲着我们，不让我们找到他？

胖三环顾了一下四周，巴掌大点儿的地儿，屋子里就这么几个人，谁长得都不像张伯伦，除了这么几个人，连个蟑螂、苍蝇都找不出来，胖三暗骂晦气，嘟哝着说："这算哪门子的答案，你个老骗子。"

熊瞎子失落地看着我们，摇头叹息说："几位好走，不送。"

胖三悻匆匆地走出门去，说话的时候句句带刺儿，讽刺地说："千万别送了，就你这眼神儿，还不如瞎了呢。"

我尴尬地冲着熊瞎子微笑，表示歉意，说："不好意思，后会有期，有缘再见。"

熊瞎子苦笑着，摇了摇头，说："不会再见了，缘分已尽。送你最后一句话，有些人即使模糊了生死的界限，撕破了时间的序列，依然过不好这一生。"

胖三虽然走在最前面，却听得仔细，不耐烦地说："呸！大爷，您是在写诗吗？老不正经的还学人拽文，白瞎了我的大好时光，听你说了一晚上鬼话。"

熊瞎子笑而不语，虽然他看不见，却执着地送我们离开，他脸上挂着的笑容有些诡异，这种诡异也许他自己都不曾察觉。

走出巷子，胖三大大咧咧地跟着九爷去开车。

杜可可慢吞吞地走在我身后，她一直埋头苦思，似乎觉得哪里不对劲儿，她轻声问我："你有没有觉得胖三今天很奇怪？"

我反问："胖三哪天不奇怪？"

天灰蒙蒙的，胖三打了个哈欠，挥手让我们上车。我急需要找一家旅馆，已经三天没睡好觉，此时我们对于一张温暖的床的感情，比见了爹娘还亲。

胖三扶着方向盘，伸了个懒腰，哈欠打得合不拢嘴，愤愤不平地说："这装神弄鬼的老小子，竟然能看到未来，鬼才信。"

我点头，说："我相信，他看到了未来。"

胖三惊讶地看着我，问："那他今天看到了什么？"

"他今天什么都没看到。"九爷闭着眼睛冷不丁地接了一句，我们都以为坐在后座的九爷已经睡了。

"不好。"我心中一惊，顿时心凉了半截，吓得胖三一个紧急刹车，差点儿把我们从车窗里甩出去。想起临走时熊瞎子沮丧中带着的诡异笑容，我幡然醒悟，开了天眼的人如果什么都看不到了，只有一个原因，就是死亡即将来临。

我猛然说道：“对，他什么都没有看到，因为他已经没有了未来。”

我们急忙调转了车头。

再次返回到熊瞎子的住处时，门口已经站满了人踮着脚向院内张望。警察在门前维持秩序，熊瞎子死了，死状惨不忍睹。

胖三挡住杜可可的眼睛，不让她看见。画面血腥，死状恐怖，脸上难以置信的神情扭曲在一起，充满了疑惑，熊瞎子的眼睛被活生生地抠了出来，抛在离尸体不远的位置。血迹染红了地板，地上用血渍画了一个不规则的椭圆，中间有一个实心点的符号，就像一只眼睛的模样，还有一个三角的符号画了一半。这几个符号连成一条直线，未完成的三角符号更像一个箭头的标识，和地上的眼睛竟然看着同一个方向，指向了西南。

胖三看得心惊肉跳，撇着嘴问：“谁会下手这么残忍？”

熊瞎子的尸体倒在血泊中，手指上沾满了血渍。

我说：“最残忍的是，他自己下的手。”

胖三胆战心惊地问：“谁会闲着没事儿挖自己的眼珠子玩儿？玩这么残忍的益智游戏，除非他看到了不寻常的东西，那得多恐怖的东西啊！”

熊瞎子死了，这个传奇人物这次真的死了，死透了。很多次传闻都没证实他的死，我们心中一凉，一个传说中的人物死在了我们面前，死得极其悲惨，让我们感觉危机就潜伏在我们四周，每走一步都如履薄冰。看着身边的任何人，似乎所有人都居心叵测，看到每一张脸都感到害怕。

一个扎着马尾的女法医翻动着熊瞎子的尸体，她穿着简约、干练，拿着一个小本，在尸体旁指指点点地记录着。

熊瞎子耳朵里也淌出来脓水般的血渍，判断应该是听到了某些刺耳的声音让他产生了幻觉，看到了极其可怕的东西，并且是强迫性的，他才挖出自己的眼球。既然是他自己下的死手，为什么死前又要留下这些奇怪的符文，这些符号就是他看到的未来？这些符文很显然是刻意留给人看的，又是留给谁看的？如果凶手故意布置了自杀的假象，就是为了让这些符文一定能被人看到，那他又有什么目的呢？

"这是古蜀图语，在3600年前就已经消失的一种图语。"那个扎着马尾的女警官走过来。

我们不约而同地看着这个脸上还带着稚气的姑娘，她眉宇之间透着英姿飒爽的自信，二十多岁的年纪，笑起来脸上的一侧有个浅浅的酒窝。

她站在我们面前，伸出手来自我介绍说："MarySue，国际刑警，同事叫我茉莉，苏茉莉。"

我宛然一笑，还没有开口，胖三抢过去握住她的手，说："我去，这么高端大气，都国际范儿了，我是李斯文，欢迎国际友人，我的外文名叫……"胖三突然语塞，脑子里没几个英文单词，筛选了一下，竟然忘了自己还没来得及起个英文名。

杜可可补充说道："胖三儿。"

"那不叫外文名，那叫外号。"胖三一脸厌恶，一本正经地搜罗了自己脑子里所有的英文单词，不知道从哪里捡起来了一个，得意地解释说："我英文名叫Sofie。"

杜可可看不惯胖三那一脸桃花烂漫的春色，看见漂亮姑娘就发春，冷冷地说："你英文名叫Sofie，那中文名不应该叫胖三，应该叫卫生巾才对呀。"

看着两个人都撕成鱿鱼丝了，我脑子里嗡成一片。苏茉莉看着地上的符号，拍了照片。

我说："你们两个先别指望着一时半会儿能撕出个结果来，最好先看看这个。"

苏茉莉放下相机，我好奇地问："你懂古蜀图语？"

苏茉莉分析说："在占卜术里这个符号是太阳的象征，而在炼金术里这个符号指的是金。"

胖三默念道："太阳，金……"

苏茉莉咬着手指，思索着说："太阳升起的地方。"

我看着血渍标识指向西南的位置，抬头看见若有所思的苏茉莉，四目相视，两个人突然醒悟，异口同声地说："金沙古城。"

在5800年前，太阳又被称为神鸟，古蜀人崇鸟崇日，同时又心生惧怕。从1929年春至今，金沙遗址的发掘工作从来没有停过。金沙古城在数千年前被称为太阳升起的地方，我们一路颠簸，绕过环城路，直到南城的金沙遗址博物馆。第一缕阳光透过环形的太阳神鸟雕塑，照射在博物馆的穹顶之上，一轮朝阳刚好镶嵌在雕塑的空隙之中，光影绰绰。

九爷的神情有些紧张，一股莫名的兴奋涌上心头，车门来不及完全打开便跳下了车。

我们顺着光的方向走进博物馆的大门，可能是见老友心切，我和杜可可、苏茉莉小跑才跟得上九爷的步伐，胖三气喘吁吁地扶着腿蹲坐在地上。我们刚走进大门，一双白手套把我们拒之门外，一个年轻保安笔直地站在我们面前，挡住了去路。

保安义正词严地警告我们，说："今天馆里整修，谢绝参观。"

胖三追上来想骂娘，被九爷劝住。

杜可可解释说："我们属于公干人员，来这里是为了做一份很重要的研究。"

保安狐疑地打量着我们，说："啥研究？"

九爷递了支烟给他，说："小兄弟，我们千里迢迢来一趟也不容易，希望您行个方便。"

保安看我们风尘仆仆，还有个胖子上气儿不接下气儿地喘得像头牛一样，他果断拒绝了九爷的烟，警告他不要贿赂公职人员，自己从兜里摸出一根皱巴巴的烟，护着风点上，狠狠地抽了一口，一脸为难地说："方便倒是方便，啥事儿都得讲个规矩，咱们得按照流程走，证件都带了吗？"

这句话可把九爷问愣住了，不解地问："啥证件？"

保安不耐烦地说："非正常开放日，在整修期间是谢绝外来人员参观博物馆的，但既然你们是为了做研究，我也行个方便，需要你们提供身份证明、单位开具的研究证明、从业人员证书、无偷盗犯罪证明以及工作日期间出售的门票。"

他还没说完，胖三的脸气得像猪肝，手指握得嘎嘎作响，杜可可生怕他随时动起手来。

苏茉莉走过去，敬个礼，恭恭敬敬地出示了警徽，说："我是国际刑警，来调查一宗案件，给你们带来诸多不便，我深表歉意，希望你们单位给予配合。"

保安挠了挠鼻子，盯着警徽，确认自己不认识，恍然大悟地点了点头，补充说："原来是警察同志，配合，我们绝对配合，那除了以上的证件，你们还需要再出示一份加盖公章的合作申请书。考虑到你是国际刑警，需要由联合国先向我们国家有关部门发出邀请，经过审批，再递交到地方公安局让领导签字，派出所盖章，递交给我们单位领导审阅，指派相关负责人跟各位交接，去……”

“我去你的吧。”胖三实在忍无可忍，一把抓住他的衣领腾空拎了起来，一拳打在了他的鼻梁上，顿时血如泉涌。他摸了摸鼻子，粉碎性骨折，手上、嘴角血肉模糊，直接把他给打沉默了，不敢相信眼前的一切，这一拳打得他怀疑人生，苦心建立了几十年的价值观瞬间失守。

小保安被打惨了，突然反应过来，手舞足蹈地挣扎着，撕心裂肺地喊叫。胖三紧接着又一拳打过去，小保安门牙碎了一地，立即被撂倒，晕倒在地。九爷长这么大还没被几个人拒绝过，走的时候点了支烟，塞进了他还在淌着血的嘴里。

走进展厅，千百件玉石、金器、青铜器、象牙等奇珍异宝，安静地摆放在展柜中，璀璨辉煌。一件薄如蝉翼、精美镂空的太阳神鸟圆盘，沉睡在透明的展架上。

杜可可、苏茉莉盯着神鸟圆盘，如着魔了一般，美奂绝伦的饰品让她们馋涎欲垂。但凡金银玉石，对女人皆有无比的诱惑力。

穹顶之上也点缀着些太阳神鸟图腾，光照射进来，浮光掠影，斑驳的光影透过穹顶散落在展厅内，坑穴中凹凸不平地散布着一些星状的圆圈，保持了发掘时的原状。走进博物馆的时候，我心中隐隐有一种不祥的预感，硕大的博物馆就像一座死寂的坟墓，一点儿生机都没有，我们也没有见到维修整顿的施工人员。更像是一个早已布置好的陷阱。

九爷时不时地在看表，他似乎在迫不及待地等一个时刻。我留意到穹顶上的光影变化，恍然大悟，顷刻之间，光从穹顶之上透过神鸟图腾照射进来的光斑与展坑里的圆点重叠，数量、尺寸都不偏不倚地镶嵌在凹槽之中。

看到此情形，九爷捋臂揎拳，喜出望外地走向展坑。

我无意间在他的胳膊上看到了一枚五芒星的图腾符号，九爷身上竟然有跟追捕我们的黑衣人同样的文身图腾。我心中暗叫不好，还没有来得及做出反应，九爷一把抓住杜可可，扣住了她的喉咙，那张笑脸冷却下来，他冲着走廊里大喊了一声："出来吧，我知道你在这。"

一个人影站在走廊里，缓缓地走出来。杜可可失声喊出了一个名字："张教授。"

张伯伦的脸上带着几分失落，用一种复杂的眼神看着九爷，他疑惑地说："你不应该在这儿，三个月前你就已经死了。"

三个月前九爷就已经死了？这个站在我们面前活生生的人，如果不是九爷，那会是谁？我突然想起来，那天晚上在熊瞎子那里，九爷从始至终都没有说一句话。

可是怎么看他都不像一个死人。

九爷冷冷地笑道："我死没死我自己还不清楚吗？"

胖三点了点头，赞许地说："有道理。"

"你闭嘴！"张伯伦和九爷异口同声地说。

"不可能。"张伯伦难以置信地摇了摇头，说："三个月前，你喉癌晚期，我亲自为你开具死亡证明，参加了你的葬礼。"

"一张破纸，一个仪式就可以证明我死了吗？"九爷对于张伯伦的话置若罔闻，从怀里掏出一把枪，指着张伯伦。怀里的杜可可不断地在咳嗽，他用力扣动着手指，指甲插入到杜可可的皮肤里，清晰得可以看到血痕，杜可可几乎不能呼吸。他冷冷地继续说道："我忍受了多少痛苦，现在每一分每一秒对我来说都是煎熬，你知道吗？"

九爷说到激动的时候，眼睛里含着泪水。

张伯伦向前走了两步，劝他说：“有话好好说，你想说什么？”

九爷愤怒地说：“好话都被你说尽了，我还能说什么？”

一个急促的脚步声跑进来，那个小保安提着裤子，脸上还带着血渍，嘴巴已经被烧得红肿，衣领上破了个大洞。他手中拎着一枚警棍，气势汹汹地冲进来破口大骂：“是谁的烟烧了老子新买的衣服！”

看着他那张香肠嘴，已经被烟头烫熟了，如果这会儿他有一面镜子，就不只骂人这么简单点事儿了。

他没头没脑地跑进来撞在了九爷的枪口上，九爷用枪指着他的脑门儿，呵斥道：“哪凉快哪待着去。”

小保安目眦尽裂，攥紧了拳头，把牙齿咬得咯嘣作响，愤怒地问了一句：“哪凉快？”

还没等九爷说话，看着九爷的眼神儿，小保安突然意识到最凉快的地方只有一个，那就是坟墓，他提着裤子一路小跑消失在走廊里。

“我本应该早死了，可我现在还活着，不只我活着，还有更多的人会活过来，可是活着，生不如死。”九爷平息了激动的情绪说。

张伯伦没有听懂他在说什么，几乎所有人都没有听懂。

九爷看了看手腕上的表，用力地扣住杜可可的喉咙，继续说：“我要什么，你应该知道。”

张伯伦沉思了一下，猜测说：“据文献记载，相传古夏时期，黄帝娶蜀山氏女子为妃，生下蚕丛，其纵目，赐十六卦书，称古蜀王，偶得金蚕，身着长青衣，以龙古卜天书，后代曰柏灌，再后者名鱼凫。鱼凫王田于湔山，忽得仙道，各数百岁，皆神化不死，蜀人思之，其民亦颇随王化去，今庙祀之于湔。”

胖三挠破了脑袋，百思不得其解，完全没有听懂，一脸晦气地说：

“想听句人话有那么难吗？”

张伯伦叹息说：“在很久很久以前，有一个叫黄帝的人，娶了一个川妹子，生了个儿子叫蚕丛，生下来发现蚕丛天生异禀纵眼独目，赐十六卦天书，后来几代人参悟到天书的秘密，各个都长命百岁，在鱼凫一代，修得不死之身，忽然成仙……”

九爷瞋目切齿地叫喊道：“闭嘴，当我是三岁小孩吗？”

胖三全神贯注地看着九爷，打量了一圈，摇了摇头，提示说：“不像，你面相显老。”

九爷勃然大怒地说：“别给我讲三岁小孩听的故事。”

胖三委屈地看着九爷，不知道该说些什么，咿咿呀呀地不知所措，他的话彻底地惹怒了九爷，九爷怒不可遏地说：“我显不显老，关你屁事。”

张伯伦有所迟疑，九爷手下的杜可可几欲昏迷，看着痛苦挣扎着的杜可可，张伯伦从地上捡起了保安遗留下来的警棍，一棍击打在展柜上，玻璃碎成一片，警报被触动，鸣叫个不停。张伯伦迅速拿起了太阳神鸟圆盘，走到遗址中心的一块凸起的土堆前，扒开沉沙，露出一块金字塔形状的台阶，上边画着一些图腾。顶端是凹凸有序的浮雕，太阳神鸟圆盘刚好可以镶嵌在其中，组成了一幅完整的金乌图腾。张伯伦用颤巍巍的手对着图腾转了几个方向，从穹顶上投射出来的光斑慢慢移动，聚集在一起，最终汇集在金乌的图腾上。整个遗址突然剧烈地晃动，一座金黄色的锥体渐渐地从遗址中浮现出来，破土而出，整个遗址顿时尘土飞扬。

我们都忍不住叹为观止，没有人会想到招摇过市的太阳神鸟竟然是密码轮盘。从出土到现在它一直都被认作是古蜀人的黄金饰品，每天都展出在游客的眼皮子底下。

剧烈的抖动稍作平息，尘埃散去，一座金灿灿的金字塔浮现在我们眼前，上面刻满了古蜀图语。我问苏茉莉上边都写了什么，她走近仔细看了一遍，一些符号让她感觉到很陌生，从来没有见过，她唯一能认出来的只有四个字：卜甲契约。

当所有的光柱聚集在一起，金字塔的顶端发生着机械的变化。一只金乌盘旋在穹顶之上，从轴心里托盘而出的是一卷黄金卷轴。九爷威逼张伯伦退让开，他走到遗址中心拿起卷轴，在警报声中消失在我们的视野里。

图腾上的星象圆点移位，展厅内下起了金色的雨，穹顶上的金乌立即化为灰烬。

苏茉莉连忙追了出去，我和胖三去搀扶杜可可，她的脖颈上被掐出青色的瘀痕，瘫软在地上昏迷过去，胖三背着杜可可走出博物馆。出门的时候九爷和车子已经无影无踪，连苏茉莉也突然消失了，空旷的博物馆连个人影都没有。

我们离开的时候，和几辆警车失之交臂。我们在成都南城的一家宾馆里住下，杜可可依然昏迷不醒，我、胖三、张伯伦轮流照看着她。

忙完身边的一切，已经到了深夜。我和胖三坐在走廊的长椅上，张伯伦一根接一根地面对着窗户抽烟，愁眉苦脸，停下来细想，从头到尾，我就觉得这件事情有点儿不对劲。我假借着想抽根烟的工夫，试问张伯伦，说：“九爷今天在遗址里拿走的卷轴是什么东西？”

张伯伦沉思了一会儿，叹了口气说：“梵天古书，据说由古蜀王根据龙古天书所创，记载了上古遗失的十六卦残卷，同时也是一张地图。龙古天书最初写在龙骨上，是由伏羲氏在宛丘依据上古河洛符文画出的十六卦。后来龙古天书一分为二，传于炎黄二帝，二人各藏八卦。夏启之初，八卦成为黄帝治世之本纲，据说卦中暗藏乾坤，尽收河洛精华，算尽天地之数，记载了隐遁的文明。传至文王时期，因泄漏天机，毁掉了先八卦部分，文王重画后八卦图，抹去了泄漏天机的线索，留世称为周天古卦，又几经删减。春秋战国时期，孔子在周天古卦的基础上重修《周易》。传至秦时，秦惠王略识天机，屡伐古蜀。其后秦始皇知晓蚕丛氏一脉尚有古卦残片，获丹砂女巴寡妇清相助得到残片，痴迷于卦书所载的长生之术。一统天下后，他焚书坑儒也只为了探寻和抹去天书里遗留下来的秘密。数载后引得汉武帝独尊儒家，他对《易经》更是如痴如醉，此后历代君王无一例外。这样的例子举不胜举，如李耳洞悉《易经》创道教，著《老子》，诸葛亮《易经》知半分，未出茅庐三分天下。袁天罡窥探《易经》一二，知千年事，画《推背图》，刘伯温《易经》知四分，开大明江山基业。”

我听张伯伦说得云里雾里，完全不着边际，一个学者如果不是脑子受刺激了，很难说出这样的言论，我也不想跟他理论，更没有打断他说话。

“他们为什么要删减天书？别跟我说因为天机不可泄露！”胖三质疑地说。

张伯伦说：“你以为呢？你要慢慢地习惯，并且了解我们看到的书籍，认识的文明都经过了重新编撰和删减，你能看到的一切都未必是真的。”

我本来想问，是不是这份梵天古书记载了《易经》之外的先八卦部分，胖三却忍不住插嘴问了一句：“《易经》被你说得这么玄乎，我就想知道这大街小巷两块钱一本的书，能不能算出来我什么时候发财？什么时候交桃花运？”

张伯伦觉得胖三不可理喻，这问题问得牛头不对马嘴，失落地说：“简直是对牛弹琴。”

“你弹不弹琴，对牛来说这不重要，重要的是牛弹起琴来，我怕你受不了。”胖三对张伯伦的话置若罔闻，终于还是妥协了，退一步说：“那你算算杜可可明天会不会康复？”

这句话把张伯伦问住了，竟然无言以对，胖三还真挚地眨巴着眼睛，等待着他的回话。

我找了个台阶给张伯伦下，问：“今天被九爷拿走的就是梵天古书，他拿这个干吗？”

胖三抢先解释说：“这还不好理解吗，他当烦了土匪头子，想转行创业当个算命先生。”

张伯伦也在沉思，眉头紧锁，说：“据文献记载，天书只是当初黄帝赐给古蜀王的残卷，十六卦中的一部分。黄帝生二十五子，古蜀王因泄密天书残卷被驱逐，只有二十四人得名，古蜀王从史册上被抹去，后有炎黄子孙，二十四孝，独不见蜀王蚕丛。”

我问：“那卜甲契约又是什么？”

张伯伦有些犹豫，终于还是说：“相传是黄帝为了保守秘密与神签订的一份永不泄密的契约。传至文王，索性直接被毁掉，被历代君王列为禁忌，史书不载，文献不记，即使在提到之处，也含糊其辞，一笔带过。”

这事儿听上去越来越不靠谱，胖三对这些虚头巴脑的事情没什么兴趣，摸了摸张伯伦惆怅的面颊，怕他八成是被人打坏了脑子。根据张伯伦所说的一切，我知道这老小子没跟我们说实话，如果有什么不对劲儿，就是他的态度。今天发生了这么多事，面对所发生的一切，他的态度和事情本身极其不相称，我们个个都心惊肉跳，而他却显得过于平静，似乎早已预知到这一切要发生。对于那个突然冒出来的九爷和我们的行踪，他似乎了若指掌。

我疑惑地问："这跟我们此行有什么关系？"

张伯伦看瞒不住，意味深长地说："三个月前，我接手了一起疑难杂症，一个刚从日本回国的患者被护士慌忙地抬进了医学实验室，之前从未见过这种病例。患者抬来的时候，身体多处皮肤都已经烂了，经过诊断，患者全身的细胞早已经坏死，应该来之前就死了，可是仍在奄奄一息地喘息着。经过检测，患者的血液里含有一种剧毒，根据病毒元素以 RT7 命名。我们立即采取了隔离措施。在我刚刚研究出病毒的方程式的时候，事情就开始不对劲儿了，我突然发现在实验室、家中、上班的路上有人盯着我，甚至身边的同事都在交头接耳，监视着我的一举一动。"

我想起最近发生的事情，问："那些神秘的黑衣人？"

"这些病毒越查越不对劲儿，最后我发现这些病毒是被人为地注入活体里，有序地重组改写基因密码，在短时间内造成异常突变，身体高度腐烂、僵化。直到第二个、第三个患者被送进来，病状一模一样。我突然意识到这是一场有预谋的违规实验，我被人设计到其中，差点儿成为帮凶。"张伯伦摘下了眼镜，继续说，"让我意想不到的是，病毒竟然在自我修复、完善、成长。我查阅了几乎所有的医学资料，最终在《山海经》中查到一种类似的古老的病毒。经过比对，在 20 年前的金沙遗址发掘中，接触到尸体和文物考古的工作人员出现过类似病状。"

胖三皱紧了眉头，意犹未尽地追问："你怀疑是有人根据古老的病毒样本采样，经过改进后做残忍的活人试验？”

张伯伦摇了摇头，说：“更残忍的是这种病毒不是在活人身上试验的，而是在尸体上，并且是在刚刚死去的尸体上，病毒需要在血液没有凝固的时候才起效果。令人发指的是这些人是被活生生地杀死后，再进行的试验，这是一个庞大的组织经过周密的预谋才可以实施的计划。”

我试问：“你怀疑吴教授参与了这个计划？”

张伯伦迟疑不定，谨慎地说：“吴教授的确是国内这方面的权威，对于 RT7 病毒的研究，从 1959 年到那个年代前夕，他都在研究相关的课题。他也是国内基因重组的专家，几乎收集了二战期间所有的相关资料，只是苦于没有临床案例，一直没有取得实际的进展。”

胖三果断地下了结论，说：“这老小子假惺惺的，我一早看他就不顺眼。”

“不是他。”张伯伦摇了摇头，他把目光投向我，欣喜若狂地说：“直到你的出现，让这一切都有了转机，也让这一切再次陷入迷局。”

我不解地问：“我？”

“在 1869 年，弗雷德里希·米歇尔在人体中发现了一种脱氧核糖核酸，又叫 DNA，从此开启了人类的基因密码。人类有 99.5% 的基因是一模一样的，但在 0.5% 里隐藏着每个人独特的身份识别密码，主要通过遗传等途径。在你的血液里发现了类似的病毒，而在你的身上却没有发现高度腐烂的情况，你的新陈代谢速度惊人的异常，不同的是你的 DNA 在破解过程中，却受到了极大的困阻，因为你的这部分密码被人为地改动重组过，并且被加密，目前无法被读取。”

“哥们儿，你太牛了。”胖三激动地涨红了脸，搓着手，兴奋地说：“这意味着什么？”

张伯伦并没有显得兴奋，愁容满面地说："我还没有研究出来为什么，还要继续研究。从你的现状看，你身体里有某一种元素可以让你迅速地治愈伤口。"

胖三听得差点儿淌口水，觉得这一切难以置信。我看张伯伦说话的时候有所保留，想继续追问，只见眼前一道寒光，我的手臂一凉，胖三手中已经攥着一把军刀，在我胳膊上划了道长长的口子，血渍涌了出来。

我义愤填膺地问："你疯了吗？需要这么认真吗？"我的伤口瞬间便愈合了，愈合的速度之快足已用肉眼目睹，胖三惊讶地张大了嘴巴，点了点头，说："好吧，我承认，我现在疯了。"

张伯伦立即去制止胖三，把他拉扯开，说："不要沾染到他的血液，有剧毒。我尝试过把从他血液里提取的血清注射到小白鼠身上，只用了七秒钟，小白鼠便全身腐烂而死。"

胖三吓了一跳，难以置信地看着我，又看了看张伯伦，下意识地跟我保持了距离，怕碰到我的皮肤。我想这也是让张伯伦忧心忡忡的原因，我的血液里有剧毒，在我血液里流淌着的东西，我对它们一无所知。

我说："你因为怀疑吴教授，所以那天才通知他去病房？"

"后来我发现我错了，当吴教授看到你的那一刻，那种激动的神情是装不出来的，他对活体试验的事情应该知之甚少，甚至一无所知，让他激动的是，他用一生研究的课题活生生地躺在他眼前。他的实验室设立在军方的机构下，他一心想要把你带回到实验室中。不知道何时走漏了消息，无意中牵引出另一股势力，直到有一天，几个人闯进实验室来抢夺你的血液样本，我怕血样和研究资料落入到他们手中，一把火烧了实验室，烧了所有的证据和资料。"张伯伦无奈地说。

胖三瞪大了眼睛，说："那把火是你放的？"

张伯伦点了点头。

我追问："实验室被烧的时候你应该就在附近，或者就躲在火场的某处，你在墙壁上留下了一句话，'他们回来了'，那'他们'是谁？"

张伯伦心神不宁，躲避着我的眼神，摇着头说："不能说，说不得。"

看他的神情不像是刻意隐瞒，提到这个话题，他开始闪烁其词，透露着一些忧伤。我也不想强人所难，他们是谁或许跟我没有任何关系，我猜测说："所以你一直都在我们身边，假扮消防员把信件送入到胖三的口袋里？那时候你并不在金沙，你压根儿就没离开实验室，也没有提前到这里来，而是拿我们当诱饵，一路上尾随着我们来到这里？"

张伯伦抱歉地笑了笑，说："果然瞒不过你。"

我有一种被蒙在鼓里的感觉，看着旁边捂着嘴偷笑的胖三，问："你早就知道张教授跟在我们后边？"

胖三一脸真诚地解释说："我开始并不知道，只是在半道上才察觉的，我当时一心顾及张教授的安全，后来发现张教授跟在我们身后，所以该吃吃该喝喝，全当旅游散心了。"

张伯伦说："我并没有刻意地欺瞒你们，当我发现这些事情另有蹊跷，我也是身不由己。躲藏之后，在暗处发现一切都在悄悄地发生着改变，九爷出现在你们面前，在我意料之外。在你们踏上旅程，我发现不止一股势力尾随着你们，这一连串的事情，幕后竟然有多方的力量在操纵着，现在有些事情已展露眉脚，有些真相即将浮出水面。"

胖三想起九爷，问："九爷也是病毒的试验品？"

张伯伦摇了摇头，说："不知道，看上去跟那些试验品有些类似，却又完全不同。从九爷抢夺天书的举动看，与已有的两拨势力、动机完全不同，而他们的目标不是陈尘。"

我后退了两步，对他有所戒备，冰冷地盯着张伯伦，冷冷地说道："你为什么知道我的名字？你到底是谁？"

张伯伦也一愣，想了想，在任何场合下似乎我从来没有提到过自己的名字。他笑着说："你昏迷的时候叫出来的，还有两个名字，一个叫周沫，一个叫一一。"

他的话重新勾起了我的回忆，我最近开始厌恶自己，时常会忘记一些事情。我以为把它们埋藏在了内心深处，后来才发现，这只是躲避现实的一种方式。人不会变得越来越理性，只会变得越来越麻木。我最近很少再想起周沫和一一，甚至连梦中都没有再见到。

Ⅲ 少数π

虽然有很多问题困扰着我们，但是一些比较棘手的问题一时半会儿不便于深究。张伯伦已经麻烦缠身，百愁难解，那张苦闷的脸上写满了疑惑。正在此时，杜可可房间里传来了痛苦的呻吟声，我们冲进房间里，杜可可撕扯着床单，在痛苦地挣扎着。

杜可可的伤口由青色恶化为黑紫色，面色铁青，意识模糊，伤口处已经溃脓，在伤口的附近，皮肤呈现出硬化的状态。

胖三看了一眼，于心不忍，狠狠地骂了一句："这九爷下手还真够黑的。"

我帮杜可可检查了伤口，说："这不是普通的伤口，难道是……"

张伯伦用手指摁压了几下伤口和四周已经硬化的皮肤，惊诧地说："这是一种罕见的中毒现象，皮肤被刺破感染，有恶化扩散的迹象。从伤口看，很像传说中的尸毒。"

"尸毒？哪有这么邪性。"胖三暴跳如雷，难以置信，反驳说："杜可可是被九爷挟持的过程中抓伤的，中了尸毒，那九爷岂不是僵尸？"

张伯伦缄默不语，这个问题他还没有想明白。

我问："你对这种病毒感染了解多少？"

"尸毒只是传统的叫法，其实就是一种感染性的毒药。"张伯伦解释说："这种病毒源于西方，最初是博尔吉亚家族秘制的一种毒药，具体的成分至今不明。我看过一份相关的分析报告，目前从中检测出来的有尸碱、砒霜和水银。尸碱是在生物死亡时从体内提取的毒素，由蟾蜍、蜈蚣、毒蛇等生物的肺部取出，在浙、闽、粤、滇、黔、桂等地的蛊术中也有记载。最难得到的是他们的成分比例，其中一些隐藏的矿物质成分，时至今日依然无法全部获悉。炼制方法极为诡异，据说将猪吊宰，在血液流尽、心脏最后跳动时取出其肝脏，磨碎后加入三氧化二砷等药物，严格地按照成分比例做成液体，精制后磨成粉末，呈现出雪白色，无色无味。还有一种说法，便是中国古代炼制的丹药五石散，药方始于何年不祥，多数成分雷同，两者的功效却大相径庭。五石散以丹砂、雄黄、白矾、曾青、慈石也等炼制，加入动物肝脏，根据配方，经炉火锻造七七四十九天，炼制的过程要求极其精准，成分比例苛刻。服之让人浑身起热，据说有延年益寿、长生之效，从帝王将相到文人墨客，风靡数千年。更多人因服用这种丹药或慢性中毒，或暴毙而死。经过现代医学对已知成分的化验证实，两者都是毒药，发展到今天已经变异成新的药种。”

“那会怎么样？杜可可会变僵尸？”胖三心急如焚地问。

张伯伦摇了摇头，说：“不会，这个世界上根本没有僵尸，只有病变，僵尸只是小说和电影里的桥段。中毒者最初引起急剧倦怠感，久而久之肌肤粗糙，然后牙齿脱落，最后无法站立、坐卧，在呼吸受阻、心力衰竭中窒息死亡。”

杜可可呼吸急促，胖三看张伯伦束手无策，急得抓耳挠腮，他提了一个解决方案，急不择言地说：“要不我们找个跳大神的给看看？巫婆、和尚、道士啥的都成，总得想想办法啊。”

张伯伦感觉莫名其妙，指着胖三说：“可可病了，你也有病啊。”

我看着杜可可在床上痛苦地挣扎，说："那我们要不要立即送杜姑娘去医院？"

张伯伦低下头，捶胸顿足地自责，低沉地说："目前据我所知，对于这方面的研究我的实验室是领先于国内的医疗水平的，只是这个课题一直没有得到攻克。这也是我来金沙的原因，想彻底地治疗好一种病毒感染，就要从它的源头开始研究。根据相关的新闻报道和资料的分析来看，据我所知，它的源头就在金沙。"

胖三捋起袖子整装待发，说："那我们还等什么，别闲着，出发啊。"

我一动不动地站在原地，狐疑地打量着张伯伦。从张伯伦的话中不难听出，他对我们所说的话有所保留，事情也并没有这么简单，从我的出现到利用我诱出吴教授现身，一路被人监视，半道又杀出了个九爷，恰好九爷还是他多年的好友。从北京到金沙，这一路走来，张伯伦可谓是居心叵测，现在杜可可又中了毒，中的还是他多年来一直研究的病毒，这该是多么小的概率才会这么巧合碰在一起的事情。要么张伯伦故弄玄虚，要么他真的有难言之隐。

张伯伦看我有所顾虑，付之一叹，说："我知道你有很多疑问，我所知道的尽量会告诉你。"

我回忆起来在金沙博物馆里，张伯伦虽然尾随着我们进出遗址，硕大的博物馆就像一个迷宫，但是他绝对不是第一次去金沙古城。在遗址下藏有金字塔，金字塔里藏有梵天古书，天书的秘密哪怕连官方的工作人员都未必知道，对金沙古城的了解说明他不只对金沙博物馆知之甚详，还对金沙古城背后藏匿的秘密了如指掌，这绝对不是一个生物学家应该知道的事情。

我忍不住问："你又是怎么知道金沙遗址秘密的？"

张伯伦看隐瞒不住，下定了决心，说："我带你们去一个地方。"

1929年的春天，一批玉石在古董市场上引起了巨大的波澜。一对父子暗中叫卖，有琮、璧、圭、璋、璜、琥等，每件锯截、琢磨、穿孔、雕刻和抛光的工艺都巧夺天工、古意盎然，件件都是美奂绝伦的绝品。让人震惊的是他们所持的玉器个个都是先秦以上的礼器，一次面世数百件，这些物件随便拿出一件两件，都足已撼动当时的国内甚至世界的古董市场。这对父子偶然发现月亮湾附近有大规模的古城遗址，竟掀起了第一轮的掘宝热潮，各国势力暗中蜂拥而至。随着国民政府当地驻军的参与，政府也迅速地参与到考古中来。突然有一夜，他们挖掘到一具石椁铜棺，有工作人员染上了一种罕见的传染病，在人群中迅速地传播，有不少人死去，民间传说这是死亡诅咒，一时流言四起，人心惶惶。疫情甚至牵连到军队里，考古工作戛然而止，从此只进行保护和宣传，禁止继续开展任何发掘和勘探工作，发掘工作从此搁浅，长期停滞。

20世纪中叶，一次小规模的考古行动再次展开，一切都相安无事。事情也已经平息了很多年，于是遗址发掘工作问题就此盖棺定论。直到参与考古的一个教授，回到学院里的第二天突然暴毙，所有的考古资料再次被列为机密，雪藏在档案中。

1986年秋天，一个砖厂工人挖出一块巨大的玉璋，却不小心打碎，国家根据这个地带发生的特殊情况，迅速组建了抢救性的发掘。也是在这个时候，张伯伦、吴教授等十人组成生物学家小组，和考古队一起参与了发掘工作。张伯伦的哥哥张连城是当时其中一个考古小组的组长，考古工作进展到第二年，一切顺利，收获颇丰，没有任何疫情发生的征兆，甚至找不到任何和尸体相关的蛛丝马迹，连续发掘完几个区域，都没有再看到任何棺椁、尸骨的痕迹。

说话间，一个半小时的路程，我们已经从成都抵达了广汉。

走进三星堆博物馆，大量陶器、石器、玉器、铜器、金器应接不暇地映入眼帘，铜人头像、铜人面像、铜尊等大型铜器形貌特征更是惊人，与我们已知的任何文明都不相同。一棵通天青铜神树，璀璨辉煌地摆放在展厅中，我看着这颗青铜神树，有一种目眩的感觉，莫名地感觉到昏昏沉沉的。张伯伦带我们走进一间档案馆，档案馆里摆放着密密麻麻的图文资料，张伯伦翻出一些资料，盯着这些资料发呆，瞬间就红了眼睛，眼睛里有泪水在打转，他指了指密密麻麻的照片中一张泛黄的老照片。

我注意到这张老照片已经褪色，是在发掘现场拍摄的，照片里的人戴着安全帽、口罩和防护服，仔细去看这些人的脸，我心中一惊。照片里有九人，七个男人、两个女人，他们或坐或站着面对着镜头，照片里有吴教授、张伯伦、九爷、张连城。

我还没有看完，胖三指着照片边缘的一个胖子，兴奋地说："我爸爸李爱国、二叔李中华，他们也在这儿。"

张伯伦伸手摸了摸胖三的头让他安静，我们继续往下看，让我惊诧的是，在张伯伦的身边竟然有一个人——熊瞎子。

我抬头看了看张伯伦，问："熊瞎子？"

张伯伦意味深长地说："吴教授是这方面的专家，由他带队研究，熊瞎子是考古队的一员。在考古的第二年，我们的工作已经结束了，我们在即将回城的前一天晚上在河边篝火庆祝，告别这一年多来艰辛的户外作业。因为在发掘的过程中，虽然挖掘出大量的玉器、青铜器、金器，却没有发现一具尸骸，所有人都觉得这不是古蜀都城，而是祭祀区，周边也没有发掘出墓葬。问题就出在熊瞎子身上，他的祖上是风水先生，勘探了周边的地势，在广汉的湔江之畔，三座大土堆在一条线上成金星状排列，隔着牧马河相望，对岸有一弧形台地，势若降龙，水绕云从，乃是三星伴月之象，古蜀都城应该在西南方向，最终在城西苏坡乡金沙村一代穴定龙砂。”

我沉吟说：“这才是问题的所在？”

张伯伦点了点头，说：“我们向考古队申请开展勘探工作，被拒绝。熊瞎子贼心不死，竟然组队私自盗掘，被我哥哥张连城发现，两拨人在地宫中争斗起来，熊瞎子被地宫里的暗器所伤，瞎了一双眼睛，从此对我哥哥怀恨在心。从地宫出来后我哥哥身感不适，开始有呕吐、发烧的情况出现。”

我看了看照片，拍摄时间是1990年1月。看着这张照片，除了时间过于久远，表面上有些褪色，没有任何瑕疵。照片里的人、表情、着装、拍摄时间，一眼看上去哪都对，可是给人的感觉有些怪异，又觉得哪都不对。

张伯伦继续说：“我哥哥的身体一天一天地虚弱下去，我们做了所有的检测和研究都没有找到任何中毒的迹象，可他的身体却一天一天地发生着变化，期间他几次又前去金沙村勘探，随着次数的频繁，身体状况急速恶化。直到五年后，金沙古城正式发掘，我哥哥的病情加剧，各种中毒的迹象愈发明显地呈现出来，病毒集中性地完成变异，也就是第一代的RT7病毒的原型。”

胖三追问：“20年前在金沙遗址发掘的过程中发现过类似的病情，患者就是你的哥哥张连城？”

张伯伦点了点头，他发现我听得索然无趣，关注的焦点不在于此，而是全神贯注地盯着桌子上的那张照片。

我一直在想那天晚上九爷为什么一语不发，因为九爷跟熊瞎子本来就认识，他一旦开口就会露馅。这张照片上的信息量太大，我还没有完全整理出来思绪，如果张连城身染了病毒，那熊瞎子为什么会没事儿只是瞎了一双眼睛？而这张照片究竟哪里怪异呢？

张伯伦看我沉思不语，问："你也看出来这张照片有问题了？"

我点了点头，说："有点儿诡异，说不上来。"

张伯伦拿起照片，指着两个人之间的空白说："这张照片里本应该有十个人，而现在能看的只有九个。"

我看着照片，的确发现了这个问题，在两个人的中间有一处空白，从两个人的手势、表情、站位的空隙上来看，中间确实少了一个人，那时候 PS 技术还没有发明出来，连计算机都是奢侈品，不可能一个人凭空地就从照片上消失了。

我惊诧地问："本来十个人，有一个人从照片上消失了？"

张伯伦也觉得匪夷所思，说："拍照的时候是十个人，这张照片一直都被保存在博物馆里，从来没有人动过。自从那件事情发生以后，这个人彻底地从我们的生活中消失了，甚至拍摄的照片里的痕迹也被抹去了，消失得干干净净，户口、档案、所有的影像以及过去，就像从这个世界上蒸发了一样，找不到任何痕迹。"

"一切都消失了？"照片上消失了一个人还可以说得通，可以通过某些技术或者因为年久失色随着时间而褪去色彩，可是连生活过的点点滴滴都消失了，这就说不通了，能够解释的只有一种原因，我说："除非是你们集体产生了幻觉，幻化出来这么一个人，其实这个人根本就不存在。"

"我也这么想过。"张伯伦无可奈何，这个问题困扰了太久，要承认自己精神错乱产生了幻觉，勉强可以接受，有很多种药物可以产生这样的效果，如曼陀罗粉制成的迷魂香，麦角酸二乙酰胺、三唑仑片、毒品、新兴合成的化学药品等致幻剂，可以通过呼吸、触摸等多种方式进入人体，让人产生幻觉或者催眠。可要是九个人同时产生了同一幻觉，就太勉为其难了，这些张伯伦比我们更清楚，张伯伦欲言又止，说："可是，最近我好像又在哪里见到了他。"

胖三迫不及待地问："这个消失的神秘人究竟是谁？"

张伯伦盯着照片在发呆，被胖三一问，回过神儿来，说："不知道，只知道他姓陈，因为他不怎么说话，大家都叫他陈默。"

听到姓陈，我心中咯噔一下，我的目光从这些照片上扫过，其他照片虽然褪色、泛黄，却不像这张照片处处透着诡异。照片记录了发掘的整个过程，还有一些录影带，被按照年份和日期一一编号，我借了几卷那个时间段的录影带回去。

回到宾馆里细看，果然录影带里找不到那个叫陈默的任何信息和影像，仔细地观看，张伯伦、张连城、九爷一些人偶尔会跟空气说话，谈笑风生，这让一切都变得更加诡异，无法用科学的理论来分析解释。重新看这些录影带，面对这些白日说梦的灵异事件，让人毛骨悚然，张伯伦都感觉到错愕，汗毛直竖。

到了深夜，张伯伦去照看仍在昏迷中的杜可可，胖三趴在我身边睡着了，呼噜声此起彼伏。

我一帧一帧地盯着画面，突然一个画面闪过，更诡异的事情让我不寒而栗，差点儿跌落在地板上。我倒回去定格在那个画面上，画面的背景里出现了一张脸，那是一张熟悉的脸。在这卷录像带里，我竟然看到我自己，就在发掘遗址的现场。

难道这个不起眼的背景，是录影带没有来得及处理掉的细节？这个人如果是那个姓陈的，这个陈默跟我又有什么关系？如果我就是这个陈默，我竟然完全没有印象，从来也不记得自己来过这里，我所有的记忆里一切都很陌生，这是我从来没有见到过的景象。

看着那张熟悉的脸，我惊出一身冷汗，他是谁？

如果不是我，这个世界上怎么会有两个人长得如此相像，这简直是活见鬼了。我从头到尾地翻看着录像带，希望能再找到一些蛛丝马迹，可是带子都看冒烟儿了也没有再找到，我藏起了那一卷带子。

胖三两排牙齿磨得咯咯作响，肚子饥肠辘辘叫个不停。

我继续盯着屏幕出神儿，不知道过了多久，我突然感到房间里有一些异样，显示屏上映出了一张微笑的脸，我猛然回头，胖三不知道什么时候已经站在了我的身后，一动不动地注视着显示屏。我看了屏幕上的画面，又转身去看胖三。

胖三龇着牙冲着我笑，兴致勃勃地说道：“我发现了一件大事儿。”

我以为他发现了屏幕上定格的画面，我支支吾吾地搪塞道：“什么大事？”

他搓了搓肚子，侃侃而谈地说：“常言说得好，民以食为天。现在我饿了，这可是天大的事，你说算不算大？”

我摸了摸肚子，还真有点儿饿，想起来今儿忙碌了一天，还没有吃一顿正餐。

胖三并没有发现什么异常，他急不可耐地把我拖拽出房间，向我介绍来成都第一件事情就应该吃，不然还真对不起自己。成都小吃举世闻名，大街小巷的老隍城的卤肉锅魁、宜宾燃面、灯影牛肉、荔枝巷钟水饺、蛋烘糕，不胜枚举。他对吃的东西如数家珍。

出了宾馆便叫了一辆出租车，还没有关上车门，胖三便馋涎欲垂地隆重介绍龙抄手，皮薄如纸，细如绸，馅嫩滑爽，新鲜的鸡汤、精肉猛炖慢煨而成。他舔了舔嘴唇，感慨那叫一个香醇可口。

看着他说得如此美味，哈喇子流了一地，我看着都于心不忍，觉得胖三有点儿可怜，但凡一个人饿成这样，吃什么都觉得是人间美味，他一路上吞着口水，把我跟出租车司机都惊呆了。司机也会见机行事，穿街绕巷，把一辆车开得快如疾风，风驰电掣地把我们送往目的地，把两辆救护车都甩出了几条街，大概怕时间耽搁太久，更怕胖三饿急眼了一激动把车子给他啃喽。

车子一路开到锦江区，我们在城守街下车，胖三直奔一家餐馆，步履狼狈地跑过去，口水淌得像洒水车。这步伐完全凌乱，没有形象可言，把一个人能饿得如此狼狈，我也算是开了眼。

一碗热腾腾的龙抄手端上来，香味四溢，一缕清香萦绕在碗口，汤贵色清，馅贵细嫩，可以看得出来这是一家老店，哪里有好吃的，胖三门清。不知道是饿了太久的缘故，还是胖三夸大其词，我看着珠玑般的馄饨，竟然没了胃口，心思一直在宾馆的录影带上。

我抬头看见胖三已经捧着一碗龙抄手，把它喝了个底儿朝天，一不留神儿，他抱起我的那碗也吃了起来，埋怨说："劳动人民是最光荣的，现在汤都凉了，你把劳动人民的心都伤透了，你的行为绝对是在给社会主义抹黑，明摆着糟践粮食，拖社会主义后腿。"

看着他吃得心满意足，我依然忧心忡忡，假设地问道："这个世界上会不会有两个人长得一模一样，或者有另外一个自己生活在某个年代或某个地方？"

我有一种不祥的预感，对自己的身份、家庭、所处的年代，甚至过往的经历都深感质疑。

胖三呼噜一声喝光了碗里的汤汁，一把拍在桌子上，说："这个问题我还真想过，我大学毕业那会儿在北京租了个地下室，每天清水、干馍馍卷大葱吃，辣椒酱那都是奢侈品，一罐老干妈那得吃半年，直到现在看见老干妈那可真是碰到亲人了，虽然不是亲生的，养育之恩无以为报，那也伴随了苦逼的青春啊！那会儿我就怀疑自己的身世背景，我爹一定是一个隐性富豪，我这身板儿里里外外绝对是一富二代啊，你看这长相、身条、发型，主要是气质。大学里学了一脑门子的好学问，我琢磨着，这是要派我出来历练一下，劳其筋骨，说不准哪天这大任就降临在我身上。我爹也太鸡贼，死都没告诉我这个真相，只留给我村里的三间瓦房，白瞎了我这一脑门子的好学问，没有用武之地。"

我看着他那饱含学问的脑门子，油光满面，眉飞色舞，话说得振振有词，唾沫星子比嗓门更有气势地澎湃而出，从他的话里压根儿没听出来一丁点儿的文化。

我说："我们说的估计不是一回事。"

胖三振振有词地说："这就是一回事，我们都被骗了，我现在想明白了，骗就骗了吧，稀里糊涂地就过去了，人活一世，草木一秋，这辈子也就一眨眼的工夫，吃好、喝好，何必凡事都这么较真儿呢！"

我估计胖三今天是心灵鸡汤喝多了，再喝下去，活脱脱地就喝成一只肥鸡了。

我们走出饭馆，胖三抿了抿嘴，指着小吃街说："开胃菜吃完了，下边开始正餐。"

以往我所知道关于吃饭都是一日三餐，按顿吃。跟胖三在一起，我终于见识到了什么叫吃饭按街吃，吃遍了三条街，胖三还能意犹未尽地吃个来回，回味无穷地吃个往返。

他剔着牙，慵懒地打着哈欠伸着懒腰，埋怨着说："吃饱了就困，我这还没吃饱，俩眼皮子就在打架。"

我们走在人群中，胖三突然加快了脚步，在我耳边低声暗示，别回头，有人一路在跟踪我们，从宾馆出来就一直跟着。

我问："他们是谁？"

胖三撇了撇嘴，说："就权当出来遛狗了，这帮人跟狗皮膏药似的，不吭声地就这么黏着，让人瘆得慌。"

我问："你想怎么做？"

胖三反问道："一般遛完狗了应该干吗？"

我说："抱回家。"

胖三无奈地说："不，你说的那是哈巴狗。我说的是大狼狗。"

我问："这有什么区别吗？"

胖三居心叵测地说："一个抱在怀里，一个关在笼子里。"

我果然看到几个人遮遮掩掩地尾随在我们身后，看到我转身，假装若无其事，胖三的敏锐观察力一点儿都没含糊。我侧身低声问他："你出来不是为了吃东西？"

胖三听到我这么问，顿时感觉到扫兴，拍着胸脯问："我长得像吃货吗？"

我点了点头，说："有点儿像！"

胖三纠正说："你看待事情一直都这么片面吗？"

我看着他彪悍的体格，肥头大耳，黝黑的肥肉溜光锃亮，呲着两排黄牙，略带责备地看着我，喘得像头牛，呼吸的气息直接拍打在我的脸上。

我改口说："太像了。"

我和胖三拐入到一个巷子中，疾步如飞。巷子是一个狭小的丁字路口，两边是废旧的民房，老旧的路灯已经被小孩子用弹弓打破，除了几盏孤立而昏黄的灯光。走着走着便起了夜雾，灰蒙蒙的，大部分路况坑洼不平藏匿在黑暗中，凄荒的草丛与夜色混成一色。一个空灵的声音从黑暗中传来，仿佛在叫喊着我们的名字。我们走出了十几分钟，所到之处全部都是雾霾，根本看不清远方。又走了十几公里，天色渐亮，再一次看到了一个丁字路口，跟我们来时的一模一样。胖三骂道，今天中了邪了。我们绕来绕去始终都在原地踏步，那个呼喊着我们名字的声音忽远忽近。

我脑海里冒出来一个词儿，问胖三："你有没有听说过鬼打墙？"

胖三一颤，咬了咬牙，说："别说鬼打墙，就算是牛头，是马面也得给他拉出来遛遛。"

胖三说话的时候悄无声息地脱掉肥大的外套，我们身后的脚步声越来越近，惊出来一脑门子冷汗，胖三一把拉着我蹲在草丛中，告诉我："低调！低调！"

说着，胖三脱去了外套，只剩一件白衬衫。似乎做好了开战准备。

一个身影悄无声息地跟在我们身后，脚步声由远及近。胖三咬紧牙关，张牙舞爪地伸开外套就扑了出去，一个消瘦的小身板儿被罩在胖三肥大的外套里，我们冲上去一顿拳打脚踢。外套下的小身板儿哼哼唧唧正在努力地尝试挣扎出来，隔着套子他似乎有话要说，被我们三下五除二弄掉了两颗牙。扯开外套，一个衣着保安制服的人，在地上抽搐着，委屈地看着我和胖三。

"怎么是你？"这个保安让我们记忆犹新，是不久前在博物馆门口被胖三干懵了的小保安，胖三最先记起来的是那张被揍的脸，现在还没有愈合。

小保安扶着门牙，疼得话已经说不利索，声音沙哑地说："你们……怎么，打……打人？张……张教授说……"

胖三安慰他说："兄弟，对不住了，这都得怪你，谁让你说话这么空灵，鬼声鬼气的，我还以为见鬼了呢。"

看着小保安的那张被打得不成样子的脸，大晚上的看见这张脸，还不如真的去见鬼呢。

小保安看着胖三，有些惧怕，委屈地说："我也不想，前天被你们打了，鼻梁塌……塌了，牙掉了，说话漏风。"

胖三摇头，说："不对，为什么我们一直都走不出去？"

小保安说："这是一个多年前废弃的'8'字形长巷，长满了荒草，又起了雾，我在你们身后喊了你们半个多小时，嗓子都哑了，越追你们跑得越快。"

我问："刚才你说张教授怎么了？"

小保安喘息着说"张……张教授让我通知你们，杜可可醒了。"

胖三狐疑地看着小保安，问："张教授让你来的？"

小保安说："上次张教授找我帮个忙，让我在博物馆门口阻拦你们进入，他猜到里边可能会出事，没想到事儿会出在我身上，结果你们还是闯了进去。这次我以为传个消息应该没有什么危险吧，没想到……"

胖三拍了拍他的肩膀，说："兄弟，你还小，长点儿心眼儿吧，做任何事情都有风险，喝凉水还塞牙缝呢，何况你这是高危职业，受点儿苦是应该的，就当是历练了吧。慢慢你就会习惯，悲催本来就是生活不可分割的一部分，努力吧，不要让悲催成为你生活的全部。"

我们一想到杜可可苏醒了，很多问题就可以迎刃而解，在小保安一路指引下我们马上离开，返回酒店。我们回到酒店时，杜可可坐在沙发上，神情呆滞，看我们走进来，视若无睹。张伯伦忧心忡忡地看着窗外，房间里的气氛有些异常。

胖三一屁股坐在沙发上，沙发深陷下去，他挪动着屁股，说："咋地了？好事有必要搞得这么严肃吗？"

杜可可突然醒了，就像什么事都没有发生一样，怕就怕这未必是什么好事。

张伯伦也意识到了这一点，他皱着眉头，说："这种情况我以前没有见过，有过一种结果的猜测……"说到这里，张伯伦不愿意再说下去，那种结果绝对不是什么好预兆，也是大家最不愿意面对的结果。

胖三不解地看着我们，他的笑容也僵住了，说："醒来就是好事儿，难不成还看着杜小姐去死啊？"

我说："突然醒来这种现象，难道是病毒变异毒火攻心，病变恶化的结果？"

张伯伦不敢肯定，说："从苏醒到现在这几个小时里，还没有看出来明显的病变反应，还要继续观察。"

胖三把屁股挪到杜可可身边，拍着她的肩膀，气急败坏地对张伯伦说："你想观察到什么时候？等到花儿都谢了，你在这儿看着她慢慢变老？"

杜可可一把拉住胖三的手臂，把胖三摔了个瓷实，地板都摔得摇摇欲坠。胖三在地上吭哧了半天，扶着水桶腰颤颤巍巍地站起来，撇着嘴像躲避有害物质一样远离杜可可。杜可可看都没看他一眼，脸上没有任何的情绪变化，摔倒胖三只是本能反应。胖三拍打着屁股，尴尬地赔了几个笑脸，叼了支烟悻悻地走了出去。

胖三出去以后，房间里我只感觉到了两个人的呼吸，我触摸到杜可可的肌肤，一阵冰凉，细腻而白皙的皮肤略显得有些僵硬，她的呼吸微乎其微，时有时无，我甚至无法感觉到。杜可可的精神状态只能用失魂落魄来形容。

我看向了张伯伦，他点了点头，说："她的呼吸频率是正常人的百分之一，心跳和脉搏几乎接近静止，缓慢到机器都无法察觉。"

我有所迟疑，还是忍不住问了一句："跟我身体里发生的情况一样？"

张伯伦摇了摇头，说："看上去有点儿像，实际上却大相径庭，在你的血液中提取的DNA样本里，你的基因密码是完全被加密的，目前还无法破译，至于怎样导致的这种结果，还没有找到任何头绪。从身体状态上来看，你并未受到病毒侵蚀的影响，体内的两种病毒相互克制，适应了环境，根据体温、时间，在不同的状态下重新组合，反而获益于病毒，加速了细胞新陈代谢的再生速度。而从近些年发现的病例来看，他们的状况很不乐观，细胞被毁灭性破坏，身体被病毒所反噬，目前除了血液，尚未发现其他的传播途径。"

我们突然发现少了点儿什么，跟着我们来的小保安不见了，我笑道："你早知道这些，你让小保安通知我们的就是这件事情？"

"小保安？"张伯伦为之一振，疑惑地看着我，不解地问："我不认识什么小保安。"

我顿时头皮一炸，心中暗叫不好！张伯伦神情紧张，表情木讷，没有来得及问也察觉到要发生大事，我们又被人盯上了。

张伯伦手忙脚乱地收拾着桌子上的资料，又在铁皮垃圾箱里点了一把火，把一些重要的资料扔进垃圾箱里。我一步夺门而出，想喊胖三回来，胖三在酒店的走廊里依偎着墙壁和两个女孩谈笑风生，逗得两个女孩咯咯作笑。女孩身着少数民族的服饰，黑色的拖地长裙，头戴彩花的头帕，胸襟和袖口上挑绣着天象、星云和动植物的图像，以红黄黑三色为主，是地道的彝族女孩。她们长相甜美，笑起来耳垂上的银环响成一片，声音清脆，可这声音听在我的耳朵里，有一种摄魂的感觉，顿感轻微的目眩，胸中作呕。定睛细看，两个女孩长得一模一样，竟然是一对双胞胎。这个死胖子一秒钟都没闲着，出来抽支烟的空档都没忘调戏良家妇女。我踌躇脚步，考虑要不要打断他们，胖三伸手帮一个女孩捋了捋鬓角的头发，两个女孩突然板起脸，挥手就煽了胖三几个大耳刮子，这大耳刮子煽得呼呼生风。我心想这死胖子活该，看着胖三痛苦的表情，事儿变得有点儿诡异，胖三竟然站着一动不动，无法还手。

我快步走过去劝慰，嬉笑着跟两位女士赔笑，说完没等两个女孩做出反应，我拉着胖三转身便走，一把将胖三推进房间里，紧闭房门，反锁得严严实实。我问他怎么了，胖三被打蒙了，我拿着水龙头浇了他一脸冷水，水柱滋得他鼻子、眼睛、耳朵和头发上都是水滴，啪啪地往下滴，胖三喘了口气，愤愤不平地说：“这到底是什么世道？她们竟然说我长得丑，这说明什么？”

我说：“说明她们都不瞎。”

胖三摸着两边的脸，对刚才所发生的事情似乎全然不知情，这一摸疼得厉害，龇牙咧嘴地喊疼，两边的腮帮子顿时肿大了不少，胖三照着镜子说：“我怎么觉得脸变大了呢？”

我安慰他，说：“好事儿啊，说明你倍儿有面子。”

张伯伦看了一眼胖子那张脸，也没往心里去，夹着公文包正要去开门，被我制止住：“这会儿应该已经来不及了。”

门外几个身影窜动，皮鞋摩擦地板的脚步声在门外徘徊，胖三完全不知道发生了什么。

我揪住胖三的衣领，追问："你是怎么惹上门外那两个女人的？"

胖三捂着半张脸，疑惑地问："什么女人？还两个？"

我们确定门外那两个女人不是什么善茬，我感到浑身不自在，房间里好像布满了狙击枪的雷射线，这会儿估计门外已经架起了散弹枪、机关枪和狙击枪，这扇门随时都可能被打成筛子。我们心惊肉跳地盯着那扇门，张伯伦凑过来半张脸，掰开胖三的眼皮，看了看他的瞳孔，胖三没有撒谎，他确实不知道发生了什么。

门外传来了一阵急促的敲门声，杜可可突然从沙发上坐起来，像梦游一样向门口走去。我和张伯伦喊了两声她的名字，她压根儿没有知觉也没有听到，径直向门口走去。说时迟，那时快，胖三以迅雷不及掩耳的速度扑了过去，像个肉球一样滚了出去，张开四肢想挡住门。但是晚了，那扇门咯吱一声被杜可可打开了一条缝，顿时门缝里光线四溢，几个人影站在门外，一张脸出现在了门缝里，是苏茉莉，在她的背后站着两个彝族的小姑娘，就是刚才抽胖三大耳刮子的两位。

苏茉莉走进来，看到胖三五体投地地趴在地板上，亲切地扶起他，说："客气了，不用这么见外。"

两个彝族女孩跟在她后边，也尾随着她走进来，看到我们就腼腆地点头微笑，柔情似水，跟之前在走廊上判若两人。看着她们走进来，我腮帮子都觉得一阵火辣辣的，耳边热风扑面。

胖三看着两位姑娘，有些眼熟又认不出来，舰着脸笑呵呵地问："这两位是？"

苏茉莉介绍说："这是我请来的两位本地的专家，她们是双胞胎，姐姐叫沙玛蔷，妹妹叫沙玛诗，是来看杜小姐的病情的。”

胖三厚颜无耻地喜迎上去，啧啧地说：“巧了，咱们还是一家人，我年轻那会儿，他们都叫我沙玛特。”

两位姑娘没有听懂“杀马特”是什么意思。

我暗示胖三，说：“你们说的应该不是同一物种。”

“这话我可不赞成，现在地球都是一个村儿的，我中华儿女，可不就一家人吗。”胖三伸出去的手，没有人回应，尴尬地在空中比画出一个蓝图。他挠了挠头，眉飞色舞地招呼两位姑娘，绞尽脑汁地想出几个词儿，说：“彝族的小妹儿可真是俊啊，里扎，里扎！阿尼嘿姑！我是阿黑哥。”

我不知道胖三在说什么，两位女孩听得欢心，红唇上翘，白齿留痕，这几句话不知道他从哪个光盘里学来的。我怕他一激动再说出几句不文雅的词儿，认真地问胖三：“刚才的事情你一点都不记得了？”

“刚才？什么事儿？”胖三茫然不知，疑惑地问我。

我说：“那大耳刮子煽得跟打孙子似的，你都忘了？”

在我们说话的时候，张伯伦从始至终都没有开口，双眼一直都没有移开两位姑娘的手指。她们的掌臂纤瘦，手指修长，比常人的指关节长出一倍有余，一半藏在袖襟中，被刻满符文的银饰品遮挡住，银饰品上的符文有些眼熟，很像古蜀图语。

张伯伦激动地抓起沙玛蔷的手臂，冒犯地问：“两位可是巫职者？”

胖三似乎没有听清，追问了一句：“嘛玩意儿？”

我给胖三使了个眼色，让他不要再问，也不要乱动，悄悄地提示他说：“巫女。”

沙玛蔷捂着嘴笑，手上的银饰品碰撞在一起，发出清脆的响声，说：

“也就是你们说的巫婆。”

胖三打量着两位女孩，身形婀娜多姿，看上去也就是十七八岁的年龄，不相信自己的眼睛，惊诧地问：“巫婆不都是很老吗？我只听说过老巫婆，这词儿也不太像形容正经人，正经职业的啊？”

我想起了一位故人，是多年前的旧友，曾经和我妻子周沫义结金兰的一位小妹妹，突然想打听一下，恭敬地问：“年轻的时候，我学过一些小把戏，对毕摩文化略有耳闻，研究过一些皮毛，曾经结识过一位故友，洛姑……”

我没有再说下去，看着她们的表情。

沙玛诗笑得矜持，也没有忍得住前俯后仰，说：“你说的是巫祖婆婆？”

沙玛蔷笑得更是灿烂，说：“你看上去也就二三十岁的年纪，巫祖婆婆三十年都没有见过生人，期间从未出过山门，细细算来婆婆一百又几十岁的人，何来的故人？”

胖三幸灾乐祸，在我耳边嘀咕着说：“哥们，你跟美女搭讪，跟她们提人也得提一些有用的，你这都土掉渣儿老掉牙了。套近乎、攀亲戚、谈人生、聊理想，这都没错，错就错在你吹牛吹大发了，被人戳了个底儿朝天。”

我讪讪笑着说：“不好意思，多有得罪之处还望海涵。应该是我记错了。”

张伯伦对于毕摩、巫术、蛊术心存芥蒂，认为这些都是伪科学，对这一切保持质疑的态度，说：“早听闻蜀中多蔷蛊，彝人有养蛊者，其术秘，不与人知。以金蚕为最，能战人之生，摄其魂，夺其魄，与主人同仇敌忾。中蛊之人，胸腹搅痛，肿腹如瓮，不知真假？”

沙玛蔷俏皮地说："那就要找个人来试一试了。"

我看了看胖三肿胀的两个腮帮子，抱拳说："已经见识到了。"

胖三委屈地后退了两步，对刚才发生的事情，全然没有印象，说："我可什么都没做，什么也没吃，什么也没碰。"

我解释说："靠食物吃下去的蛊，多数是下蛊，属于浅显的下乘手段。一脉相传的巫祖世家，手段高明得很，嘘之以气，视之以目，皆能中其蛊，传其毒于人。"

沙玛诗嘟着小嘴，嗔怒道："你不要冤枉好人，我们可没有对这个胖子下蛊。"

胖子看着我们在讨论他，并且完全没有把他当回事，他这个当事人就像空气一样站在我们跟前，瞪着双眼、捂着嘴问："你们对我做了什么？"

我轻描淡写地劝慰着胖三，说："放心吧，一时半会儿死不了。"

沙玛诗摇动着手上的银饰品，发出清脆的响声，这次比起之前让人目眩的旋律反而清新了不少，顿时身心舒畅。

沙玛诗警告胖三，说："对这个胖子略施惩戒，以报轻薄之仇。"

胖三疑惑地问："我轻薄你们？什么时候的事情？"

沙玛诗怒目圆睁，指着门外说："就在走廊里，你还狡辩。"

胖三倒是真没想狡辩，好奇地问："成功了吗？"

看着镜子里的猪头，胖三怏怏不乐地抚摸着自己的脸，反驳说："还说不是邪术，我脸都成这样了。"

我说："这个还真不是邪术，这是有科学依据的。当巴掌煽在脸上，物体之间形成撞击，皮肤细胞导致外力撞击和挤压，皮肤表层破损，细胞破裂，导致血流堵塞瘀血上涌，可以很科学地形成你脸上的这种景观，根据你个人的喜好控制好力度、角度，你想再惨一点儿也没问题。”

胖三继续反驳说："那为什么我完全不记得这一切？难道还有比这个更邪乎的？”

我指了指沙玛蔷和沙玛诗耳垂处、胸襟前、手腕上的银饰品，说："这个叫摄魂术，她耳垂处、袖口戴着的叫摄魂铃。跟催眠术一样，可以让人身体、心理、神经上放松，甚至产生幻觉。”

沙玛诗和沙玛蔷目不转睛地盯着我，黝黑的瞳孔闪烁着光亮，沙玛诗眨着深邃而懵懂的大眼睛好奇地看着我。苏茉莉从进门开始，一直在打量着杜可可，她和杜可可对峙着，好像生怕她突然扑过来撕咬自己。

张伯伦揣测说："难道这一切跟巫蛊之术有关？”

苏茉莉摇了摇头，犹豫不决地说："还不能断定，近日局部地区发现一些死人又活过来的个例，我们称之为重生人。而今天早上大面积病发，在云南的一个村落里竟然多达100多位，军方已经参与戒严，目前还未追查到源头。根据对病菌的分析，由物联网报关清单追查到的线索，可能跟一家跨国的少数π纳米生物公司有关，我们派出去的线人，昨天晚上全部失联，最后发回的线报消息是，少数π公司在暗中探访巫祖的传人。”

"少数π？”张伯伦对这个名字深有感触，表露出畏惧，他陷入深思，有些话难以启齿。

π作为宇宙中最神秘的符号，也是最古老的数字序列，生生不息，藏匿了太多的秘密。无数人想从这个无限不循环的数列中挖掘出宇宙起源的秘密。它从开始到现在一直被表达圆周率的符号，很多人都忘记了初衷，最初这个符号出现在一块古巴比伦遗址中远古的石匾上，同一时期的埃及古文物《莱因德数学纸草书》和后来中国的《周髀算经》都发现了其中的奥秘。“周三径一”又被称为“古率”，几乎在同一时期相隔万里的地方都记载了这个符号和这组序列。

苏茉莉疑惑地问：“π 不是被计算出来的？”

张伯伦说：“从来不是被计算出来的。这些年来我们都被传承所误导，所有人都以为文明是发展而来的，而忽略了文明本就存在，文明藏在时间里，本就应该心存敬畏，文明从来都只是被发现了而已。π 被赋予了太多的神秘色彩，这个谜一样的符号是一切的起源，也是一切的源泉。”

我不解地问：“那根据《道德经》所述，一生二，二生三，三生万物，一切从三开始，而 π 就是万物的基因密码？”

张伯伦百思不得其解，摇头说：“没有现实依据，这些都只是猜想，不能妄下定论。”

我假设地说：“相传《河图》演化为先天八卦，河图为地理之源。实为天运之本，生死之机，互乘于此，可定废兴之代谢。《洛书》演化为后天八卦。洛书之文与河图之数，相为表里，有河图而无洛书，则有体而无用，有洛书而无河图，则有用而无体，盖论三元气运，为本乎河图，而论三元方位。以地居四隅，以天居四正，一生一成，相为经纬，一阴一阳，相为交媾。八卦各有三爻，乾、坤、震、巽、坎、离、艮、兑，分立八方，象征着天、地、雷、风、水、火、山、泽，八种事物与自然现象，伏羲在宛丘画卦台创作了八卦，用‘—’代表阳，用‘--’代表阴，创造了一种全新的语言系统，用这两种符号，按照大自然的阴阳变化的序列来平行组合，组成八种不同形式，用以运算世界的变化与循环。就像……”

苏茉莉说：“就像计算机里的 0 和 1，二进制的算法，计算机的工作原理和计算方式是从 0 和 1 开始的，并且只认得这两个数字。”

胖三睡眼惺忪，突然坐起来，吓了我们一跳。

他一拍大腿，嚷着说：“牛，太牛了，一句也没听懂。”

张伯伦不敢苟同，反驳说：“一派胡言，难道你的意思八卦就是一台可以衡量宇宙的超级计算机？”

我说：“这只是一种猜测，八卦每一卦都代表了一定的事物，比如乾代表天，坤代表地，巽代表风，震代表雷，坎代表水，离代表火，艮代表山，兑代表泽。自然现象与人是一静一动，又组合成六十四卦，演化出无尽的变数，六十四卦便是宇宙的终极密码，八卦从来都不是卦象，而是天体的运行规律，就像一个缩小的宇宙，一切物质对应的元素表，所有的密码都是由数字组合出来的，根据六十四卦的顺序：

1. 乾卦：天

2. 坤卦：地

3. 屯卦：光

4. 蒙卦：水

5. 需卦：时

……”

胖三啧啧叹息，说：“你没去摆个摊儿算命真是可惜了，这样吧，我赞助你一块布、一件道袍、两个小马扎，我出资，你技术入股，咱们现在立即马上去找个庙门儿，开张创业。”

苏茉莉听得认真，一头雾水地问：“可是这跟 π 有什么关系？”

“这又能说明什么呢？”张伯伦对我所说的话嗤之以鼻，一脸不屑，咧着嘴角等着我继续胡说八道。

我说：“你们还记不记得《圣经》里上帝创世纪的顺序？”

苏茉莉疑惑地说："第一天上帝说要有光，于是便有了光，第二天上帝说要有天，于是便有了天，第三天上帝看到陆地上混沌不分，心中不悦，便有了海洋和陆地……从大爆炸的那一刻，阴阳元素的结合，我们现在称呼它物质和反物质，以某一个序列无穷无尽地演变扩张下去，这个力的起源，也就是说……上帝创造万物的顺序是 3.141592 的序列？"

张伯伦说："这些巧合能说明什么？你想以此证明 π 是万物的基因？圆周率的本质就是阴阳循环，周而复始？太牵强，更何况全世界的语言体系各有不同，这样是生搬硬套，胡搅蛮缠。"

苏茉莉幡然醒悟，说："你的意思是神给了它一个力，这个世界便永无止境地发展下去，充满了无限的变数，π 这个符号确实在《圣经》中也多次出现，并且给出了始于 3 的阈值。《圣经·创世记》说：'那时，天下人的口音，言语，都是一样。'后来语言各自独立成体系，在现代数百种语言体系里，那就是生命的起源。爸爸妈妈的发音几乎相同，难道只是他们因为接近人类原始状态最容易发出的音节？"

"那你以为呢？"张伯伦有所隐瞒，一直都在回避问题。他试着推翻问题，继续反驳，冷冷地嘲讽道："你们年轻人受好莱坞电影、小说的影响毒害太深，难道你想说在远古时代来了两拨外星人，一拨叫爸爸，一拨叫妈妈，改写了人类的 DNA 创作了人类，还刚好印证了女娲造人的神话？"

"有道理。"胖三打了个哈欠睡意盎然，被张伯伦一发火给吓醒了，说："这年头，无论在电影里，还是在小说里，外星人一年都跑地球三五十趟了，有事儿没事儿就喊人过来，宇宙中会喘气儿的，不会喘气儿的都被你们喊全乎了，都不够路费的，差旅费都找不到地儿报销。有铁皮汽车型的，有长得像蜥蜴的、有长得像石头的，有像蟑螂的、有像绿蚂蚱的、有像难民的、有像钉子户的、有戴绿帽子的、有奇丑无比的还有长得什么都不像的。我要是外星人，我都不知道自己该长成什么模样儿，还得根据你们的喜好来长呗？外星人也是人呐，就不能长出个人样儿？”

看着胖三兴致勃勃，义愤填膺地说完，我问：“你说完了吗？”

胖三点头说：“说完了。”

我说：“那好，闭嘴。”

胖三乖乖地闭上嘴，我看向了张伯伦，等着他说些什么。张伯伦对这个话题开始逃避，不想再跟我们争论，以权威的身份断定了我们这些都只是无稽之谈，胡说八道。他遮掩着想躲出去，想必是素日里没有撒过谎，心虚起来，连心肝脾肺肾都开始跟着虚。

我赌他心中有鬼，跟这个叫 π 的公司脱不了关系，我说：“文献，传说，神话你都可以不信，你也可以对 π 与八卦、宗教，金字塔、罗浮宫、故宫、长城、纽格莱奇墓、巨石阵等建筑物，达·芬奇、鲁班、牛顿、沈括、伽利略、祖冲之、爱因斯坦等等历史人物的贡献和痕迹都视而不见。但是在今天运用到信息、科技、交通、核能、原子、量子、纳米等高端技术中，甚至牵扯到你身边的一切，你可以视若无睹吗？”

张伯伦面红耳赤地说：“那又怎么样，这又能说明什么？”

我赤裸裸地追问：“你究竟在隐藏什么？”

Ⅳ 古彝天书

张伯伦停住了脚步，彷徨的眼神游弋在我们的脚尖，不知道该离开，还是该转身出去，左右为难。

我想逼问他，说："因为你就是内心有鬼。"

胖三果断地下了结论，斩钉截铁地说："因为你就是内鬼！"

这两句话字数差不多，听上去却完全不是一个意思，大大出乎了我的意料。我惊讶地看着胖三，匪夷所思地问："哥们儿，你是吃猪饲料长大的吗？"

胖三低头看了看自己肥胖的体格，挠了挠头，一时半会儿没明白我要说什么。

我继续说："如果张教授是内鬼，我们早就成了鬼了。"

我坚信地拍了拍张伯伦的肩膀，让他坐下来。胖三想了想也是，如果我们真找了个敌人来做领导，队友的智商真不是猪这个物种可以形容的。胖三打了个寒战，希望自己想错了，渴望地看着张伯伦，希望能从他那里得到一个答案。

张伯伦竟然没有生气，重新坐下来语重心长地叹了口气，终于下定决心娓娓道来。

据张伯伦所说，他知道这件事情的时候是在20世纪70年代中期，他的父亲无意中提起此事。π是一个很古老的神秘组织，在历史的长河中多有痕迹，这个秘密的组织渗透到宗教、政治、军事、科技、生物等各个领域，与最初的佛教、基督教、道教、儒家等都有着不可分割的关系，众多的历史人物都为之痴迷，π 的名称也几经更名，一些名称如雷贯耳，这个派别一直都被一股神秘的力量所操纵。

讲到这里张伯伦叹了口气，他自己都无法确信，疑惑地问："从石器时代，到新石器时代，人类的发展用了数百万年，青铜时代到铁器时代用了数十几万年的时间，人类用一百多年的时间横跨了蒸汽时代、电力时代、信息时代，直到原子、量子、纳米的微科技时代也只是用了不足几十年。你们不觉得哪里出现了问题？"

胖三呵呵一笑，说："这说明，我们的脑瓜子好使。"

我说："纵观历史，人类无疑是最喜好战争的物种，历史总是在一遍又一遍地重复着。每次战争伴随着版图扩张、资源掠夺，最重要的就是科技会取得重大的进步，人类的时间和文明发展被加速，速度之快让人难以想象。"

"你也发现了这个问题？"张伯伦点头说："从第一次世界大战到第二次世界大战，人类从冷兵器到核战争，也只是短暂的一百多年。问题就出在了战争上，二战爆发前夕，也就是 20 世纪初，欧洲便大规模地兴起前往中国的探险热潮，少数人触摸到了神的禁忌，以为自己掌握了神的力量源泉。他们挑起了战争，重新改写历史，并加速了人类文明的进程，也加剧了毁灭的步伐。"

随着苏联红军攻入柏林，希特勒举枪自杀，二战宣告结束，苏联、英军、美军接管了德国尚未全部销毁的部分资料。在协调过程中，签订了保密协议，以 π 正式命名成立了一个新的神秘组织，所有的统治体系一致地在历史中将这个秘密抹去。随着科技的发展，资源的争夺，大国变得更加的欲壑难填，美苏争霸的局势到来后撕毁了契约，π 的组织也宣布解散，少数人重组成立了少数 π 的机构。

胖三存疑地问："这个少数 π 生物公司是个什么鬼？跟那个肢解的 π 有关系吗？"

"不知道。"张伯伦忐忑地说。

苏茉莉突然开口说："据我们的情报分析，这个少数 π 纳米生物公司是一家跨国公司，公司的壳在日本注册，已知的是他们的领导者是一个叫君上的日本人。没有人见过他的真面目，分级制度森严，资金、人脉和后台实力之雄厚，都让人无法揣测。幕后牵扯到一张巨大的势力网，涉及顶尖的科技人才、经济财团、军方、政治，让人无法臆测。每次警方调查到相关的蛛丝马迹，都会受到无形的牵制，这件事情极其保密，甚至一个保安、律师、警察、法官，任何体系里都布满了眼线。好消息是，还有人在调查这股势力，坏消息是不知道是敌是友，而 π 的势力受到了另一股力量的阻碍，目前未必是一件坏事。"

"无论是好事，还是坏事，我想这里有人知道。"我卖了个关子说。

苏茉莉迫切地问："谁？"

我指着屋内的一个人，说："张伯伦。"

张伯伦大惊失色，回避着我们的眼神。

我说："据我的调查，你的项目研究经费在半年前就已经停止供给，你的项目研究却没有停下来，你被人跟踪、监视，这其中的缘由没这么简单吧？"

张伯伦叹了口气，说："这是我一辈子的心血，没有人可以停止它，当有关部门叫停我的研究课题后，我四处筹借经费。突然一天早上，收到一个包裹，包裹里是一张匿名的支票，我最初并不知道这张支票是少

数 π 公司提供的。”

我说：“可是你还是知道了。”

张伯伦胆战心惊地说：“有一天，在研究中遇到了一些无法攻克的难题，突然有一些病例爆发在人群中，我才意识到他们在用我的研究成果做活体实验。当我察觉的时候，发现自己已经深陷其中了。”

我说：“所以为了掩藏自己犯下的过错，你便越陷越深？”

张伯伦深知自己因为一己私利，已经酿下了无法弥补的过错。

杜可可面容木讷地看着我们每个人，张伯伦束手无策。

苏茉莉茫然不解地问：“他们探寻巫祖和这件案子有什么关系？”

在毕摩文化中，巫术多数早已经失传，流传到今天市面上能够见到的，基本上都成了糊弄人的江湖把戏，而令人心存忌惮、谈之色变的还是蛊毒之术。

我把目光投向了沙玛蔷、沙玛诗，两个人茫然四顾。沙玛蔷检查了一遍杜可可的身体，观察入微，口中念念有词，突然愁容满面，屏息凝视着她，然后在沙玛诗的帮衬下又检查了一次。啧啧生疑地说：“为什么会这样？杜姑娘从表面上看像是中了蛊毒，却不同于我们知道的所有蛊毒，在她的体内没有发现任何蛊毒的迹象。”

张伯伦正襟危坐听我们谈论的内容，他按捺不住，觉得不可理喻。在他的眼中这两位女子的行为，就是跳大神的江湖把戏，这些撮土焚香、巫蛊厌眛的封建迷信，纯属招摇撞骗，作为一个唯物论专家学者，他着实觉得可笑。

胖三安慰他，说：“骗不骗人咱且不说，这两个大美人可是活生生的，就当舞蹈表演，你也得耐着性子看一会儿。”

张伯伦义正词严地说要相信科学，现在虽然有些问题科学无法解释，总有一天会得到答案的，要对科学有信心。

“我对科学有绝对的信心。”胖三信誓旦旦地说，说话的时候又指了指杜可可，看着她痴痴傻傻的表情，补充说：“现在怕是科学对我们没有信心。”

最古老的巫蛊之术起源于古卦，由一位神女所创，后又分流传至苗疆，彝人以巫蛊闻名于世，与降头术、赶尸术并称三大邪术。彝女善养蛊，多巫者。巫，祝也。又叫巫（mo），巫术又通魔术，女能事无形，以舞降神者也。代代相传，传女不传男，专门从事于用咒语、符咒、卜占、草药、乐府、魔法等来治病、驱邪除祟；蛊，草鬼婆，远古之秘术，以百虫，毒物置皿中，俾相啖食，其存者为蛊。蛊物生于一场浪漫而充满邪性的举动，历史上多有汉人流连于蜀湘之地，觊觎彝女美貌，苗女多情，女子多被情所伤，悲情致死，养情蛊，中惑毒，有文人笔之翰籍，绘声绘色，传说恶毒之至，稍触之便蛊飞人亡，让人谈蛊色变，忘却止步，在历史的发展中，各自衍生出新的蛊种。两者一脉相承，既然这个组织不是为了蛊物，难道是为了巫术？

彝人最为神秘的就是涅槃咒，又称为重生术。在卜甲上最早出现了涅槃的字样，涅槃多用于梵语，一直被沿用到佛家中。涅槃是常，以无明灭故，心无有起；以无起故，境界随灭；以因缘俱灭故，心相皆尽，受诸因缘故，轮转生死中，不受诸因缘，即“不生、不长的非缘生法，是名为涅槃。”

我小心翼翼地向两位姑娘求证，问了一个欠妥的问题：“久闻彝族有死而复生的法门——涅槃咒，又叫复生术。两位姑娘可曾听闻？不知是否属实。”

沙玛蔷、沙玛诗听我说起涅槃咒也是一怔，捂着嘴咯咯地笑出声来，花枝乱颤，立即予以否认说：“巫蛊之术多用于入药、祭祀、典礼，至于涅槃咒，从未听说过。人死不能复生，怎么会有这种法门，那只是传说罢了。”

我怀疑自己可能记错了，这种巫术多数以讹传讹，想想也觉得可笑，如果真有这种法术，那岂不是天下大乱，这两位少女年纪轻轻，没有听说过倒也算是稀松平常。

我喃喃自语：“既不为巫术，也不为蛊术，他们为什么会急于寻找巫祖一脉的传人？”

胖三一脸淫邪，心花怒放地说：“彝女美貌，他们还能来干吗？换作是我，准是奔着漂亮妹子来的，相亲啊。你也不想想，据我对日本文化的了解，一般日本人，脑子里也就装了那么点儿东西，满脑子都是精虫，那可是勇于裸奔全世界的民族，活跃在多少少男的硬盘里，人千里迢迢好不容易跑到四川，裤子都脱了，不是为了找媳妇，难道你让人光着屁股来这里学外语啊？”

“学外语？”张伯伦眼前一亮，恍然大悟地说：“这就对了，随着少数民族的汉化，原有的土著文化遗失殆尽，哪怕现在的彝族，对古彝文的辨识也出现了严重的断层，只有生活在少数的边缘地区或者深山里的原驻民，现在能识得出一些简易的古彝文，也就只剩下彝族毕摩的巫蛊传人才能准确的辨识。古彝文与甲骨文、苏美尔文、埃及文、玛雅文、哈拉般文被称为世界上最古老的六大文字体系，是时人民，椎髻左言，不晓文字，未有礼乐，上古结绳而治，后世圣人易之以书契，而书契便以图形呈现，古蜀图语便是卜甲图语的分支，各自演化为不同的古文形式，梵天古书就是古彝天书，他们想要破解黄金卷轴里的秘密。”

胖三沾沾自喜，这次还真被他蒙对了，一时间得意忘形。听到黄金卷轴觉得一定能值不少钱，眼冒金光地问："黄金卷轴那是什么玩意儿？是纯金的吗？"

我打击了他的积极性，说："甭管它是什么玩意儿，肯定的是不能吃。"

苏茉莉沉思了一会儿，说："据我所知，南城有人出高价四处打听巫祖婆婆的下落，这些人行踪诡秘，从线人的口中得知他们在寻找两个彝族的女孩，我也是顺着这条线索无意中找到了沙玛蔷、沙玛诗两姐妹，没想到两者竟然有如此千丝万缕的联系。"

我看看沙玛蔷、沙玛诗两个姐妹，惊讶地看着苏茉莉。胖三色眯眯地凑过去身子跟沙玛蔷套近乎，招了白眼自讨没趣。

我不动声色地问："两位姑娘认识古彝文？"

沙玛蔷和沙玛诗同时低下头，就像课堂上被老师问住的淘气学生，沙玛蔷牵强地瞥了我一眼，沙玛诗脸上写满了愧意，面颊红润，似乎从来没有听说过。

胖三看两位姑娘为难，于心不忍，扯着嗓门说："我说哥们儿，你这就有点儿强人所难了，两个花容月貌、活蹦乱跳的大姑娘站在这里，认不认识字儿，这重要吗？"

我看见胖三那满脸横肉，气儿就不打一处来。

苏茉莉走过来问："我们下一步该怎么办？"

胖三笑呵呵地看着苏茉莉，低声问："苏警官，你手上还有没有什么其他线索，也给我一条，我也出门去倒腾两个黄花大闺女去。"

沙玛蔷、沙玛诗看到胖三那一脸淫秽的笑容，那一脸桃花乱颤春风得意，眼珠子贼溜溜地乱转，不停色眯眯地打量着两位姑娘。她们忍不住都往回退了两步，八成是听说过人贩子这个职业，顿时生疑，满怀戒心，跟胖三保持距离，疑惑地看着我们所有人。沙玛蔷攥紧拳头，随时做好了还击的准备。这两个涉世未深的姐妹，姐姐沙玛蔷像一团火，妹妹沙玛诗像一块冰，她们的淳朴看得我忍俊不禁。

看胖三没一点儿正行，我说："胖三，你能不能正经一点儿。"

胖三匪夷所思地盯着我，问："我的表情不够严肃吗？不够正经？"

张伯伦久久没有说话，他看不惯太闹腾的场面，打圆场说："就是因为你太严肃、太正经，吓到两位姑娘了。"

"两位姑娘，我真不是坏人。"胖三恍然大悟，一脸正经地说。两位姑娘对他的话嗤之以鼻，丝毫没有放下防备之心。胖三无奈地指着我说："如果说有坏人，这屋里还真有一个，就他！你们别看他斯斯文文，这哥们儿蔫坏。"

我不想跟满嘴跑火车的胖三辩驳，我就想看看他嘴里究竟能不能吐出个象牙来。

沙玛诗睁着一双大眼睛，深邃的瞳孔如一汪清水，难以置信地问："你是坏人？"

我想劝她别听胖三胡扯，胖三拍着胸脯，伸手想在姑娘身上揩油，信誓旦旦地说："妹子多虑了，有哥哥在，只要你们跟着我，再怎么坏我也让他蔫在肚子里。"

在胖三的指尖即将触摸到沙玛诗脸颊的一瞬间，他的手被沙玛蔷一把抓住。

胖三的轻佻彻底惹怒了沙玛蔷，嗔怒地说："跟着你？你可别为难我们，这里有好人吗？"

这话传到胖三的耳朵里，他觉得骂人都是悦耳的声音。场面彻底闹僵了，沙玛蔷拉扯住妹妹沙玛诗往门外走，把门摔得咣当响。苏茉莉觉得我们不可理喻，指了指胖三，胖三一脸死猪相，她无奈地摇了摇头，转身追了出去。

胖三浑然无知，不以为然，耸了耸肩说：“这两个小姑娘，咋还说急眼了呢。”

伴随着一声惊呼，苏茉莉直挺挺地站在门口，一阵刺骨的寒风从门外吹进来，夹杂着腐烂的海藻味儿。她神情凝重地站着，以为自己开门的方式有问题，关上门重新又开了一遍。那一刻我们所有人都惊呆了，刚才坦荡如砥的走廊，竟然成了悬崖峭壁，我们整个房间被孤零零地落在悬崖上，摇摇欲坠。崖底是一望无际的大海，汹涌的波涛拍打在峭壁上，踩踏在脚底的岩石上，跌跌撞撞地坠入深不见底的水中。我们不约而同地揉了揉眼睛，宁愿相信这是幻觉，一个宾馆怎么突然凭空移动到了一座不知名的荒岛上，手机没有信号，苏茉莉的警务通也没有讯息，整个宾馆坐落在悬崖边上，我们相互对视，已经无路可走。

几架二战时期的飞机从我们头顶低空掠过，海中的灯塔被点亮，成千上万的军舰从天际驶来。

我脑海里的时空瞬间紊乱，如果这是幻觉，我想确认我们看到的东西是否一样，我说：“你们看到了吗？”

张伯伦啧啧称奇，这不科学，炮火撕碎了海风，激起漫天的海啸，水滴飞溅在他的脸上。张伯伦的脸上洋溢着难以置信的表情，如果我们群体产生了幻觉，在一个封闭的空间里，而我们幻化的视觉竟然如此一致，看到同样的场景。

这一定是某种全息投影技术，张伯伦断言。他的话音未落，一枚炮弹落在崖壁周围，伴随着雨水沙飞石走，震耳欲聋，细碎的石块划伤了张伯伦的脸，我们真切地感觉到炽热的火光在耳边燃烧。

胖三一把关上门，惊魂未定，呼哧呼哧地喘着热气，惊出一身冷汗。

胖三咬牙切齿地说："我们都上了这两个骚娘们儿的恶当了。"

我们想起来片刻之前走出门的沙玛蔷、沙玛诗俩姐妹，在这片刻之间究竟发生了什么？一种强烈的意念告诉我们，我们所看到的一切并不是真的，就像你深知自己在做梦，而温度、烧焦的气味、轰炸机的嗡鸣声，甚至疼痛，都让你身临其境，无法醒来。胖三蹲坐在地上，煽了自己一个耳光，这耳光就像他的性格一样，干脆、响亮。他看了看我们四周，火光四溅，没有任何变化，胖三想哭，他几乎想过了所有自己可能死亡的方式，但绝不包括现在这种状况，被烧成烤卤猪，过会儿再加点油盐酱醋就可以开饭了。

房间里越来越热，最先晕倒的是杜可可，张伯伦和苏茉莉也要借助着墙壁来支撑身体，勉强地可以站立住。胖三拖着疲惫的身子检查了一下房间里的通风口，是封闭的。

我问苏茉莉："这两个女孩你是从哪里找来的？"

苏茉莉的意识已经模糊不清，听到我说话，做出了一个不知所以的反应。

我感慨地说："你不会是在大街上捡来的吧？"

苏茉莉低下头，果然被我说中了。

我仔细地观察着房间里的每个角落，一个声音在我耳边响起，好像一个人在唱歌，可是歌词却听不清楚，确切地说我从来没有听过这种语言，像藏文又不是，像电磁波却又有着独特的旋律，吐词和发音都很清晰，曲调哀怨、空灵，带着一丝忧伤。那个声音在我耳边，从四面八方传来，我根本听不出具体是从哪个方位发出来的。

我问他们："你们难道都没有听到吗？"

苏茉莉莫名其妙地看着我，摇了摇头，胖三也没有听到任何声音。那个声音继续萦绕在我的耳边，顷刻之间他们两个便晕倒过去。

我仿佛又站在了战争的废墟中，荒芜的大地上战火纷飞，刺鼻的血腥味迎面扑来，耳边一直缥缈地萦绕着那首旋律。这首旋律很熟悉，我在废墟中哭得像个孩子，我悠长的一生好像就是一场梦，我似乎从来都没有走出那片被烧焦的土地，战争什么时候结束没有人知道，最后每个人就像老鼠一样在逃窜、求生。没有眼泪，只有生存的本能，穹顶之下我深感自己的渺小，偌大的世界竟然没有立足之处，求不得片刻的安稳。一道光击穿了我内心所有的底线，所有的人性、尊严、情感、希望都瞬间崩塌在脚下，赤裸裸地站在万人空巷的天地之间，无论从任何一个角度，我都是一个彻头彻尾的失败者，没有做好一个男人，没有做好一个丈夫，甚至没有来得及做好一个父亲。

眼泪是真实的，黏滑、湿润，我的一生只做了一个梦，就是我的老婆和孩子。现在梦醒了，一切却才刚刚开始，我的身体也无限跌落到黑暗的峭壁中。

不知道过了多久，在无尽的黑暗中，有一个声音从远方传来，那个若即若离的声音在我耳边说：“你怎么在这里？今天要出大事。”

我气若游丝地问：“你认识我？”

在黑暗中我看不到任何踪影，这个声音就在我的耳边，好像我们已经认识了很久。那个声音有所停顿，犹豫不决地说：“不可能，怎么会是你？”

我的手指触摸到一个棱角分明的东西，视线模糊地看到一个房间的轮廓，自己躺在一个房间里，还是那间宾馆，胖三、张伯伦、苏茉莉、杜可可都躺在地上，生死未知。我勉强地支撑着身体站起来，看着房间四周，我始终不相信这个世界上有什么超自然的事情，有的只是装神弄鬼。

光折射进房间里，我立即扑向了房间里一个空旷的角落。指尖触摸到一件冰冷的硬物，一块玻璃在我眼前碎成一片，镜子背后是两个人影，我反手扣住一个人的喉咙，把沙玛蔷摁倒在墙上。在镜子背后躲着的两个人是沙玛蔷和沙玛诗两个姐妹，我们所有人刚刚看着她们离开，一定是在什么时候又中了他们的巫蛊之术，她们使用摄魂术信手拈来。可是对群体施蛊却没那么简单，并且让我们毫无察觉，毕竟摄魂术只是粗浅的巫术，施蛊对象单一，仅限于意志薄弱不坚定的人，有时间线的界定，因外界的事物可以唤醒，难以维持长久。而我们看到的一切绝对不止摄魂可以做到的，我心中一震，很久之前在一个朋友那里曾听闻，她在古文献里找到过一些蛛丝马迹，一个早已经失传的巫术，中蛊者犹如进入梦魇，施蛊者若鬼魅一般可以任意操纵患者的内心，唤出内心深处最恐惧的事物，从而击溃中蛊之人内心的防备，那便是魅术。

至于从哪里开始产生的幻觉，我还没有想明白，我刚以为自己揭开了谜底，沙玛诗在我背后倒了下去，我触摸到沙玛蔷的脖颈之处，她的气息微弱、血脉微凉，她顺着墙根倒了下来，瘫软在我的怀里。我以为是两个姐妹故弄玄虚，突然心中暗叫不好，感觉到颈椎一凉，耳嗡目眩一阵剧痛，也应声倒在了地上。

这个房间里还有其他人？我早就应该想到，这早已经失传的魅术，两个年纪轻轻的小姑娘，即使借助蛊物也不可能幻化出来如此逼真的效果。

我在一阵剧烈的爆炸声中醒来。在爆炸声中，刚才我们下榻的宾馆被夷为平地，火光四射，我整个人被放在一辆黑色的货车上，脸贴着车厢，从我的角度可以看到影影绰绰的人群在我眼前忙碌着。我身边躺着的是杜可可和苏茉莉，依然还在昏迷，张伯伦也在不远的地方。让我困惑的是沙玛蔷和沙玛诗两姐妹也被捆绑在车内，我们的手脚都被捆绑着，半边屁股已经没有了知觉，突然一坨黑乎乎的东西被几个人抬着扔到车里，就像在扔一团分量十足的垃圾，硬邦邦地摔在铁皮上，整个车厢都在晃动，听着都感觉到肉疼。仔细看那一团黑乎乎的东西竟然是一个人，胖三鼻青脸肿地摔在我眼前，像一头死猪一样。

车子平稳地从南城开出，中途的消防车、救护车仓促而至，我们所在的车子却没有上高速，出了南城路途颠簸，一路驶向西南方向，进入了深山小径，车轮碾压在树枝上，跳过石块，车子摆动得厉害，摇曳在暮色中。

深山之中藏匿着一座庭院，若隐若现地依偎在群山中，红砖绿瓦，绿茵丛生，从盘山的公路上看去，庭院错落有致，游廊纵横交错，蜿蜒回旋。车子在外宅的门口停下，我们被强行带下车，张伯伦、胖三几个人意识还没有清醒，惺忪着双眼看着眼前的几个黑衣人，还不知道发生了什么事情。刚站稳脚步，我们就被这场面给镇住了，长这么大也没见过几次这么大的场面。一张笑脸亲切地迎出来，那张笑脸就像画在脸上的一样，完全流于表面，那张脸我们都认识，正是九爷。九爷一身中山装，敞怀大笑，从影壁后步伐矫健地走来，比起前段时间脸上容光焕发，可是我总觉得他泛白的脸上多出一股煞气，在那张笑容背后透漏出一股病态。

他热情洋溢地说：“贵客，贵客，有失远迎。”

我看着身边的几个人都狼狈至极，张伯伦脸上的血渍尚在，看见九爷气儿不打一处来，对他形同陌路。沙玛蔷和沙玛诗姐妹一脸懵懂，胖三鼻青脸肿地站在我身边。

我不解地问："你们对自己的贵客一直都这么客气吗？"

胖三无奈地舔着嘴，眨巴着一双眼睛，眼眶的瘀青十分夺目，青得发紫。

九爷没好意思再客套下去，尴尬地笑着说："我们老板有请几位。"

说完引着我们进入宅门。穿过垂花门便是庭院，白石甬路，院中苍松翠柏，游廊两边站满了黑衣人。胖三走在我身边，低语问："九爷不对劲儿，两天没见打了鸡血了？还是作死前的回光返照？"

我劝胖三，说："你不要想得太乐观。"

张伯伦为之一振，也没方便多问。

九爷是个不折不扣的狠角色，他的手段我们都很清楚，城府之深、心肠之毒、下手之黑都是名震海内外，绝对是流氓界的霸主。就连张伯伦都没有听说过他有老板，他甘愿能对一个人俯首称臣，言听计从，以他跋扈的性格，我们根本无法想象。至于他的老板，我们现在想都不敢想会是一个什么样的人。

我们走到一座佛堂前停下来，门前各站着四个体格健壮的黑衣人，厢房内有一个女人在沐浴。须臾，一个骨瘦嶙峋的身影走出来，黑衣人把我们隔离到两边，只能看到一个侧面。她步伐轻盈地走入佛堂，用一块棉布擦干净手指。

九爷唯唯诺诺地探头向里张望，让我们在门口等候，他从脸上挤了个笑容踮着脚走进去。我在想，一个人的笑容可以如此的符号化、机械化，这个人的内心该有多么狡诈。从他的言行举止上看，九爷对这个人的恐惧多于敬仰。一个女人在恭敬地上香，背对着我们，九爷心无旁骛地服侍在左右。

张伯伦怏怏不乐地咳嗽了两声，提醒他们这屋里还有几个活着的人。

“是谁？这么没规矩。”一个老态龙钟的声音从房间里传来，九爷的脸上立即惊出汗水，他惊恐万分，祈求我们不要再说话。

我们惊讶地看着眼前的这个女人，看她的皮肤和身形也就三十几岁，而她的声音却像一个经历了百年沧桑的老人，这声音和她的样貌完全是两个人。她头也没回继续专注地上香，跪在蒲团上默念着经文。在她的身后跟着一位扎着长辫的中年男子，一身白色的中山装，竟有几分道骨仙风的姿态，一看就知道是江湖骗子之行。他站在一旁闭目养神，故作深沉，后来我们才知道他叫珠算子，能掐会算，是威震东南亚的朱半仙儿，也是一个全能的作死选手。胖三对他从一开始就没好气儿。

我嗅了嗅香火，顿时觉得心旷神怡，看着那一缕一缕的青烟，却焚出了个两长一短，心生疑惑：“香分三等：一为好香，二为恶香，三为平等香。可是这好香焚出了恶果，你这香，鬼神不受。”

九爷本来心有余悸，听我这么一说，双腿都在哆嗦，又吓出一身冷汗，衣衫都湿透了。

女人并没有动怒，似乎这种状态她早已经习以为常，声音沉吟地说：“哦？那你说这香该怎么个焚法？”

我看着尚未来得及收拾的香灰，猜测说：“焚出这种香的人可不是一般人，更何况你每天都烧出同样的香火，除非……”

九爷在旁边急得抓耳挠腮，觉得眼前这局面已经无法收拾。

那个女人回过头来，看着我，笑着补充说：“除非我不是人。”

我想问她究竟是谁，可是当她回过头来，我知道这个问题已经没有必要再问了，这张脸我再熟悉不过。我到现在都无法想象当时看到她时自己惊愕的表情，她脸上每一个情绪和动作，都让我感觉到无比熟悉，同时又感到陌生。

那张脸竟然是福冈亚美！她的面色苍白，笑起来一脸病容。

这些年里，我四周的一切都在消失，我身边的人都在一个一个地走散，留下来的只有我和时间以及如影随形的孤独相伴。孤独说出来依然是孤独，笑话讲出来却未必只是笑话，很可能是一个悲剧。

看着她那张脸，我心中泛起一阵酸楚，这久违的重逢，走了这么长的路竟然还能遇到。从二战以来，这一别就是一个世纪，穿越了百年的一句问候，我心中忐忑，揣测地问："我们是不是在哪里见过？"

她冷漠的眼神看着我，那种淡漠和陌生不像是假的，她轻描淡写地说："没有。"

我说："应该是很久以前的事情了。"

她笑容可掬地问："有多久？"

我说："久到经历了一个时代。"

她眼睛里闪烁着诡异的光芒，咯咯地笑着说："那些陈年旧事早就忘记了，一个人活得太久，经历了太多的事情，见过太多的人，很多事情都忘记了，我没必要知道每个人是谁。"

胖三挠着头，一头雾水，低声问九爷："这姐妹儿什么路数？"

九爷觉得这个问题还真是难以启齿，推脱搪塞说："这么难回答的问题，你为什么问我？"

胖三看了看房间里的人，觉得所有人都疯了，无奈地说："你是迄今为止我遇到的，你们里边稍微正常点儿的人。"

女人带了一枚五芒星的胸章，举手投足之间不怒自威，都禁不住让人感到莫名地被压迫，话语间沧桑中带着一股不容置疑的霸气，却也难掩她病入膏肓的事实。虽然底气十足，但她气血不畅，身上传来一股浓郁的香味，像山茶花混合着一种化学物质合成的香水味。

我提示她说："有些事情可以忘记，有些事情恐怕忘不了吧，来自日本福冈的第十八军团，关东军驻满洲防疫给水部队？加茂部队？石井绝密机关？我该怎么称呼你呢？福冈亚美。"

女人置若罔闻，眼睛中突然闪烁出异样的光芒，抿嘴笑道："人生一世，草木一秋。有些事情何必那么认真呢，你说是不是？你的话指的是什么，我听不懂。"

胖三躲在旁边，追问了一句："我也听不懂！"

我们都不约而同地看向了胖三，女人怒目相视。

九爷看女人动怒，立即叱责胖三说："这跟你有关系吗？你有必要听懂吗？"

胖三怒火中烧，指着自己的那张脸，说："你们都好端端的，就我被人打得像个猪头一样，到头来还说这跟我没关系？"

我提示他，说："对于你而言，脸像不像猪头跟挨不挨打没关系。"

"够了！"女人歇斯底里地说："你们闹够了没有？"

"闭嘴，我们在聊脸和猪头之间本质的关系，你个大老娘们儿瞎掺和个什么劲儿！"胖三搓手顿脚，心烦意乱地说。

女人的脸色本就泛出一种惨白的病态，此时气得像个猪肝，白得发紫，全身都在颤抖。

九爷冲上去抽了胖三一个大耳光，这出其不意的一记耳光打得胖三嘴角、鼻子血如泉涌。胖三呆滞地看着九爷，摸着已经麻木的半张脸，一脸无辜地说："我刚出门，脸还没洗，牙都没刷，见面就给我一大嘴巴子，这真的很伤感情。"

我说："九爷把事儿搞得这么热情，看来今天想走出这个门还真不容易。”

九爷依然蠢蠢欲动，愤怒地说：“我不生产耳光，是你这张脸太招耳光喜欢了。”

九爷这巴掌打得一点儿都没含糊，胖三觉得脑子一热，摸了摸自己的鼻子，发现流血了，擦了擦裂开的嘴角摩拳擦掌想动手。我正想多问几句求证一下，希望能断定这个女人的身份。胖三恶狠狠地看着女人，攥起拳头要跟他们拼个你死我活，迫不及待地要把这打脸的事儿交代清楚。屋子外边的几个人冲了进来，严阵以待。

我怕胖三脸的事儿还没交代，今儿先把小命给交待了。我一把拉住暴躁如雷的胖三，低声说：“多大点事儿，就你这点出息，这点血都赶不上来次大姨妈出得多。”

女人不苟言笑，冷若冰霜地看着我们，反手抽了九爷一个耳光，惺惺作态，厉声说：“没大没小的混账东西，贵客是用来打的吗？”

九爷犹如惊弓之鸟，低着头站在一旁没敢吭声。女人这指桑骂槐，槐是完全没听出来，把桑吓得够呛。

胖三擦干净鼻血，重复地强调着，讽刺地说：“我们是贵客，知道贵客有多贵吗？”

“贵客是用来招待的，不是用来招呼的。”

九爷痛心疾首地认错，愤懑看着我们。九爷身后的几个黑衣人持刀执棒地立侍左右，尴尬的局势一触即发。女人冷漠的眼神看向众人，目光凌厉，眼光所到之处，人群就像退却的潮水，都各自后退了几步。

女人笑着说：“大家都是成年人，没必要把事情搞得这么紧张吧，我相信你们大老远地来，也不是为了图个紧张。”

我开门见山地说：“大家都是明白人，有什么话您直说！”

我严重低估了团队的实力和整体素质，还真有一个人没搞明白的。

胖三单刀直入地问：“难不成你约我们来是谈情说爱？还是探讨真理，还是聊梦想的？”

女人会意地点头微笑，说：“既然都是明白人，我也就不兜圈子了。这个世界要发生重大的改变，我们要迎来一个新的时代，重新建造秩序、再次划定规矩，所以我找你们来，明白吗？”

“不明白。”胖三果断地摇了摇头，没有听懂，“你还是少兜点圈子吧，新时代这跟我们有关系吗？”

“你们都是聪明人。”女人说。

“显而易见，这不用你来解释。”我说。

女人说：“我知道你们遇到了麻烦，我能解决麻烦。”

我对她的话深信不疑，信誓旦旦地说：“是啊，因为你就是麻烦。”

女人强颜欢笑，说：“我说什么来着，聪明人，就是聪明。”

胖三听不下去了，不耐烦地说：“姐们儿，你张口闭口的强调聪明，是一定要反衬出谁不聪明吗？”

女人厌恶地看着胖三，继续说：“我准备搞一个特别的团队。”

胖三询问说：“你是要去揭竿起义吗？”

女人不厌其烦地解释说：“不。我很认真的。”

胖三看清了局势，大义凛然地说：“你想组团搞事业，现在忽悠我们入伙？”

女人补充说：“你们可以把它当作创业。我需要你们的加入。”

胖三追问：“你想让我们跟你同流合污？”

女人闻而生厌，问：“你说话一直都这么难听吗？”

胖三一本正经地辩驳说：“不，有时候比这更难听。”

九爷匪夷所思地看着胖三，完全想不明白，从小到大他是怎么完完整整活到现在的，看眼前的女人面露不悦，他心中忐忑难安，想让胖三闭嘴。

“人是群居动物，面对这个生猛的世界，一些人最初学会了相互帮助得以生存下来，一个人的力量是很渺小的，力量来源于团队，在一个团队里，核心是团结。”女人循循善诱地说。

我低声问胖三：“你有没有发现这句话有什么问题？”

胖三侧耳聆听，困惑地问：“你的意思是它很押韵吗？”

“不，你再仔细听。”我让胖三继续听，女人继续兴致勃勃地说：“团结就是力量，比铁硬，比钢强。”

胖三打了个哈欠，实在是忍不住了，打断了她，顿悟地说：“我说姐们儿，你什么毛病？说句人话有这么难吗？你一定要把一首歌念得这么有哲理吗？”

女人想了想，确实这句话很熟悉，好像出自哪首歌的歌词，改口说：“我需要一个团队，现在团队有了，就缺你们了，你们愿意吗？”

“你早说不就完了吗，整这么多废话，有用吗？”胖三如释重负，叹了口气说。

女人面露喜色，欣喜地看向了九爷。

九爷喜笑颜开地说：“敞亮，我就喜欢你这种痛快的性格，你们愿意加入我们？”

“不愿意！”胖三果断地说，然后转身招呼我们离开。

刚走出两步，已经被几个黑衣人挡住，几个人把门口堵得严严实实，我们僵持在门口，进退两难。张伯伦一直都没有说话，这会儿想离开已经没有那么容易了，我义愤填膺地问：“你究竟想干吗？”

女人若无其事地笑着说：“我需要你们。”

张伯伦问：“要我们什么？”

女人说：“要你们的才华。”

张伯伦试问：“如果我们拒绝呢？”

女人笑盈盈地说：“那就要你们的命。”

女人甜美的笑声在房间里回荡，这轻描淡写的几句话把在座的几个人都吓住了。她想要我们的命，我们更想要自己的命。周围的黑衣人齐刷刷地拔出了怀里的枪，还有一个哥们从裤裆里把枪掏了出来，都是真枪实弹，感觉下一秒就能把我们打成筛子。张伯伦是见识过大风大浪的人，可是这阵势真没见过，他一头汗水，没敢再接下去。我也相信这伙人什么样的事情都能够做得出来。

女人接着说：“这只是一笔交易，你们没得选。”

“这交易我喜欢，太公道了。”我盯住女人说。

几个黑衣人端上来几杯茶水。

女人在主位上坐下，冷漠地说：“要命的就坐下来聊聊天，喝喝茶，不要命的我们就此别过。”

一瞬间，我们都找到了自己的位置。我和张伯伦在次位上坐下，专注地喝茶。

胖三一时间没反应过来找不到自己的位置，客厅里没有了座位，他独自站在人群中无所适从，手足无措。他看了看门口黑衣人手中冰冷的枪口，对刚才的话讳莫如深。

胖三腆着脸，笑得跟个孙子似的，问：“我冒昧地问一下，这个团队包括我吗？”

女人点了点头，说：“包括。”

胖三还是没有找到自己的位置，趋炎附势地问："那我是什么？"

女人实在想不出来他能干什么，勉为其难地说："你是团队里的吉祥物。"

这间屋子里的局势波谲云诡，几个人闷着头喝茶，没有人说话，气氛有些诡异。

一盏茶的工夫，女人不动声色地问："大家觉得怎么样？"

"好。"张伯伦沉吟说。

"怎么个好法？"九爷迎合地问。

"好，色香味俱全，简直好全乎了，这茶甘甜可口，这颜色黄的看着都解渴。如果再有点儿花生米，来杯二锅头就更好了。"胖三捧着杯子一饮而尽，啧啧地说。

九爷经过深思熟虑，再三确认地说："我想知道，我们现在谈的是同一个问题吗？"

胖三被他问懵了，不解地问："你的意思是？"

"你有意思吗？"九爷责问。

胖三自己倒上了一杯茶水，润了润喉咙，说："我随便，我的意思就是看你想怎么意思就怎么意思。"

九爷和胖三两个人无休止地争吵了起来，吐沫横飞，整个客厅闹哄哄的。女人气得都在发抖，手中的茶碗嘎嘎滋滋地碰撞在一起。对这一切两个人都视若无睹，差点儿大打出手，女人顿时觉得自己一点儿存在感都没有，怒不可遏，一下将手中的茶碗摔在了地板上，叮叮当当碎了一地。

她气急败坏地说："还能不能好好聊天了！自打进这屋，就没人问一句我是谁，没人问一句我们要去干什么？"

面对房间里突如其来的静谧和女人怒目圆睁的眼睛，九爷噤若寒蝉，退后了几步，两人息怒停瞋。胖三也识趣，停手后擦干净嘴角的口水，阿谀奉承地说："我不知道你是谁，可是我是你的超级粉丝，我特别欣赏你装正经人的神情。"

女人严肃地说："我一直都坚信暴力解决不了问题，你不要动摇我的信心。"

胖三说话间已经自酌自饮喝了半壶水，完全没有把自己当外人，这胖三是完全没搞清楚我们现在的处境。

他纠正说："你是谁，对我们来说很重要，要不然我们都不知道怎么死的，换句话说，我们就是死了，也要知道是谁把我们弄死的。"

胖三说到我们的时候，除了他自己，其他人都默默地低下了头，各自喝着手中的茶，果断地在"我们"中走了出来，画清了界限。

九爷提示他不要乱说话，说："你说话最好小心点儿，我们老板是出了名的活雷锋，有求必应，至于弄死你这件事儿，在座的估计都挺乐意效劳的。"

"呸！"胖三吐了口吐沫，挺直了腰杆，理直气壮地说："这都一帮什么人呢，你也不睁开眼瞅瞅，这都什么世道儿了？"

女人好奇地问："你说这是什么世道儿？"

胖三支支吾吾地说："这都中华人民共和国了，人民群众早就翻身做主人了，这会儿估计翻身都翻得满地打滚了。"

"嘭"的一声枪响，九爷突然拿出枪冲着胖三就打，胖三吓得一屁股跌在地上。接连又是几枪，胖三在地上滚得像一只陀螺。

"停！"胖三气喘吁吁地在地上哀号，义愤填膺地说："你们眼里还有王法吗？"

九爷手里的枪还尚有余温，又扣动扳机，枪里没了子弹。

胖三笑呵呵地拍打着屁股，整理了衣角，从地上爬起来准备殊死一搏，指着苏茉莉说："你们束手就擒吧，我们已经掌握了你们的犯罪动机，实话告诉你们，这位小姐可不是一般人，她是公安，并且还是公安界的扛把子。"

苏茉莉黯然失色，脸色苍白，这会儿想砍死胖三的心都有。局势发展到已经不只是躺着中枪的势头，客厅里所有人都尴尬地四顾张望，不到一秒钟的时间，六十多把枪指着我们的脑袋，把房间围得水泄不通。

我无奈地看着胖三，失落地说："太感人了，你这智商跟张飞、李逵同款啊。"

九爷用枪杵着胖三的脸，问："现在谁跟我解释解释什么叫王法？"

胖三向苏茉莉求助，说："你是公务员，业务熟练，你给解释解释。"

苏茉莉束手无措，忸怩不安。

我推诿说："皇帝都没了，我们又不是王，谁能有什么办法。"

胖三还算机灵，喜笑颜开地说："我跟大家闹着玩儿呢。"

"你既然这么喜欢闹，那你告诉我你想吃几颗子弹？"九爷板着脸冷漠地问。

胖三盯着枪口，战战兢兢地从脸上挤出一个笑容说："九爷，别闹，子弹这玩意儿能吃吗？这玩意儿不好吃。"

九爷没跟他闹，从枪膛里抠出来一把子弹，冷冰冰地说："那好，你把这把枪吃了也成。"

胖三看了看一把子弹和一支冷冰冰的枪，看着看着眼眶就湿润了，眼睛里充满了血丝，泣不成声。九爷义正词严地告诫他说："在江湖上混，没两把刷子，敢叫九爷吗？"

九爷一把扣住胖三的嘴巴，一颗一颗地把子弹塞到胖三的嘴巴里，胖三的嘴角都浸出了鲜血。一会儿，一膛子弹彻彻底底地塞进了胖三的嘴巴里，胖三挣扎着想跪倒下来，九爷一拳打在胖三的肚子上，咕咕咚咚地一膛子弹全部咽了下去。

胖三翻着白眼在地上喘息着，用手扣住喉咙，干呕出一摊黄水，子弹已经进入到他的胃里。胖三在地上挣扎着往门外爬，他哭了，哭得伤心欲绝：“一天三遍地打，你们是在试着帮我打通任督二脉吗？”

我听到胖三还有心情开玩笑就放心了，顶多算得上是皮外伤。

无意间，几乎在同一时刻，我和张伯伦都看到了佛堂里东侧的人像。三幅卷轴画，其中两幅年代久远，虽然重新经过了装裱，可以明显看出大小不一。几幅画一字排列开来，中间的一幅画年代最为久远，一位老者头戴高山冠，身着玄衣纁裳，手持龟甲以观沧海，身后山势崖嵬，石老而润，水淡而明，老者似心怀天下，却满面愁容，心事重重。此画没有落款，只有小篆所书一个“巫”字，在角落里一枚小篆签印“君房”二字。最右侧的一幅画用红布遮掩住，怕是被别人看到多有不便。

张伯伦说：“看画中的人物服饰，像是秦人，而这个‘巫’字……”

张伯伦说到这个“巫”字，一时半会儿不知道该如何解释，其实结合旁边的两幅人像，他心中有了答案，却没敢再往下说。这幅画吸引我的并非这个“巫”字，而是老者手中攥着的龙骨。这幅画位列中堂之首，地位之显赫足以说明他的重要性。

我说：“老者玄衣纁裳，玄衣纁裳象征着‘天道’，而天道是以‘德’为‘命’，自古黄帝、尧、舜垂衣裳而治天下，盖取诸乾坤。五行卦象之中，民意为‘民’，五行属‘木’；帝王为‘王’，五行属‘火’；卿士为‘卿’，五行属‘土’；知力为‘巫’，五行属‘金’；天意为‘龟’五行属‘水’。依照金木水火土的排序，巫象征了最高的知识和能力，民代表了人，有了人便有了天意，也就是宿命，王者取之于民，用之于民，以德载物，顺水推舟，五行相生相克。龙骨，又叫天卜，古人用龟甲占卜天机，也是缘由于此，老者手持龟甲，没猜错的话……”

“没猜错的话，这破烂玩意儿在我们村里得按斤卖。”胖三果断地说。

我说：“画中的老人是一位巫者，其中一枚签印为‘君房’，古人尊字号，不会直呼名讳，老者应该字君房。他头戴通天冠，玄衣纁裳，在等级森严的秦朝制度下，身份一定不凡，在历史上应该是一号人物。”

我的身后突然传出来一只响亮而孤立的掌声，女人赞许地说：“这正是先祖——徐福。”

胖三挠着头，恍然大悟，疑惑地问：“就是那个历史上拐跑了秦始皇三千童男童女的人贩子？”

“放肆！你……”女人怒不可遏地指着胖三，她身后的几个人蠢蠢欲动。

“我明白了！”胖三一拍大腿，诡异地笑着说。

我忧虑地看着胖三，还真怕他又弄明白了点啥，他那张瘀青的脸，已经让人没处再下手了，人家都不好意思再打他了，他还好意思找揍。

女人问：“明白了什么？”

胖三关切地说：“告诉你一个秘密，你可能是被拐卖的。”

女人挥了挥手，几十个人冲着胖三就围了上去，她气急败坏地说：“给我往死里打。”

V 天道者

“你看……”我本来想让她看在我的面子上，这事儿就算了，这个不长心眼儿的东西，看着他的倔强确实多出几分可爱，但看着摩拳擦掌的几个人想对我动手，我瞬间转移了话题，指着左侧的画像，说：“你看这幅画也挺有意思的。”

这幅画也经过了重新装裱，笔墨浑厚，结构绵密。

画中是一个归隐山林的女人，眉清目秀，肌肤弹指可破，笑靥迎风带露，指尖白皙，栩栩如生。她披了一件莲蓬衣，拎着一只红木餐盒，这是一幅绝妙的山水美人图。美人婀娜多姿地站立在山林之间，松偃龙陀，竹林中暗藏风雨，一座若隐若现的茅屋，屋庐深邃，野径迂回，四分之一处画幅被蹊径隔开，桥约往来，女子独步在山林间，多出七分悠闲三分自在，泉流洒落，泾渭分明。这幅画作是在“宓家绢”上的，用手轻轻触碰，绢绸如灰堆般起皱，泛出一股古老的沉香，细看画作的表面有横直的裂纹，随轴势形若鱼口，绢绸原有的坚韧早已不复存在。

我实在没有想到，感慨地说：“这果真是南宋的真迹，涓细而匀净厚密，比起刚才的巫者占星图细腻了不少，这幅作品的尺寸超过了一米，相比秦汉时期，在技艺成熟的漫长过程中，想必跨越了不少岁月。”

张伯伦对我悄悄地说：“我总觉得这幅画哪里不对劲儿。”

细看女人的眉宇之间，透着一股诡异的气息，我也看出来了。

张伯伦眼中突然放出异样的光芒，恍然大悟地说："她……她是比丘尼！"

胖三挨打都没忘记看热闹，从人群中爬出来，瞅了一眼画上的女人，说："比丘尼？没听过，皮卡丘我熟。嘿！你别说，这画上的小娘们儿长得有点儿意思。"

仔细看画中女人的莲蓬衣下，隐约地看得出来她没有头发，一定是了。

我解释说："比丘尼，就是我们俗称的尼僧，又叫尼姑。"

胖三挣脱了打斗，啧啧叹息地说："好端端的一姑娘，可惜了！"

"她曾经孤世而独立，美貌遗世千代尚有余香，风华绝貌倾尽人城，受万人追捧。她的美貌甚至引起国家的动乱，遗祸众生，当她醒悟后遁入空门，自毁容貌，才换来和平。"女人娓娓道来。

我说："这画中的女子是日本镰仓中期最著名的美女千黛野？"

女人微笑，不置可否。

张伯伦愁眉紧锁，附和说道："我年轻的时候去日本留学，听到过一个相关的版本。在福井县一个叫小浜的地方突然有一天搬来一个渔夫，带着一个女儿，某天他打渔归来，带着一尾人鱼肉，他的小女儿在不知情的时候偷吃了人鱼肉。日复一日竟然出落得如花似玉，十八岁便出落成倾国倾城的美女，受到万千男人的追捧，为此竟然发生了战争，引起幕府的动荡。时过境迁，在她四十岁的时候竟然还是十八岁的模样，那人鱼肉竟然让她长生不老。随着动荡局势，看着子孙一个个的老去，她多次改名换姓，在年近百岁的时候，感慨世事无常，遁入空门。在空印寺出家成了尼姑，从此环游诸国，学医治病，悬壶济世，接济贫民，所到之处便会种下山茶花。在她八百岁的时候，在一个洞窟前种下一株山茶花，并且预言说：‘等到山茶花枯萎时，便是我告终生平的时候’从此，她走入洞窟中再也没有出来过，所以后人又叫她八百比丘尼。”

胖三好奇地追问了一句，说：“我就想知道，那山茶花最后枯萎了吗？”

胖三的思维方式果然与众不同，他所关注的点，用奇思妙想来形容一点儿都不为过，可是就没有一句话问在了正经地方。

女人惊奇地问：“你在哪里听说的？”

张伯伦不屑一顾地说：“铺天盖地的宣传单、旅游指导、报纸、杂志，只要认字，不瞎不聋，手脚能动，实在不行就上网查一下，你说我怎么才能不知道？三岁的小孩都知道，也只能三岁的小孩知道，否则谁会信？”

女人没有辩驳他，沉吟说：“在很久很久以前，中国有一位始皇帝自诩为真龙天子，在一个遗失的古迹中发现了一卷天书残片，在这卷上古的天书残卷里，洞悉了神的秘密，掌握着一些神的力量。残卷上记载了很多上古遗失的文明，他发动战争消灭了周边所有的国家，第一次统一了这个国度。残卷中最引人入胜的就是其中关于一种长生不老的法门，可惜只是残卷方法并不完整，他招募了全国所有的巫术师，日夜不停地为其参悟其中的法门，寻找正确炼制长生不老药的方法。

炼制长生不老药的过程中缺少一种药引，屡次以失败告终，最初在动物身上实验，暴君等不及实验成功，加速了实验进程，直接把半成品的丹药用在了犯人、官兵、平民的身上，试药的毒人多达数万人。一个巫术师在丹药炼制的时候发现，这不只是一种长生不老药，还是一种令人丧失神志的毒药，服药者最初身体溃烂、昏迷不醒，人在气绝之时会突然醒来，丧失理智，性情跋扈，宛如行尸走肉，见人就咬。病毒迅速传播，国家死伤人数过半，数十载连年征战，国力、财力挥霍一空，功归于篑。皇帝防止传染扩大，熄灭战火，命人修建长达万里的防御工事，日夜赶工，把感染者赶到防御工事之外。”

“感染者被隔离，病情得到了遏制，境外的感染者跨不过冰天雪地，走不出漠河以北，在三年内便自我毁灭，才算渐渐地息事宁人。这场浩劫余温尚存，暴君心有不甘，贪婪之心死灰复燃，继续命巫术师炼制丹药，寻找长生不老的法门，这次却不敢公然在活人身体上做实验，而是命巫术师徐福、韩终携家带口，与三千童男童女一路东行远赴蓬莱，后东渡瀛洲试药，也就是现在的日本。当时正逢弥生时代，巫术师知道回去定是九死一生，于是携带禁术秘方，隐姓藏名，对七子重新改名。徐福字君房，最宠爱的孙女阿房是长子之女，从小寄居在夏家与韩终采药为生。徐福怕走漏风声，便取了个发音，变成姓福冈，从此以后：长子福冈、次子福岛、三子福山、四子福田、五子福畑、六子福海、七子福住，便在当地常住生根，开枝散叶。

暴君为了平息这段历史，不惜杀尽文人、烧毁资料、焚尽书籍，直到把这个秘密带进了坟墓里，都没有人再提，所有人讳莫如深，巫术师将此事封存，终生不提炼丹之事。巫术师死后，长子继承了父亲的衣钵，偶然发现了天书中残卷里的法门，以及父亲遗留下来的丹药。

长子福冈利欲熏心，为长生的法门痴迷。女儿阿房一生伴其左右，以采药为生，福冈亲身试药，最初身体在逐渐发生变化，意识模糊，后来身体开始变得僵硬，五脏六腑溃烂，呕血不止。看着父亲的身体每况愈下，女儿为救父亲服下了丹药，四处寻访名医，久闻胶东有‘天道者'，能医百病，精上古秘术晓长生之法。父女二人求医途中在海上遭遇风暴，流落到莱夷之地，勉强在胶莱河以东靠岸，女儿和父亲流落街头，食不果腹，衣不遮体，以乞讨为生。

那年冬天，寻得了宫人栾大，生得俊俏，谈吐优雅，与文城少翁师出同门，对父女二人殷勤有加。栾大对父女百般呵护，问他们从哪里来？父亲有所隐瞒，劝住女儿，只是模糊地敷衍说，从海上来。

相处数日，同饮一江春水，共嗅十里桃花。栾大爽朗清举，女儿情窦初开，两情相悦。栾大知道父女二人身患重病，相信同门师兄弟少翁定能找出来解毒的方术。

那一年少翁以鬼神邪术招摇撞骗，声称自己有回魂之术长生之法门，震惊朝野。足足一年后，东窗事发，被武帝处死，栾大悲痛欲绝。突然有一天，福冈旧疾复发，女儿心痛如绞，情急之下说漏了嘴提及禁术。栾大虽看她一时情急，却听得真真切切，比起师兄少翁所知甚详，于是百般纠缠、色诱，骗得了禁方秘术残卷，福冈知道招惹了祸端，想连夜返回瀛洲。

栾大自从得到了秘术残卷，贪图名利，向汉武帝吹牛声称自己是天道使者，经常往来于大海仙山之中，与安期羡门多有往来，和那帮几千几百岁的老头老太太都是铁哥们，自己已经略窥永生之法门，不日之后不死之药可得，仙人可致。"

"这牛吹得一点儿都没含糊，都把牛吹到天上去了。"胖三啧啧称奇。

张伯伦感慨地说："一个吹得吐沫横飞，一个听得津津有味，愚昧，愚昧啊。"

女人默不作声，继续说道：

"汉武帝 28 年，武帝对此深信不疑，乾称'蜚龙'，鸿渐于般，把卫长公主嫁给栾大为妻，赐列侯甲第，僮千人，车马帷帐，赍金万斤，佩六印，位极人臣，贵震天下。栾大这一系列事件的发生，让福冈的女儿伤透了心，她和父亲归返瀛洲。此事让天下众方士、巫者眼馋，悉数都自称跟神仙家有亲戚，大江南北，燕齐之间，莫不搤捥而自言有禁方，各个都能神通广大。很显然神仙大家最后都没见着，栾大成了活神仙，百鬼云集，率领乌合之众。顺着福冈父女所指的方向，以三星问太一、卜天象，东渡入海，求仙问药。没几个月栾大带着一条咸鱼回来，向汉武帝禀告这就是长生不老药，剁成几节想给汉武帝吃，汉武帝一怒之下将栾大腰斩，剁成肉泥。岂知栾大带回来的不是一只普通的咸鱼，而是一只干瘪的人鱼，有上古的典籍中记载，祭祀上天的人鱼血泪有长生的功效。汉武帝闻讯，采天地之甘露、龙血和玉屑共饮用，加以矿石，点缀人鱼血泪，炼制成丹，不见奇效，便北至碣石，多次寻仙问药。

这些在后世的史书典籍中多有笔墨，相信你们也曾看到。福冈的女儿翻阅古书典籍，查阅到人鱼的血肉能够抑制病情，父女二人便辗转流离，终于在推古天皇27年，也就是公元619年，在摄津国找到了人鱼的踪迹，似人非人。人鱼的血肉含有剧毒，乃天下至寒之物，极为罕见，刚好可以抑制病情，却不能根除。父女二人便以打渔为生，多次更名换姓，女儿多次杀生人鱼，心中有愧，一度想遁入空门，最终得以如愿。伴随着生态环境的变化，人鱼的绝迹，加上食用人鱼血肉体内剧毒与日俱增，每逢月圆心如刀绞，痛不欲生，犹如身临地狱，不可自拔。”

“惜秦皇汉武，始终痴不过一场荒唐的闹剧。”我长叹了一口气说。

“那个女儿就是千黛野？”胖三问。

张伯伦摇头晃脑，觉得难以置信，不想听她再胡搅蛮缠，说：“一派胡言，纯属无稽之谈！你在给我讲美丽的神话故事吗？当我们是三岁小孩，你怎么不告诉我，你就是神话故事里的人？”

“不，是神话在讲我的故事。”女人很认真地说。

胖三瞪大了眼睛，问：“姐们儿，你是火星来的吗？”

女人摇了摇头，说：“不是。”

胖三释然地点了点头，神情凝重地说：“那你可病得不轻啊！”

女人点了点头，诚恳地说：“我都病了两千多年了。”

胖三心存疑虑地问：“你就是千黛野？”

女人说：“那只是我曾经用过的一个名字。”

胖三一脸崇敬地问：“亲，那你现在用什么名字？”

“名字只是一个称呼而已，叫什么都行，你开心就好。”女人咯咯地笑着说。

胖三琢磨了半天，想了一个称呼，兴高采烈地提议说：“小婊子？骚婆娘？”

女人“啪”一个耳光，打得胖三眼冒金星。

胖三晕晕乎乎地说：“你个老娘们儿，下手挺黑啊。”

九爷冲过来揪住胖三的衣领，郑重其事地警告他说：“从现在起，不允许你问任何问题。”

胖三喝多了茶水，突然憋不住想尿尿，捂着裤裆问：“请问厕所在哪？”

“这是你该问的吗？”九爷喝令他说，想了想又觉得不对，指了指门外，让他右转就是。胖三嘟哝着说，装到这个份儿上，真有诗情画意。

苏茉莉捂着嘴偷笑，沙玛蔷、沙玛诗吃惊地看着墙画的画轴，对比着又去看眼前的这个女人，这么对比之下，眉宇之间竟然看出了七分相似。

女人紧锁眉头，继续说："不知道经历了多少个春秋，父亲的身体溃烂，再也熬不过这漫长的岁月，腿部以下布满了鳞状硬块，身体虚弱到无法独立行走。我曾多次随遣唐使来长安城，担任药师。贞观5年，日本国舒明天皇派遣以犬上御田锹为大使，药师惠日为副使的遣唐使团。再次来唐试着寻找解药良方，曾与太宗皇帝有过一面之缘，此行结识李淳风、袁天罡两位奇人异士，此后数年多有往来，数十次与遣唐使久居长安城内，探讨数学、风水、面向、天文等等话题。袁天罡与我称骨相面，卦象异常，称不出重量，相不出宿命，断不出吉凶，看不到未来，屡次占卜结果都是一样。李淳风看出了端倪，一者苦苦追问，二者想尽快找出良方。我便道出了事情原委，两者听闻，惊为天人。李淳风当时正在注解《周髀算经》，袁天罡依据禁方所载和我们的遭遇，推演出长生丹毒与人鱼血肉相生相克、相互依存，长生不老本就逆反自然之道必遭天谴，付出代价也情有可原。根据天书残卷所述，也不尽然，古有黄帝仙去，此卷由上古的神灵传于伏羲、王母，又传承于三皇五帝，尽毁于商周，从文献上出现了严重的断层，商周之后再无神迹。春秋、战国、先秦时期，虽遗留有蛛丝马迹，始终不得要领。关于天地无极之道，相传黄帝铸造九鼎载有全部的天书禁文，可是这鼎从来没有人见闻，所有的希望寄托于夏商之前的文献，希望能够找全残卷，或许能从中找到解救之法。

贞观元年至22年之间，王玄策俘获一位来自天竺国的僧人，那罗迩娑婆寐鼓吹西有大乘法门，有涅槃、永生、不死之术。太宗先派遣陈姓僧人一路西行，前往天竺那烂陀寺求取经书，李淳风和袁天罡推演

《推背图》期间，李淳风无意中走漏天书禁方，但不愿泄露禁方出处，宁死也不愿再泄露天机。李世民无奈又令兵部尚书崔敦礼监督炼制‘不老药’，屡屡失败，终不得要领。于是发使天下，问鼎九州，采诸奇药异石不计其数，最终丹毒诱发暴疾，死于终南山上。翠微宫中扬起万匹白灵，哀号震天，从此以后列为宫中禁忌，却依然有多位皇帝死于求仙之道。”

“为了讲这些故事，你还真是花了不少心思，翻阅了不少古籍，你和那些骗人的巫者、方士又有何不同？”张伯伦满腹疑惑地盯着她问。

女人望而兴叹，诬惑众生的不是别人，正是众生的贪念。

女人抚摸着这轴卷画，感慨说：“那一年，日本战乱不止。同时期金兵攻陷汴京，高宗南渡。我听闻有人再次见到了韩终，已为仙人，想必他得到了良方，已探寻到遗失的禁方解除了痼疾。我一路随着足迹探寻，却一无所获。偶遇落魄的画家李唐每日颠沛流离，盛情难却，李唐为我挥笔泼墨，便留下这幅画卷。”

张伯伦仔细地盯着纸张，难以置信地说：“日本镰仓中期刚好是中国的南宋时期，这幅画的娟纸尺寸也超过了一米，阔绢兴于南宋，这幅作品的创作年代、纸张是符合的。”

苏茉莉问：“这说明了什么？”

胖三捂着裤裆还没来得及出门，说：“说明这幅画很值钱。”

“我在心如刀绞的痼疾中惶惶度日，父亲终因全身溃烂而死。父亲死后，我多次想了结余生，寻死未果，继续以采药为生游走四方。又到元明时期，韩终再次活跃在人群中，被人传得神乎其神，说有济拔幽冥、度人生死之能。”女人似乎又看到了希望，兴致勃勃地说着。

我问：“你又见到了你采药的师傅韩终？”

女人失落地摇头，说："明末清初，在修订古籍的时候，有人在一份深山中的石碑拓片上看到了记载着他的足迹的相关文字。秦韩终为祖龙采药使者，继而入蜀，遍寻深山穷谷固阴冱寒之地，幽冥水宫之处，寻得神之禁方，免于五道轮回，炼丹于德阳，漆蜜和丹煎服之，乃服九节菖蒲十二年，可延年益寿，立日中无影，体生白毫，骑白鹿成仙而去。"

"这你也信？"张伯伦哭笑不得，好像听天书一样，一脸不屑。

我们不知道究竟该不该信，但我们信与不信，对眼前的这个女人来说似乎都不重要。

"雍正时期，好佛、崇道，有人从四川送来韩终仙去后遗留下来的拓片呈与雍正。雍正大喜，根据只言片语再次兴起炼丹之术。圆明园中掀起腥风血雨，同年德川幕府也获得了禁方残片，被列为皇室最高机密，尚未来得及炼制丹药，雍正在圆明园猝然去世，一场轰轰烈烈的炼丹风波，无疾而终。日本兴起倒幕运动，直到德川庆喜被迫宣布幕府倒台，这份禁方才流落到昭和天皇手中。军国主义的霸权得到这份禁方，让裕仁自诩为神的后裔，谋划了一场惊天动地的神权运动，发动全军，密切地拉拢着意大利、德国一同探索'力量之源'，开展了全世界各地的考古工作，在俄罗斯、中国、印度、中东进行频繁的实地勘探，密谋一场战争。"

女人娓娓道来，说得我们几乎要相信了。

张伯伦依然嗤之以鼻地说："这只是你一面之词的阴谋论。"

"我知道我一个人的力量有限，二战全面爆发以后，日军曾大面积在福冈征兵，组建当时的第十八军团。其中一支打着环保卫生的队伍悄无声息地成立，实则在进行'禁方'内容的人体试验。"

她说到这个话题的时候，房间里的人都忍不住露出厌恶的神情。看着她那张似曾相识的脸，我有一种不祥的预感，对于她的话，我半信半疑，虽然几十年过去了，甚至事情已经相隔一个世纪，她的眉宇之间，让我看到了历史的痕迹。我想我已经猜到了那第三块红布下的卷轴是什么，那幅被遮挡住的画让我怦然心动，想起在俘虏集中营里发生的事情，现在依然历历在目，每一个画面都让人胆战心惊。

我内心无比撼动，伸手撤下了那块红布，在红布下的第三幅画是一幅油画。油画上是一个穿着军装手持军刀的女人，那个女人正是福冈亚美，正是我们眼前的这个女人，这个女人现在仍然看着我们笑着，笑得无比诡异。

“不，不可能！”张伯伦难以置信地摇了摇头，看着墙上的画后退了两步，那张脸比死人还难看。

胖三刚好提着裤子进门，看见墙上的油画，系上了裤腰带，惊讶地咧着嘴。

他打量着眼前的女人，大喊了一声：“你是日本人！我一直想和外国人打交道，没想到运气这么好，这次就遇到了。不过，交道没看着，只剩下被打了。”

女人好奇地看着胖三，完全不知所云。

胖三恍然大悟地说：“你先别说话，让我猜猜看，我懂了，你叫苍井空？吉泽明步？小泽玛利亚？还是武藤兰……”

女人愤怒地说：“八嘎呀路！”

“八嘎呀路？”胖三疑惑地看着她，难以置信地说：“人不可貌相，你怎么会叫这么通俗的名字？”

胖三看房间里每个人都板着脸，不解地问：“我错过了什么吗？”

“没有，”我安慰他说：“以你的智商，来得刚刚好。”

福冈亚美继续说：“二战期间以及战争结束以后，德、意、日作为战败国，所有的研究资料被当作战利品缴获。被美军、苏联、英国、法国等列为‘X 档案’，并且迅速联合成立了一个机密的组织，这个组织就叫 π。这些年来秘密地研究、探索、调查着这些不为人知的远古真相，并永久封存，这些资料已经渗透到军事、科技、医疗、航天等各个领域。在 1991 年末冷战结束后，这个组织也随之解散，分崩离析。我曾经六入蜀地，最终都无功而返，蜀地无处不山，无山不洞，是天然的迷宫，错综复杂，根本毫无头绪。既然商周之后再无神迹，那禁方只能在商周以前的古迹、墓穴中探寻，黄帝成仙后，他的后裔蚕丛、鱼凫长命百岁，于湔山忽然得道成仙，韩终也是追寻古籍所载的踪迹采得禁果炼制成丹。据说他体生白毫，修得不死之身而仙去，想必跟这黄帝所赐古卦天书有关，必是在商周之前的禁方。”

胖三还没有站稳脚步，推脱说：“这是事关生死的大事儿，我这种小人物就不跟着瞎掺和了，你们先忙，有事儿给我电话。”

胖三转身，几个人围住了他，把门口挡得结结实实。

“生从来都不是秘密，终极的谜底是死。”福冈亚美意味深长地说。

我叹息地说：“想必你告诉我们这些，也没打算让我们活着走出去。”

“我从来不担心你们是否能活着走出去，我担心的是你们活着走得不够远。”福冈亚美打量着我们每一个人，一脸挑衅的神情。

胖三停住了脚步，他最受不了这种质疑的眼光，问：“你在质疑团队的能力？”

“团队的能力需要质疑吗？这团队跟能力有关系吗？”九爷补充说。

我问：“我们要去哪儿？”

她不容置疑地说："到山里去！"

在她举止投足之间，我还是看到了一丝疑虑，那种焦躁难以遏制，虽然很短暂，却挂在眉梢。

有更棘手的问题在等着我们，福冈亚美欲言又止地说："出发前有个问题还没有解决！"

我们不约而同地看向了沙玛诗和沙玛蔷。

沙玛蔷低着头故作深沉，她已经想到了最坏的结果，逃避着我们的目光，沙玛诗不明所以，一脸懵懂地问："难道我们长得很像答案？"

我们都没有说话，沙玛蔷一直在摇头，面露恐惧，说："不，绝对不行，婆婆三十年没有见过陌生人了，她是不会答应见你们的。"

福冈亚美所说的正是巫祖婆婆，提到这个婆婆，她脸上带着三分敬意七分恐惧，说到这个名字都让她浑身不自在。这样一个行为果断、心肠狠毒的女人，竟然也有她害怕的人和事情。对于这个婆婆，福冈亚美没有任何想强迫她的想法，完全拿她没办法，哪怕对婆婆的两个徒孙都相敬如宾，与对胖三的态度相比真是天壤之别。

"我有一个秘密，这个秘密让她无法拒绝。"

福冈亚美老谋深算地看着两个小姑娘，循循善诱地说。

胖三兴致勃勃地问："我喜欢秘密，什么秘密一定要搞得这么神秘？"

九爷不耐烦地说："秘密，说出来那还能叫秘密吗？"

胖三想了想，挠了挠头重新定义说："秘密说出来，那就是大家的秘密。"

"无论是什么秘密，哪怕是大家的秘密，你也绝对不属于'大家'里的一部分。"九爷辩驳说。胖三突然发现自己并不是"大家"里的一分子，喜出望外地想往外逃，九爷一把揪住他，气焰嚣张到不可一世，拿出了一副让人绝对无法拒绝的姿态看着胖三，那种姿态霸气侧漏了一地，他用实际行动告诉了我们：逆我者亡，顺我者也亡。

九爷当即拔出了一把枪，拉动枪栓。

胖三心中暗叫不好，两条腿像一对钉子一样定在地板上，脸上的汗珠一滴一滴地淌下来，一动都不敢动。胖三进退两难，苦笑着哀求地说：“哥们儿，我们是一个团队的，你是团队里的核心，这位女侠既然是团队里的领导，我绝对听从领导的指挥，严格服从命令。”

九爷铁青着脸，胖三又哀求福冈亚美，她起初无动于衷，突然一阵剧烈地咳嗽，之后刻薄讽刺地说：“我们团队里没你，你高攀不起。”

胖三嬉皮笑脸地问：“姐，咱们团队还招人不？我本科学历，英语四级，还有普通话证书，学习能力强、勤劳能干、能吃苦、热爱祖国、热爱人民，你看团队里有没有适合我的岗位？”

福冈亚美不动声色地补充道：“我是不是该问问你薪金要求多少，有没有五险一金？”

胖三附和说：“这个可以问。”

九爷不耐烦地说：“那是不是还得给你解决北京户口，缴纳住房公积金，一年四季出国旅游，双倍年终奖，每年只上一天班，一天只上八小时？”

九爷这么一说，胖三笑得牙龈都乐出了花。笑着笑着突然沉默了下来，胖三忐忑难安，木讷着脸，喃喃地问：“这合适吗？”

“合适啊，太合适了！”九爷准备扣动扳机，这是要让胖三去死，他解释说：“这一枪下去，你每年清明出来工作一天就行了。”

“这作死的岗位不适合我！”胖三随机应变地说。

两人在众目睽睽之下磨叽了半天，福冈亚美终于无法忍受，怒不可遏。

我抢先一步，急不可耐地说："你们两个再不动手，我绝对能憋死！"

事已至此这两个人再不死一个，或者出点儿血，我们一屋子人都能被他们给郁闷死，无论谁打死谁都能活跃点儿这该死的尴尬气氛。

一个西装革履的小兄弟义愤填膺地说："闭嘴！如果再这样下去，你们都吞粪自尽吧。"

"吞粪自尽？不讲究，这要求有点儿太苛刻了吧。"胖三疑惑地说，顿时房间里所有人都看向了这个小兄弟，完全不知道从哪冒出来的一个小喽啰，九爷恶狠狠地问了一句："你谁啊？"

小兄弟一脸歉意，蜷缩着身子躲入到人群中，讪讪笑道："我就那么一说，一个提议，仅供参考。"

房间里的人突然心烦意乱，气急败坏，这种场面似曾相识。

福冈亚美突然一把扣住了沙玛蔷的喉咙，面带微笑地说："小姑娘，玩够了吗？你这媚术用错了地方，跟你巫祖婆婆比，小巫见大巫了吧？"

神志稍有恢复，屋子里的人才发现刚才受人魅惑丧失了理智，同一件事情同一个伎俩同样的人，在我们身上再次故技重施。看着这两个貌美如花的彝族女子，虽美若天仙，想起他们的所作所为，不由生出几分畏惧，惊出一身冷汗。

沙玛蔷"啐"了一口，双眸里闪烁着桀骜不驯的光芒，大义凛然地说："你们骗不了我，你们根本不认识巫祖婆婆，只是想骗我们找到婆婆隐居的地方。"

福冈亚美不容置疑地说："我的语气像是在跟你们商量吗？"

沙玛诗恍然大悟，呆呆地问："你们是坏人？"

沙玛蔷呵斥妹妹，说："你瞎吗？别管我，快走！"

沙玛诗看着屋子里乌泱乌泱的人群，不知道该如何是好。

胖三叹了口气，感慨这两个姐妹太任性，太天真，幸灾乐祸地反问道："你瞎吗？就这场景，能走我早就第一个开溜了，哪能轮得到你妹啊。"

沙玛诗没有要走的意思，嗔怒地看着福冈亚美说道："你放开我姐姐。"

福冈亚美果然放开了掐着沙玛蔷喉咙的手，她淡淡地说："念你们一片孝心，我不为难你们，看你们只是滥用巫术并无下蛊毒之实，心地还算善良。我确实和你们家巫祖婆婆有过一面之缘，只是想找她叙叙旧，探讨探讨学问，请教几个问题。"

"恐怕要让你失望了，婆婆回答不了你们任何问题。"沙玛诗一脸歉意。

"何出此言？"福冈亚美为之动容，迫切地问。

"闭嘴！"沙玛蔷训斥妹妹，不让她再说下去。

嗓门越大的人往往越心虚，福冈亚美看出了沙玛蔷内心的焦虑，笑不露齿地问："你在怕什么？"

两个人针锋相对，红着眼睛，咬牙切齿地对峙着。

沙玛诗委屈地解释说："婆婆三十年前突然患上了失语症，嗓子再也发不出任何声音，已经无法与人交流。"

九爷拿出一把刀子，在沙玛蔷的脸上比画着，询问说："既然没办法与人交流，那就与这把刀子交流交流，我相信你姐姐这张俏脸蛋儿跟这把刀子之间也一定会交流得不错。"

“不要伤害我姐姐。”沙玛诗哀求地说，抢过去一步，想夺过来刀子却扑了个空。

福冈亚美假装像一位老者一样，更像一只老狐狸，饱谙世故地说：“这是一个讲道理的世界，我喜欢讲道理，更喜欢听道理的人，只要你听话，没有人会受伤。”

我们几乎没有做任何准备工作，一切都已经准备就绪，所有的工具、车辆一应俱全。在后院的空地上停靠了一辆直升机，几个小马仔搬了几箱军绿色的箱子到车上，直升机上装满了工具以及必备的食物。胖三几个人还站在直升机前拍照留念，这时机似乎都刚刚好等着我们出发，我们总感到自己有点儿像瓮中之鳖，任人摆布着。

天空中薄暮冥冥，乌云席卷着黄沙从头顶翻滚而过，云层压得很低，风雨欲来。胖三想推托天气不好，建议是不是要选个黄道吉日再出发，他的建议换来了一个响亮的大嘴巴子。

我们假装应允下来，在这荒郊野岭的，我们就是死了都不会有人发现，等个百八十年的有人发现我们的时候，估计鬼都不认识了。我和张伯伦、苏茉莉几个人使了个眼色，等到人多的时候，半途伺机甩掉他们。

他们想做什么我们都很感兴趣，但如果迫于武力那便兴趣全无，张伯伦和苏茉莉私下里讨论，他们想让我们做什么我们并不在乎，我们在乎的是他们究竟要胖三来做什么，作为团队里的一员，我们都不知道要胖三是用来干什么的。如果就像福冈亚美所说，只是团队里的吉祥物，那这吉祥物还真够浪费资源的。

其实这一点胖三应该比我们更好奇，事实上他从来没有考虑过这个问题。这个人来疯竟然和敌方有说有笑勾肩搭背地吹起牛，侃起大山，我们都以为这哥们见异思迁叛变了革命。

顺着颠簸的路途走了一会儿，胖三笑盈盈地冲着我们挤眉弄眼，他敞开外套，怀里竟然藏了两把手枪。这孙子不知道什么时候从敌方那里顺来了两把真格的东西，胖三向我展示了一下，说关键时候还是这玩意儿靠得住。张伯伦仔细看着这两把枪的型号，一把是伯莱塔92F型手枪，一把是捷克CZ83型手枪。偌大的几个箱子里，装得满满当当，重量不可小觑，除了日常用品、雷管、炸药、登山的绳索、探测仪器等一应俱全。胖三疑惑这是要去打仗啊，张伯伦断定这伙人背后一定有所谓的境外势力，看这架势这帮人是要去干仗。我们都意识到此行绝非善举，也绝对干不出什么好事，我们想都不敢想，究竟什么东西需要动用这些家伙什儿，完全不知道前方有什么玩意儿在等待着我们。

一路上我们始终没有见到人群，车子一直开往大山深处，开溜的计划一再搁浅。随着颠簸的路途，车速渐渐地慢了下来，我们立即策划了一场出逃开溜的计划：我和胖子制服车内同行的两个黑衣人，等待车门从外边打开，让沙玛诗沙玛蔷照顾杜可可，张伯伦和苏茉莉放倒开门的人出去叫人，喊救命。

车子停了下来，车门洞开，强烈的光线照进车内。我们按部就班地实施着计划，我和胖三扑向了车内的两个黑衣人，两个人瞬间被五花大绑，动弹不得。我们突然感觉到身后人影绰绰，却没有任何声音，张伯伦、苏茉莉、沙玛蔷、沙玛诗都没有发出任何的声音，安静得出奇，他们几个站在车厢门口一动不动，张伯伦冲着我们使了个眼色，让我们看外边。车厢外十几把冲锋枪、一把加特林、一只散弹枪、一只火箭炮冲着我们，如果不是这些东西快戳着鼻梁了，我们很难信以为真。

胖三机智地站起身，悠闲地说："本来就是出来散散步，遛遛弯儿的事儿，何必搞得这么严肃呢？"

被五花大绑的两个黑衣人在我们身后挣扎着，我和胖三松开他们身上的绳子，解释说："这只是一项悠闲的体育运动。"

九爷看这边有情况发生，快步走过来，看着车厢里动弹不得的两个人，愤怒地说："你们当我们体育老师是植物老师教的吗？"

胖三继续说："这一路太无聊，就是跟大家开开玩笑，陶冶一下情操。"

我们逐一被拉下车，排成一队。车子停靠在一座依山而建的码头上，一艘木船停靠在码头边上，湍流的河水从峥嵘险峻的崖壁上垂直而下，山涧的岸边树影斑驳。我们辗转上船，两岸的植物根深叶茂，橡树的枝丫遮天蔽日。

在船上刚坐定，福冈亚美到船舱里休息，九爷警告我们说："你们最好别惹麻烦，我们最不缺的就是麻烦。"

上船之前，船夫面如死灰，严肃地叮嘱我们，上了这条船只有一条规矩：永远不要离开这条船。上船以后，胖三老实了很多，乖乖地坐在角落里一动不动，话也不说，双眼直勾勾地看着窗外。他低着头，青筋暴起，一张乌青的脸上，嘟着一张颤抖的嘴唇，呼哧呼哧地喘着气儿，他肯定是被刚才的阵势给吓坏了。

我想安慰他两句，胖三突然泪眼婆娑，抱着船缘呕吐起来，带着哭腔说："晕船！"

这会儿我们才知道胖三的天敌是水。他不会游泳，这一路上吐得眼冒金星。船舶顺着溪流而下，在深山之中穿行，不知道过了多久，遮天蔽日的乌云从山顶上压下来，雨水拍打着船舱，我们都进到船坞里避雨，舱外分不清白天黑夜，近在咫尺的雨水声让人窒息，时间久了，反而起到了催眠的作用。

我和张伯伦点了根烟，张伯伦一脸忧虑，用力地嘬了几口烟望着雨幕，现在我们的遭遇和命运已经无法自控。胖三抱着一根船柱，生怕雨水瞬间把船舶吞没在湍急的河流中，胖三祈祷了所有他知道名称的神佛，包括释迦牟尼、上帝、老天爷、弥来佛、财神爷甚至送子观音等等，祈祷不要在这阴沟里翻了船。

船舶不知道要驶向何方，在蜿蜒的深山之中，卫星电话、平板电脑、手提电脑、手机都没有了信号。

岸边的树藤攀岩在崖壁上，从石缝中盘根错节地长出来，枝丫埋进河水中，触手攀附在岩石上，在藤蔓上开出圆盘式的花，红得像血一样。我们的船舶行走在河渠中，那花长得就像一张张人脸，看得人心中一阵恐慌。不经意间察觉，更诡异的是这些花就像在看着我们，花蕊就像一只恶毒的眼睛，注视着我们的一举一动。如若不是瞧花了眼，这些花似乎随着我们的移动而转换着方向，雨水滴落在花瓣上滑落下来，就像一张张哭泣的脸。

我们尽量把目光聚焦在水面上，以免让自己胡思乱想。雨幕突然被隔离开，涟漪渐渐地消失，我们不知不觉地深陷到一片迷雾之中。云雾簇拥，最初还能看到岸边那些花的轮廓，后来只剩下浩渺的烟雾，又厚又重夹杂着潮湿的恶臭。天光暗了下来，浓雾萦绕在我们的头顶上，灰蒙蒙的，可见度不足一米，在船头已经看不见船尾。

站在船尾的一个大汉突然一声惊呼，说：“这雾里有东西！”

众人一阵手忙脚乱，听到这雾中似乎有“嘎嘎嗞嗞”的声响，就像磨动牙齿的声音，我心想不好！这个该死的胖三莫非晕船晕死过去了，这会儿睡着了正在打呼噜磨牙？

此时胖三在我耳边说了一句：“这雾不对劲，处处透着邪性。”

胖三的话还没有说完，船尾突然传来一声尖叫。众人跑到船尾，刚才说话的大汉已经不见了，活不见人，死不见尸，我们都以为他掉进了水中，可水里连一点儿波纹都没有看到。几个人手忙脚乱地打开猎鹰手电筒，光柱射进浓雾里立即被浓郁的大雾所吞噬，近处的浓雾反射了灯光，白茫茫的一片，看得我们一阵眩晕。

张伯伦冲着大家呼喊，制止他们再去看浓雾，说：“快把灯关上，这雾有问题！”

“这雾里漂浮着一种花粉，加上猎鹰手电筒的强光，很容易诱发雾盲症，让人产生幻觉，看到自己内心深处最恐惧的东西，严重的可能会失明，甚至无法自拔而丧命。”张伯伦解释说。

看着眼前的重重迷雾，张伯伦说的话由不得我们不信，几个人手中拿着的手电筒都在颤抖，感觉到这猎鹰手电突然是个烫手的祸害。

苏茉莉手中握着的手电没来得及关闭脱手而出掉进了水里。

此时看到河渠里的水像沸腾的开水，冒着泡，正在翻滚着澎湃地往上涌。我看了一眼，头皮发麻，大家都惊出了一身冷汗，各个看得血脉贲张，这河水竟然是红色的，像血一样，深不见底。看着眼前这血流成河的景象，可见古人所述的“血流成河，积怨满于山川，号哭动于天地”的场面并非夸张的修辞手法，而是亲眼所见的写实场景。如果不是今天亲眼所见，很难想象这种气魄，这河水为什么会突然变成血红色？四周氤氲出浓厚的迷雾，似乎刚好为了遮掩住河水的色彩而生，又或者是某一种植物和这一区域内的水质，空气产生了化学反应，导致河水变质、换了颜色。

光线随着手电筒沉入水中，由一条旋转的光柱，到只剩下一个光斑，最终沉入到无尽的深渊之中。一切终于恢复到了死一样的沉寂，所有人都感到了不安，在混沌的迷雾中，一些人开始窃窃私语，张伯伦想试着用科学的方式解释眼前的现象，一个银铃般的笑声由远及近传来，声音细腻得就像一个婴儿在哭，转瞬间在耳边萦绕。

一个船员吓破了胆，掩面而泣地说："我要回家，这不是人待的地方，这是通往冥界的黄泉。"

他的话音刚落，那个尖锐的笑声此起彼伏，从四面八方传来，笑声连成一片，就像很多婴儿在哭，这鬼哭狼嚎的声音就在我们的耳边，几个胆小的人忍不住这样的煎熬，转身跳入了河渠中，立即消失在迷雾中。

我们此行是去找人，不是去找死。随行的一些人开始动摇，甲板上议论声沸腾，几个人提议要原道返回，这些人主要是九爷带来的。九爷听到声音从船舱里出来，二话没说，举枪就打死了一个嗓门最高的大汉。

九爷提高了嗓门，说："谁还想找死，尽管报名。"

人群立即安静了下来，几个人把大汉的尸体抛入到水中，没有人知道下一个被扔下去的尸体会不会是自己，残酷最终战胜了恐惧。生命是残酷的，死亡未必比生存残酷，更残酷的是当大部分人面对着死亡时，宁愿选择苟且偷生。

四周婴儿的哭声越来越近，九爷为了掩饰内心的恐慌，冲着天开了几枪，扯着嗓门信誓旦旦地告诉我们没什么大不了的，就算天王老子今天来了，凭着手上这把枪也得让他死出一朵花儿来。他不自觉地擦了擦额头上的汗水，又钻进了船舱里。

过了一会儿，福冈亚美从船舱里走出来，安慰大家说这只是山中的寻常天气，一切都在她的掌握中。蜀中乃盆地，地势低洼，无处不山，无山不水，天气潮湿实属正常，常常多雾多阴多雨，大家不要见怪，这婴儿的哭泣只是风吹过藤蔓和岩石的声音。

我们此去寻找巫祖婆婆，巫祖婆婆在哪里只有福冈亚美和九爷知道。一路上都透着诡异，船舱内阁禁止任何人进入，只有福冈亚美和九爷才能进去，经过许可，我们才能在船舱外坞席坐，躲避风雨。

这不绝如缕的哭喊声让人无法忍受，乱人心志，犹如百爪挠心。九爷终于忍受不住，手持一把温彻斯特霰弹枪从船舱里冲了出来，面朝四周开了几枪，枪声回荡在山谷中，可是那婴儿般的啼哭声并没有停下来，忽近忽远。我建议大家平心静气地坐下来，不要胡思乱想。这一路上发生这么多蹊跷的事情，福冈亚美觉得有人在捣鬼，想问责沙玛蔷、沙玛诗姐妹，这时才发现这两个姐妹已经消失得无影无踪，找遍了船只每一个角落都没有这两个姐妹的踪影，就这么凭空地消失了。就在刚才混乱之际，船舶经过河渠的弯道，有一些浅礁之处连接着崖壁上的洞穴，想必是那个时候这两个姐妹趁乱离开了船只。

九爷感慨地说："千防万防，还是被两个乳臭未干的黄毛丫头给摆了一道。"

福冈亚美并没有吱声，考虑了一会儿，不动声色地笑着说："这种天气别说是两个黄毛丫头，就是特种兵也未必走得出这十万大山，想活着走出去定是千难万难。除非她们对这里的地形了如指掌，或者就生活在这附近，这说明我们的方向并没有错，巫祖婆婆应该就住在离这儿不远的地方。”

胖三反驳说：“这鬼地方，别说是人，鬼都不会有，是个会喘气儿的也不会住到这活见鬼的地方来。”

苏茉莉说：“这里的地势层峦叠嶂，峭陡渊深，水路蜿蜒曲折，根本无路可走，只有水路可行。如若徒步逆流而上，普通人断然走不到天亮，一定丢了性命。”

胖三说：“你们是没见过这两个丫头片子的手段，想起她们我就一肚子火，哎哟，不行了不行了，想起那大耳刮子我就腮帮子疼。普通人是走不出去，可万一这两个丫头片子压根儿就不是人呢？”

“不是人？”张伯伦啼笑皆非地说：“难道是鬼啊？”

“事已至此，我们也只好硬着头皮走下去了。”苏茉莉低声说。

这一路上我们都是顺流而下，顺水行舟，这会儿断然无法原路返回。

迷雾越来越浓，久久无法散去，那啼哭般的尖叫声就在我们耳边。这声音似乎时哭时笑，或者根本就分辨不出是哭是笑，常话说得好，鬼笑莫如听鬼哭，新鬼哭，厉鬼笑，鬼哭倾人事，鬼笑人踪尽。想到这里船上的一些人开始动摇，战战兢兢地看着身边的每个人，生怕自己错过了什么，或者遇见什么不干净的东西，听到浅礁的地方可以靠岸，几个人也心生他念，伺机想逃离船只。

船舶被孤立在无尽的迷雾之中，死气沉沉的空气仿佛凝固了一样，我们感觉船舶似乎静止在了水面上，前方已无路可走。这个时候我们都知道是需要用人才的时候，所有人都看向了珠算子。大仙儿是需要请的，我们毕恭毕敬地给他让出来一条道，就差烧香拜佛把他供起来。大家都期待着他登坛做法。

珠算子站在人群中，挠了挠头皮，尴尬地抄起几个家伙什儿。片刻，几个人搬出来一张桃木桌子，便在船头开坛，这会儿我们才知道搬的几大箱东西里，一大半都是这珠算子的法器。九爷费尽周折杀了一只公鸡，端上来一碗黑狗血，点上蜡烛，焚香入炉。珠算子将一把桃木剑要得有模有样，虚空画符，口中念念有词，然后端起来桌子上的几个碗，喷了我们一脸狗血。每个人都满怀期许地看着他，他的一举一动都撩人心弦。我们看着他扭胳膊晃腿，黔驴技穷，一句也没有听懂他在说什么，珠算子看一时半会儿下不来台，最后差点儿就跳出了广场舞的节奏。

珠算子突然跃起身做了一个后空翻，落地的时候双腿劈叉，抱着桃木剑指向了天空，大喊了一声："道！道！道！"

人群中一阵掌声。胖三擦干净脸上的狗血，看得蛋疼，赞许地说："这个大神跳得我给一百二十分！"

掌声停息，再次陷入了尴尬，大家环顾四周，彼此张望，过了一会儿我们没有看到风雷滚动，也没有看到迷雾散开，甚至连个放屁的动静都没有，有人咳嗽下也好，也能缓解下尴尬。

九爷一脸迷茫地看着这什么都没有发生的一切，疑惑地问："就这样？"

珠算子气馁地站起来，提提裤子，摇了摇头，说："降不住！这不是我们这行业内的业务。"

九爷偷偷地瞄了一眼福冈亚美，怕她怪罪。很显然福冈亚美还没有反应过来是怎么回事，九爷低声地在珠算子耳边问："你确定你老大是太上老君？”

此时福冈亚美从船坞中走出来，站在了九爷背后。

珠算子机智地回答说：“我老大是福冈亚美！”

福冈亚美听在耳朵里，内心欢喜，这事儿就一笑了之，向着众人询问道：“谁还有这种特殊技能需要出来显摆一下的？”

Ⅵ 星月古冢

这混沌的浓雾在我们身边一缕一缕地游走着，细若游丝，我们分辨不出是船舶在走，还是雾霭在不停地环绕着我们。伸出手掌雾霭便萦绕在指尖，仿佛这薄雾有生命一般，一层层的薄雾层叠在一起，遮掩了视线。

不知道过了多久，张伯伦看了看他手上那块老式的上海牌手表，这是他死去多年的老伴凭票购换的一件生日礼物，那块手表竟然静止不动了，这几十年来虽然陆续地停过几次，至少最近两年从来都没有停转过。张伯伦敲了敲表面，以为又出现了老毛病，他的举动引起了福冈亚美和九爷的注意，纷纷看向自己的腕表。这一看忍不住惊慌失措，福冈亚美的百达翡丽和九爷的军工手表都静止不动了，腕表的时间都停留在同一时刻：0 点 6 分 18 秒。

“这意味着什么？”九爷脸上一股阴霾，他似乎想到了什么，却没有明说，鬼都知道这个点肯定不是手表下班休息了，看到这个数字，张伯伦、福冈亚美都陷入了沉默，这个恐怖的数字！我们反而希望我们想到的不是同一件事情，更希望我们都想错了。

“0.618 是宇宙的黄金分割点？”苏茉莉说。

“这是一组诡异的数字，无处不在，被誉为完美终结者的数列，这组极为神秘的数字由数学家毕达哥拉斯于2500年前发现的。从宇宙大爆炸那一刻起，与毁灭相关的任何数据都无形中遵循着这一数列，古希腊帕特农神庙、金字塔、巴黎圣母院、万里长城、狮身人面像、秦始皇兵马俑、埃菲尔铁塔、联合国大楼、故宫……它们的垂直线与水平线之间不谋而合地无不遵循着1比0.618的比例，也是人类的五官、植物的叶脉、甚至达·芬奇的画作蒙娜丽莎的微笑，维纳斯、鲁班、莫扎特、贝多芬等等相关的杰出文艺作品的黄金比例。可是也引燃了诸多战火之源，像刀剑的铸造，汽车、飞机、炮弹、核弹的制造上都暗合了这一黄金分割比例。可是近几个世纪以来，对这组数字知道得越多反而越感到迷茫，感到恐惧，这组数字几乎已经成为死亡的基因密码。”张伯伦说。

“这么美妙的数字为什么跟死亡息息相关？”苏茉莉百思不得其解地问。

我说：“19世纪初，第一批步枪的尺寸便以0.618的比例进行大规模的改造，子弹、炮弹、导弹的飞行轨迹也完美地契合了这一黄金比例。1974年3月随着兵马俑的出土，进一步印证了春秋战国时期直至秦朝的战术布阵、盔甲、兵器都遵循着这黄金规律，数千年来无处不在。引起全世界轰动的成吉思汗的蒙古骑兵，以草原之狮著称，军戎和骑械装备均以黄金分割率打造。彪悍勇猛、残忍诡谲以及骑兵的机动性能，无处不将黄金分割比例运用到极致，才得以横扫席卷欧亚大陆。从战术、防御、兵器到推动科技的变革中，战争史上所有以少胜多的战役，皆以黄金比例点攻破的防线。在第一次世界大战期间，这一黄金比例战队简直决定了改变世界的格局，同样的模式跨越了地域、时间，拿破仑兵败于莫斯科的这一黄金分割线上，同样，在1941年6月22日，希特勒率领的德军也败于第二次世界大战，在第26个月的时间线上，开始由盛而衰。这一神秘的数字决定了地点、时空、宿命甚至成败的分割线，也是每次世界改变的节点，从冷兵器、蒸汽时代、电力时代到信息时代的每个时代的临界点上，都会准确无误地用0.618的数列计算出来，而每次的革新就意味着毁灭和死亡。”

张伯伦在深思，苏茉莉继续追问："在艺术、建筑的领域我们有目共睹，在战争史上还真是第一次听说。黄金分割点是物极必反、由盛转衰的临界点，本属于自然的变数，如果说3.141592是万物生命的启始，那么0.618就是万物的终结？”

“三生万物，终归于圆，周而复始，它的临界点即是生，又是死，既是一切的开始，又是一切的终点。”我问胖三，“明白吗？”

“不明白！”胖三捋起袖子说，“这关我屁事，什么生生死死的密码我管不着，我就知道再困在这几天，生就不关我的事儿了，老子肯定就饿死了。”

“我们或许也位于赤道的黄金分割线上，在黄金分割的时间点里，才会遭遇到这种时光假死的现象。一定是某种磁场的干扰，在百慕大三角洲、罗布泊等地点，在这一赤道线上的黄金分割点里，经常会遭遇到这样的事情，迷雾只是结合了蜀地特殊的地貌和气候造成的假象。”张伯伦根据我们的遭遇，猜测地分析说，“离开这里一定要先找到这一地域的黄金分割线，只要偏离了这一航道，就能走出这片迷雾。”

“这里别说路，连鬼都看不到，怎么走？”胖三气馁地说。

“路不一定是要用眼睛看的，而是感觉。”张伯伦说。

我们闭上眼睛感受这四周，一片漆黑，什么都没有看到。我心平气和地去感受，突然那婴儿啼哭般的尖叫声停止了，我们在一片死寂中，没有风，除了呻吟和呼吸声，没有任何的动静。四周凝结着阴冷的空气，我们感到寒冷，这是好事儿，至少在这生死的临界点上，我们还有感觉，还活着。

灰蒙蒙的雾霭中，突然感觉有一些强光照射，穿透了薄雾。睁开眼睛却什么也看不到，我再次闭上眼睛用心去感受，依然能感受到一丝光亮的差异，甚至能感觉有一缕微风。我、苏茉莉和张伯伦同时指向了光亮的方向，睁开眼睛惊喜地发现，我们指着的是同一个方向。

船只转舵 45° 继续前行。过了一会儿光源果然越来越亮，一缕一缕的晨光穿透了层层薄雾，犹如云松的枝丫，井然有序，随着薄雾散去。我们发现这雾霭竟然是血红色，像层叠的红珊瑚一样笼罩着我们来时的路。回头去看我们所经之处，一团血红色的雾霭围绕着几座群山，呈现出蜿蜒的米字形，峰峦起伏，错落有致，水面上云雾缭绕，峰顶阴云密布，在迷雾深处是一望无际的灰色，与山峰衔接一线，插入云霄，与天际混为一色。

我们感慨着这神秘的大自然的同时，船只已经重新驶向深山的河渠中，所有人都松了一口气，崖壁上长得像人脸的藤蔓静谧地攀附在岩石上。

我们突然感到有些不对劲儿，这里很安静，正是因为太安静了，除了这些藤蔓，这里鱼群、鸟兽的踪影都没有，甚至看不到其他任何植物。

一个水手突然尖叫了一声说：“它……它们在看着我们。”

我们仔细地看着岸边岩石上的藤蔓，原来我们从来都没有离开过这些“眼睛”的视线，那些“眼睛”竟然在看着我们笑。

胖三从怀里掏出那两把偷来的手枪，骂骂咧咧地说：“我们竟然被一群植物跟踪了，这事儿说出去，你们不怕丢人，我都害臊！”

两声响亮的枪声萦绕在山谷间，胖三冲着崖壁上的“脸”射了几枪，几株藤蔓立即被子弹打烂，绿汁溅在了岩石上，有一枪打在了藤蔓的枝藤上，一阵刺耳的尖叫声传来，就像婴儿在哭。

“这……这是……”张伯伦对所有的生物都了如指掌，看到此情景，似乎想起了什么，“这是鬼蔓藤。”

“鬼蔓藤！是什么玩意儿？”胖三睁大了眼睛问。

“鬼蔓藤又叫食人藤，上古绝迹的一种植物，生长在幽暗之地，花蕊像眼睛，面若狐狸，最早出现在《山海经》中，注解其音如婴儿，是食人噬血尸藤。据说与龙、蛟、螋、蛇、虺等同族，花有剧毒，果实可入药。”张伯伦兴奋地说。

这是重大的医学发现，如果这次带回去一些食人藤，一定能攻克不少医学上的难题，此时他完全忽略了众人恐惧的目光。

胖三双目如炬，握紧了手里的枪，看着岩石上的那些厉鬼勾魂般的“眼睛”和藤蔓，说：“这植物长得不像个善茬，等会儿谁吃谁还不一定呢。”

福冈亚美和九爷同时注意到了胖三手里的枪，暗自吃惊，心有忌惮，在这种场合下看在胖三还有利用价值的份儿上，没好意思直接挑明，私下里让手下的人去清点武器。此时作为命运的舵手，他们要掌控局面和话语权，而枪是这扭转局面的硬道理。

我们所处的位置确实磁场异常，电子类的工具全部失灵，这些磁场一部分来自食人藤的叫声，类似于蝙蝠体内的弱磁场感应，不同的是这些食人藤的磁场功率高于蝙蝠数千数万倍，甚至可以扰人心志。食人藤长得像眼睛的花蕊，实际上是看不到我们的，而是借助空气和水波的震动来确认我们的方向。

我们减缓了行船的速度，那些勾魂的食人藤果然变得迟缓。

船头突然传来一声尖叫，一个船手连滚带爬地跑了过来，一屁股跌坐在甲板上，一脸惊恐，吞吞吐吐地指着船头，说："鬼、有鬼！"

众人一起跑向船头，前面河渠的两座崖壁被两只粗壮的藤蔓连接在一起，藤蔓缭绕地锁住几个人的裤腿，几具尸体腾空悬吊在我们的前方。这几具尸体我们都认识，他们是跟随着我们前来的船夫和九爷的兄弟们，他们在迷雾中跌入水中不见了踪影，转瞬间就吊挂在我们前进的方向，他们的尸体是怎么到这里来的？我们在心里默默祷告遇难的同志得以安息。莫非是这些食人藤故意把他们悬挂在这里，向我们炫耀这是他们的战利品？

"不应该，这些植物绝对不属于灵长类，一定是有人做了手脚。"张伯伦分析说。

哪怕是我们误闯了这食人藤的老巢，偶然碰到这一幕，这也实在说不通啊，不要说这些食人花有毒，极其危险，即使是普通的藤蔓，这两座山峦之间有数百丈宽，山涧之间斧削四壁，找不到着力点根本无处下脚，谁又能跨过深水、山涧将这几具尸体悬挂上去的呢？

我们努力地避开这些食人藤，看着他们的尸体被吊挂在悬崖上，尽量把行船的路线靠近空白的岩石处，绕开藤蔓的涉猎范围。

一个枯瘦如柴的船夫睡眼惺忪地爬起来，看着眼前的一切，完全不知道自己错过了什么，抠了一坨眼屎，揉了揉眼睛问："我们在逃避什么？"

九爷看着远方，感慨地说："逃避死神。"

枯瘦如柴的船夫差点儿笑场，猛然间抬头看到崖壁上空悬着的尸体，笑容僵持住了。

九爷反手一个大耳刮子"啪"的一声抽在了船夫的脸上，问："疼吗？"

船夫本来就骨瘦嶙峋，被这一耳光抽得差点儿散了架，捂着半边红肿的脸，眼眶里含着泪花，委屈地点头说："疼！"

九爷安抚地说："没事，我只是想确认一下自己是不是在做梦。"

九爷以心狠手辣著称，这巴掌一点儿没含糊，船夫晃了晃下巴，从嘴里掏出来一颗带血的牙齿，目瞪口呆地看向远方。

船舶驶入连绵的弯道中，水域穿过一处洞穴突然变得狭窄，水流湍急，整个水域被笼罩在狰狞的阴影里，船只随着水流被冲出峡谷。一阵剧烈的晃动，我们抱紧了身边的缆绳，不知道过了多久才跌跌撞撞地平息下来。站起身看到广阔无垠的水域汇集在一起，形成一个内陆湖泊，四周起伏的山峦环绕。一阵轰鸣声从前方传来，一挂瀑布从万丈的悬崖上飞流直下，耸入云端，一眼望去看不到尽头。这瀑布仿佛从云霄上飞泻而下，喧声如雷，淹没了机舱里的马达声，水面上烟雾缭绕，散珠细雾的水花扑面而来，打湿了衣襟。

在咆哮的水流声中完全听不到对方的声音，怕船只被卷入瀑布的漩流中，我们比画着手势绕过瀑布。

这灰色的岩石仿佛枯木一般，被惊涛骇浪反复地拍打洗刷着，我们的船只逆浪而行。

突然有人抬头看了一眼天空，瞠目结舌地说："这……这是什么？"

众人抬头，在我们头顶上是一颗古树，硕大的枝干依偎着连绵的山脉，枝干虬曲苍劲，拏云攫石，枝叶参天，袅袅白云萦绕在枝丫之间。云雾缭绕，根本无法看到树梢，瀑布流经它的枝干，方圆数十公里都在它的树荫下。这样的一颗古树历经数万年甚至百万年才能长成，根基直入湖底，穿山而立，已经与这湖这山连为一体，躯干和枝叶庇护着山水，山水供给着古树养分，在生存的链条下相互依存。

这地势山环水抱，砂水有情，我们的船舶在它盘根错节处穿梭航行，根盘蒂结的纹脉环抱着整座山峦，我们只能看到这参天古树的局部，无法看到它的真面目。树根犹如盘虬卧龙，数百丈的瀑布在它脚下汇聚成河，我们如蝼蚁般攀附在它的根系旁，船只顺着溪流进入树洞中，树中别有洞天，枯藤犹如石膏一样坚硬，内部水流稍有平缓，洞内怪石嶙峋，石罅中沁出水珠，水流潺潺，风吹过洞穴，潮湿的空气迎面扑来。

这气味夹杂着枯朽的恶臭，张伯伦建议大家戴上防毒面具。

我们小心翼翼试探着前行，经过一番探测，这树洞里的空气四季流通，并无致命的气体，千沟万壑的洞穴内岔路多分。据我们的分析这应该是榕树的一种，独树成林，根系错综，冠盖如云，生命力极其顽强，目前所知最大的榕树也不及它的万分之一。但又不太像榕树，因为体型过于庞大，无法一睹全貌，张伯伦借过来一把军刀，在靠近岩石的地方刮出一些石屑在手指间撵动，用鼻子闻了闻断定是石灰岩，啧啧称奇。

他扯下来一块枯槁的树皮，用刀子划了几道，伤口处竟然流淌出来像血液一样殷红的汁液，伴着一股血腥味。

胖三像看魔术一样看着张伯伦，以为他在变戏法，看到血液从树根的伤口处流淌出来，惊愕地说："这树是要成精啊，这是植物还是动物？

还带出血的。”

张伯伦意味深长地笑了笑，摇头说：“如果没有猜错的话，我们看到的只是这棵树的一小部分，它的根茎藏在深潭水底，这是一颗经历了几万年甚至几十万年的上古龙血树。”

“龙血树？敢情这玩意儿跟皇帝、真龙天子是把兄弟，一个祖宗呗？”胖三笑道。

福冈亚美蔑视地看了胖三一眼，嘲弄地说：“龙血树又被称之为流血之树，是植物里寿命最长久的，如果没有干扰，在自然情况下能永远地活下去，数万年数百万年对它来说都只是时间的问题。根据《本草纲目》的记载，它是活血圣药，后人有叫它云南红药，它的汁液像血一样，叫血竭，又叫麒麟竭。”

胖三听到这里，赶紧在身边也折了一枝，果然断裂处流淌出殷红色的汁液，胖三好奇地说：“那喝了它的血，岂不是可以长生不老？”

“你可以喝几口尝尝味道！”福冈亚美捂着嘴笑。

胖三狐疑地看着福冈亚美，假模假式地往嘴里塞，一个船夫不知道什么时候也折断了一大枝，正要伸着舌头去舔，张伯伦听不下去了，急忙制止说：“这血竭你们知道是用来干什么的吗？”

众人都看向张伯伦，张伯伦摘下眼镜，揉了揉眼眶说：“这龙血的汁液树脂是古人用来保藏尸体的防腐剂，是制作木乃伊、干尸的主要原料。在泰国的一些邪术里也有人用血竭做原料擦拭少女的尸体，在高度腐烂时脂肪混合着血竭成油状溢出，用白蜡烛煅烧，提炼成尸油，血竭能保留女性的纯真和体香。据说擦拭了这种尸油的人，身体能散发出魅惑的香味，在人群中哪怕只要擦肩而过，也能产生致命的吸引。有黑心的商人提取了尸油的香味，提炼成香水，经过这种邪术炼制的香水，在市场上据说一小瓶就能卖到十几万美元。”

胖三听到十几万的时候眼睛已经发红，听到美元的时候舌头都直了，淌着口水说：“老子这回发大发了。”

“呸！”苏茉莉不屑一顾地说：“这里重点稀缺的必要资源不是龙血竭，而是少女。”

胖三回头一想也是，光想着钱了，忘了炼制这尸油必要因素是需要秘制的方法，得同时具备龙血竭和少女这两个条件，更何况这只是一种传说。提起来用少女炼制尸油，所有人都感到瘆得慌，嗓子眼儿里仿佛有一股油腻的东西，如鲠在喉，不吐不快。

透过千疮百孔的树洞，一缕一缕熹微的光线照射进来，斑驳陆离，洞穴内部仿佛迷宫一样。

我们在洞口放了几只小船下去，组成了几个小队，用对讲机相互呼应，保持沟通不同位置的情况。水波被船只荡起涟漪，我和胖三一组从右侧深入，洞穴里的道路越走越深，光线也越来越暗，半道上有一支队伍走到了尽头，沿着原路返还。

过了半个小时左右，我们依然徘徊在深不见底的洞穴中，突然间我们的对讲机和所有人都失去了联系，前方的道路越来越窄，只能容得下小木舟勉强通过。胖三打开猎鹰战术手电，在漆黑的洞穴里终于看清了身边的轮廓，我们处在一个溶洞当中，灯光照在洞壁上，竟然是光洁如玉的棕榈状石笋，在地下水的长期溶蚀下，表面有浮游生物遗留下来的沉积物。这里在千百万年前竟然是一望无际的海洋，经过流水的冲刷和间歇性风蚀，琳琅满目的都是钟乳石，犬牙状的方解石，灯光一照便散射出阴冷的蓝光。我们低着头绕过凹凸不平的石笋，再往前行，可能是空间变得狭小的缘故，空气变得有些稀薄，明显感觉到呼吸急促。

这些千回百绕的榕洞相间不一地随机排列着，风蚀岩层的纹理和泥洼的凹地错综地组合在一起，如果不小心走散在这溶洞中，恐怕很难找到出去的路，在浅水区域可以清晰地看到枝丫，有些地方过于狭小，我们只能猫着腰踩踏着树根，靠臂力硬生生地将小木舟塞进去，然后再继续前行。

战术手电光照在钟乳石和方解石上反射的光线刺得瞳孔生疼，眼睛散光无法聚焦，看久了便会感到眩晕，忍不住流眼泪。光线忽明忽暗，几次闭上眼睛再睁开重新聚焦，让眼睛适应洞穴里的光线，胖三划动着船桨，呼哧呼哧地喘着气儿。

在胖三大喘息的空隙中，我们感觉木舟在剧烈地晃动，水流明显地湍急起来，胖三扶着船边说："你别动，让我把气儿喘匀了。"

我摊开双手，木舟在急促地继续前行，我说："我没动！"

我竖起耳朵，一阵刺耳的嗡鸣声传来。

我问："你听，什么动静？"

这声音好像低沉的龙吟，夹杂着鬼哭狼嚎般撕裂的哀号。水流汹涌澎湃地流淌而过，凛冽的冷风吹过洞口也能发出这种动静，这沉闷的声响犹如从地心传出来的，深入到谷底，整个峡谷都为之颤动。

湍急的水流涌出洞口，视野突然洞开，我心中咯噔一下暗叫不好。这洞穴的尽头竟然是一挂飞瀑，直通古树中央的深潭之中，溪水径直地落入百丈的深潭，水花四溅。在这千钧一发之际我和胖三同时跃起身子抓住一脉古树的盘根，黝黑的潭水深不见底，萦绕着一层薄雾，木舟在水面上摔了个粉碎。过了良久支离破碎的木屑才从水里飘出来，胖三一脸冷汗，后脊梁骨都湿透了，庆幸自己眼疾手快，捡了一条命回来。

我们沿着苍劲的树根攀爬，树根上的苔藓滑不溜手寸步难行。我们抱着树藤一点一点地移动，这硕大的古树内部中空，潭中又有山水，几块巨石耸立在宽阔的绿荫中，阴郁繁茂。我们直到今天才见识到什么叫一花一世界，一树一枯荣。枯藤中又长出嫩叶，嫩叶生在古树的枝丫上，一脉相承，同气连枝。我们在干涸的洞穴中稍作休息，继续试着寻找出路。

胖三紧抓着树藤，擦了擦汗水说："这是什么鬼地方？"

我拨开眼前的蜘蛛网，在瀑布的另一端，似乎有一条人工搭筑的天梯，天梯依偎着树脉而建，迂回盘旋在岩石上。

胖三一声惊呼，他手下无意识地摁在了一只头骨上，头骨早已经腐朽，几块人骨在我们身子底下被压碎，我们背后的一块木板被胖三扯了下来，我们竟然坐在一具棺材上。只是这棺材长期的腐蚀，已经看不出原来的样子，如果不是有尸骨散落下来，称它是一具棺材，实在太勉强了。

"我的妈呀！"

胖三一眼望去，这崖壁上竟然有数不清的洞穴，这些成千上万像繁星一样的洞穴遍布在这颗上古的大树上。我恍然大悟，定睛细看洞穴中竟摆放着一具或者多具悬棺，这棵巨大的古树上竟然悬挂着无数的棺材，围绕在螺旋状的天梯附近，犹如众星捧月，宛若长龙直至云霄。看着这条令人瞠目结舌的天路，这是一座葬在了古树上的墓葬群，这是诡异的葬礼习俗。据我所知，在彝族有一种古老的树葬方式，在三国时期就流传着这种古老的习俗，人死后用帛缎裹尸，葬在青松树丫上，或啄洞成穴葬于树中，或悬挂棺材于树上。这棵参天古树里足足有数万只棺材，更诡异的是，这荒山野岭的哪来这么多尸体？看尸骨的腐朽程度，少说死亡时间也在三千五百年以上了，甚至可能更早，有些严重腐蚀的尸骨，轻轻一碰便化成了飞灰，我们无意中干了这挫骨扬灰的事情，禁不住低眉折腰，拱手作揖。

我们小心翼翼地穿过几个洞穴，有些棺椁已经破裂，让人毛骨悚然的森森白骨就露在棺材的外边，怒吼的阴风吹过，一身的鸡皮疙瘩遍布全身。这些尸骨几乎个个都透着古怪，泰然自若地躺在棺材里，姿态从容，看不出一丁点儿的痛苦，从微微张开的颌骨上甚至可以看到一丝期待的微笑。

胖三端详着一具白骨，说："难不成这些人都是自愿躺进棺材里的？"

一个人兴高采烈地走进坟墓里，还面带着微笑，是一件多么诡异的事情，一万个人笑着走进坟墓，那就是一件恐怖的事情了。

我也想到了这一点，没有人强迫这些人，除了洗脑、迷魂，或者早已经失传的某些邪术，让这么多人完成一个仪式，莫非这些人都是祭品，而这棵参天古树是一个祭坛？即使是一个祭坛，哪用得了这么多的祭品？如果是血祭，在几千年前的部落里，数万人的规模绝对是庞大的家族体系，又怎么可能在史书中没有留下任何的笔墨？

胖三趴在一具骸骨上不知道在研究什么，他拿了只白骨的指关节在抠鼻屎，扑哧打了个喷嚏，惋惜地说："可惜了一个年轻貌美的少女。"

我去看他身边那具高度腐烂的骸骨，长期的氧化和雨水的侵蚀，很难分辨出盆骨是否细腻，经过仔细地辨认才能看清盆骨的轮廓，坐骨略浅而宽，耻骨联合部较低，耻骨下角略大，应该是一个女性。几乎很难辨识出年龄，根据骨骼的大小和重量，髋骨尚未融合，初步可以断定这具骸骨在十五六岁。我不禁敬佩胖三的眼力，他只用了短短不足三秒的时间，几乎一眼已经准确地辨识出这具骸骨的性别和年龄。

原来胖三这一路都在跟我们装疯扮傻，一个人想要装糊涂，总会露出蛛丝马迹。我最初的猜想是正确的，团队里有叛徒才会处处受制于人，胖三又为什么隐藏自己的实力，他究竟意欲何为？此时，胖三一张大饼脸凑了过来，仿佛一瞬间就看穿了我，冷冷地问："你在想什么？"

我假装若无其事，搪塞地说："我有个问题想问你，你怎么知道这具骸骨是年轻的少女？"

我的问题完全出乎了胖三的意料，他甚至不知道我为什么会这么问，他眨巴着眼睛停顿了一下，疑惑地问："这应该是个问题吗？只要不瞎，都应该知道答案。"

胖三指了指骸骨下方的一堆乱骨，一眼望去赫然是一个婴儿骸骨的轮廓，这竟然是一尸两命。女人躺进棺材里的时候，婴儿即将临盆，在母亲去世前后，因为缺氧而死去。

胖三掰扯着下巴，得意地说："我觉得正常男人应该生不出孩子，所以我断定这是一具女人的骸骨，生过孩子的女人那叫大老娘们儿，俗称熟女。这孩子还没生下来就死了，应该叫少女，这些都情有可原，哪个少女不怀春？这春怀大发了，自己怀孕了都不知道，这完全是职场小白啊！有没有？这不就拖家带口的死了一了百了，这才是她真正的死因，既然孩子还没生下来，那就不能叫大老娘们儿……。"

我惊讶地看着胖三，匪夷所思地问："你这脑子的构造得多么复杂才能总结出这么惊人的理论？”

“你们用眼睛在看一些事物的表象，我却用心在看这个世界，用脑子在思考它的本质。”胖三严肃地用大拇指戳了两下自己的左胸，自信心爆棚。

我体谅他的良苦用心，拍了拍他的肩膀，感同身受地建议说：“我不知道你的心看到了什么样的世界，可是我知道你的脑子肯定是想多了，心看多了伤身，脑想多了费神，保重身体啊兄弟，您受累了。”

我们穿过飞瀑直流的水帘，努力地爬向了纵横交错的藤状天梯，试着下到潭底寻找出路。

胖三怀里的对讲机死一样的静谧，突然听到两个女人的声音在我们身后环绕，细碎的脚步由远及近。嶙峋的怪石后若隐若现的有一条走廊，就在我们的身后有一条蹊径，不仔细勘查很难察觉，断岩对峙之处用藤根捆嵌相接，鬼斧神工地开凿在岩石上。我和胖三转身躲入天梯下的一口棺材里，脚步声向我们走来。明灭的光线涌动，棺材里一股发霉的气息扑鼻而来，呛得胖三想打喷嚏，我看着他眼泪都下来了，两个婀娜的身影从我们头顶的天梯上走过，一双红色的绣花鞋，一双蓝色的绣花鞋，虽然没有看清面容，可是这两个声音我们再熟悉不过，正是沙玛蔷和沙玛诗。

两个人在我们头顶上徘徊片刻，沙玛蔷停住脚步问：“你刚才有没有听到，是不是有人？”

沙玛诗捂着嘴笑着说：“在这儿活见鬼比见活人的概率大。”

两个人环顾四周沿着天梯走开，神情自若，脚步声却很仓促，一个声音拘谨，一个从容不迫。等到她们的脚步声渐行渐远，我们小心翼翼地打开棺材盖，探出去脑袋喘几口气儿。

胖三怀里的对讲机突然吱吱啦啦地传出来一阵惶恐的声音："我是3组，呼叫胖哥，你们在哪儿？"

这声音吓了我们一跳，胖三捧着对讲机像捧了个烫手的山芋，捂都捂不住。沙玛蔷和沙玛诗听到动静又走了回来，站在天梯上往深渊里看，似乎已经察觉到我们的藏身之处。

胖三懊恼地一拍脑门，低声说："这帮孙子，这回被你们整死了！"

胖三握紧对讲机，"嘭"的一声砸在了棺材旁边的岩石上，对讲机砸了个粉碎，他站起身脑袋撞在天梯上，捂着头又蹲了下来。胖三是准备跟她们拼了，想想两个丫头片子我们还是摆得平的，计划等她们走过来在没有察觉到我们的时候，在她们给我们使用巫术下蛊之前擒住她们。发愁的是这两个香艳的漂亮姑娘，满身都是毒物，像两只刺猬，还真不知道该如何下手。

两个人顺着声音的方向走了过来，那个被粉碎的对讲机突然又发出声音："呼叫胖哥，呼叫胖哥，你们在哪里？"

我们顿时头皮发麻，这对讲机究竟是怎么回事，活见鬼了！难道这就是鬼叫魂吗？听这声音确实是跟我们同来的人，是九爷的手下，对讲机都摔成了八瓣了，可是这声音又无比的真实，如同鬼魅一般。

突然一阵鬼哭狼嚎的惊呼，这声音就像幽灵一样在我们耳边突然响起，一声剧烈的撞击声，一艘木船跌跌撞撞地随着飞瀑风驰电掣地冲出来，船上坐着两个惊慌失措的人，后排的一个小兄弟抱着对讲机绝望地哀号着："胖哥，胖哥，呼叫胖哥！"

木船撞击在岩石上，撞了个粉碎，这壮观的场面惨不忍睹，两个人双双跌入这无尽的深渊之中，过了十几秒钟深潭中才荡出一阵涟漪。

胖三在胸前画了个十字架，又阿弥陀佛地祷告，说："兄弟，一路走好！就不送你们了。”

沙玛蔷和沙玛诗望着跌入深潭中的船只碎片和人影，先是惊讶，而后无辜地注视着这一切，沙玛诗疑惑地问：“刚才掉下去的是两个人吗？”

沙玛蔷看着零碎的船只木屑，说：“一部分是。”

沙玛诗继续问：“那一部分是什么？”

沙玛蔷说：“灾难。”

沙玛诗不知所措地问：“我们现在该怎么办？”

沙玛蔷叹了口气，看着来去匆匆的小木船，说：“很显然灾难现在已经没了。”

看着稍显即逝的灾难，她们两个人迈着小碎步从天梯上离开。

而我们的灾难才刚刚来临，捆绑着棺材一端的藤条突然断开，棺材沿着石壁跌落了四五米的位置，又挂在一块岩石上，我们努力地用四肢撑住了棺材板才保持了平衡。

胖三憋红了脸，摇摇晃晃地说：“稳住！稳住！”

我们如履薄冰地看了一眼深渊，一阵眩晕。

棺材一头搭在石壁上，一头系着藤条，胖三拍着心肝侥幸地说：“还好有一根没断，如果这根都断了，那才算彻底完了。”

我有一种不祥的预感，胖三这个乌鸦嘴刚说完，那根紧绷的藤萝摇摇欲坠，在这千钧一发之际，我暗示胖三我们只能跳下去了，跌入到潭水中或者还有一线生机。

我抄起来几根藤条捆绑在棺材板上，胖三也急赤白脸地拉起几根藤条缠绕在棺材盖上，刚打上一个死结还没有绑紧，胖三反手将藤条绕过棺材板上的破洞，死死地拉扯住。只听到“嘣”的一声藕断丝连的藤条断裂开来，跌跌撞撞地砸破了几条天梯，扯断了无数的藤根，最终一声闷响沉寂在水中。

棺材的四壁都在漏水，刺骨的水淌进棺材里，裹着裤腿，在狭小的空间里手脚更无处伸展，我们用衣物堵住缺口。

过了良久感觉到水流上涌，好像看到了光，波光淋漓，在头顶上涌动，棺材浮出水面，就像一叶扁舟。我和胖三咳出肺部里的一股酸水，呛得泪流满面，我们从棺材里摸出一节拖泥带水的脚踝骨和腕骨，勉强作为一支桨缓慢地在冰冷的潭水中划行。

洞壁上挂满了悬棺，在这死寂的潭水中，我们没有看到水流，却感到在后退。这口棺材好像活了一样，自己在往我们划动的反方向浮动。

胖三看着平静的水面，惊讶地问我："这正常吗？"

我摇头说："不知道。"

水面上突然涌现出涟漪，这水里面有东西，我们拿战术灯照进水中，一些藤状的植物攀附在棺材板上，是那些沿路上跟踪我们的鬼蔓藤，它们吸附在棺材板上，就像一条条水蛇在水中游动。

棺材在水中移动的速度越来越快，我们抓紧棺材板，胖三拨开了一条刚爬上来的鬼蔓藤，问："这口棺材要带我们去哪？"

那些鬼蔓藤生长的速度之快，肉眼可见。棺材不会有想法，是这些鬼蔓藤在作祟，可是这些鬼蔓藤要把我们带到哪去？从棺材的运动轨迹上来看，这些藤蔓似乎是有意识的。

面对这些问题胖三比较乐观，说："只要不待在这该死的棺材里，就是地狱都行。"

我们想迅速地跳入水中，这乌黑的潭水里更看不清有什么，胖三的手臂突然被鬼蔓藤抓伤，一道血淋淋的抓痕立即就吸引了众多的鬼蔓藤向他延伸过去。胖三脱了上衣，包裹在一根木条上，捧着打火机点燃了衣服，几条鬼蔓藤被点燃，稍有退却。这些东西怕火，胖三又脱去了裤子，我也扒了外套，不知道这火种还能支撑多久，再烧一会儿估计连内裤都没了。

胖三已经赤膊上阵，我也很快只剩下一件衬衫，火把烧到最后几欲熄灭，那些鬼蔓藤再次汹涌地沿着棺材板攀爬上来，这个世间最绝望的事情不是死亡，而是面对着黑暗等待着死亡的到来。胖三一声叹息，苦笑着说："你说地狱里有没有黄花大闺女？"

火光渐渐地快要熄火了，我安抚他说："这黄花大闺女都洗好晾干了等着你呢。"

胖三一本正经地说："你确定我们说的是同一件事情？你确定所说的是大闺女，而不是黄花菜？"

在火把熄灭的一瞬间，棺材绕过一块岩洞，突然亮光乍现，柳暗花明，在这深潭之中暗藏着一座孤岛。胖三一门心思地与身边的鬼蔓藤做斗争，撕咬着袖口上和纠缠裤腿的藤蔓，他半跪着，看着四周的绚丽的光线问："这是什么地方？"

我嬉笑说："地狱到了！"

胖三埋头试着扯断缠绕在裤腿上的藤蔓，气急败坏地想挣脱，问："你看到了什么？"

我说："黄花大闺女！"

岩洞之外别有一番天地，在花团锦簇中透着一股寒意，不知道我们是不是几近赤裸的缘故，还是身处寒冰地带，鸡皮疙瘩起了一身。我舔了舔手指，测试了一下，没有风，这种阴冷让人不寒而栗。

飞瀑汇集到河渠之中，水面上烟雾缭绕，隐约可以看到一位婀娜多姿的女人在河中洗澡，我做好了活见鬼的准备，拉扯着胖三两个人从石壁上攀爬上去。越靠近这条河越觉得寒冷，胖三搓着他那一身肥肉取暖，在这鬼地方竟然有女人洗澡，你说她不是鬼，鬼都不信。

待我们沿着蹊径愈发靠近，只见一个袅娜娉婷的女子在水中休憩，十七八岁的样子，肤如凝脂，美艳绝世，一举一动都撩人心弦。在她的右肩直至后背上文着一条赤龙，在她白皙的皮肤上攀附着，龙鳞栩栩如生，这赤龙如一把燃烧的火炬环绕在她身边。胖三屏气敛息，咽了口唾沫，双眼直勾勾地盯着这龙文身的女孩，一不小心踩踏的石块掉入到水中，女孩顿时惊厥，皮肤本就苍白没有血色，这一惊更加白得吓人。

只见她秀眉微蹙，嗅了嗅鼻子，低声问了一句："谁？"

我硬着头皮从岩石后走出去。胖三笑盈盈地跟她打招呼，一双色眯眯的小眼不停地在她身上游走。

女孩犹如出水芙蓉，赤裸着身体站在我们面前，丝毫没有避讳，明眸皓月，呆呆地看着我和胖三，好像见到了匪夷所思的物种，她疑惑地问："怎么会是你？"

看着眼前这个陌生的女孩，也就是十七八岁的样子，无论从任何角度和时间来看，我都不认识她。我不解地问："你认识我？"

她眼神游弋，打量着我和胖三的模样，言辞闪烁地说："这里不是活人该来的地方。"

这轻描淡写的一句话，听得我们毛骨悚然。身边阴风阵阵，本就寒冷刺骨，她的话让我们更加忐忑难安。

我问："那什么样的人才能来？"

她冷漠地看着我，冷冰冰地说："比如说你！"

这个女孩我确定自己不认识，素未谋面，她却对我出言不逊，我不知道自己什么时候得罪了她。胖三笑嘻嘻地说："哥们儿，这姑娘的意思是就你该死呗？"

胖三刚说完就笑不出来了，顿时面如土色，看了看姑娘又看了看我，突然察觉到了这句话的蹊跷，很有可能这里活着的人就他自己一个。从这姑娘口中所述，听上去我们是曾经相识的，我还没有搞明白怎么回事，胖三已经踮起脚尖慢慢地挪动着想跑，对我们心生芥蒂。

胖三哭丧着脸问："你究竟是人是鬼？"

女孩没有直接回答胖三的问题，托词说："这个世界本就人鬼难辨！"

她从亭台上拿起一件轻纱披在身上，婀娜多姿的身形若隐若现，胖三看得吞了下口水，顿时感觉口干舌燥，眼下无处可逃，心里一横，甭管是人是鬼。看他那情形即使下一秒做了鬼都心甘情愿，做一个风流鬼也未尝不是一件好事。

胖三搓着双手问："呦！姑娘，有缘千里来相会，好巧啊。"

女孩冷冷地说："不巧了。"

我发现在亭台附近都有一些雕像，河边耸立着石像生，有一些东倒西歪地横在了河水中，这些石像生的眼睛被刻意夸大，五官的比例超出了我们的认知。

胖三完全没有留意到，继续套近乎，说："我们千里迢迢跋山涉水来到这里，岂不是莫大的缘分？姑娘在这里等人？"

女孩性情冷淡，脸上没有表情，说："我等的不是人。"

"你等的不是人，莫非在等鬼？"胖三说完这话觉得不吉利，立即闭上了嘴巴，吞吞吐吐地说："你在这里等了多久？"

女孩神思悠远，说："足够久！久到都差点儿忘记了岁月，忘记了时间。"

胖三继续嬉笑地问："几分钟？几个小时？几天？几星期？几个月？几年？"

女孩中肯地说："几个世纪！"

我没有听出来这句话有什么好笑的，胖三笑得前俯后仰，一不小心踩踏在石块上，跌入到河水中，在河水中挣扎了几下，雾气涌动，水花四溅。胖三突然一动不动地愣在了水里，我喊了两声胖三，他没有答应我，只是呆呆地站在水中，突然大声地尖叫着："水，这水！"

我起身跳入河水中，岸上的女孩没有来得及阻拦，我拨开缭绕的烟雾，这河水是血红色的，在汩汩地流淌着，烟雾掩盖了这河水本来的颜色。河水突然变得湍急，我冲着胖三大喊："这水有问题，快上岸！"

河水突然沸腾起来，我拖着胖三，拉扯着他狼狈地爬上岸。

缭绕的烟雾慢慢地散去，犹如抽丝，烟雾中对岸的山峦间隐现出一座硕大的石碑，石碑上写着两个甲骨象形文字：亡川。

在甲骨文中"亡"通"忘"，亡魂汇聚成川，又叫忘川。

随着烟雾的散去，果然远处有几口棺材在河面上源源不断地飘过来。胖三闷头直呼奇怪，弯下腰伸手去摸河中的水流，手指触碰到的河水寒冰刺骨，又缩了回来。这血红色的河水已经够邪门了，更邪性的是这水流的方向更加诡异，水流竟然脱离了地心引力，逆流而上，远处的飞瀑肉眼看上去无异，仔细地观察才发现这水流是由低流向高处。

胖三打了自己一巴掌，我们多么渴望这只是一场噩梦，噩梦有醒的时候。现在却没有一丝一毫醒来的意思，这水竟然如同无根之水，从地底下无端无源地冒出来，流向人世间。

一座破碎的石像生中露出焦枯的白骨，一颗头骨滚落下来，浸泡在血红的河水中，这些石像生竟然用活人做成的，从他们的动作来看，如果说这表层的石像生是棺椁，入殓时人应该还活着。河堤上尸骨累累，森森白骨堆砌成山，在这样的环境里，一个如花似玉的女孩还有闲情雅致洗澡，这比活见鬼还可怕，令人顿时毛骨悚然，胖三手忙脚乱地爬起来，想去质问刚才那个女孩，再看岸边哪里还有人。

胖三一再确认我们两个人是不是同时产生了幻觉，胳膊上的擦伤还在，像火烧一般隐隐作痛，我们的神志还算清醒。我们沿着河流一直向前走去，越走越冷，四肢不知不觉地开始麻木，我们只是机械地迈着步子，一步一步地向前坚挺着。我们不知道这条河通向哪里，也不知道我们要走向何方，我们唯一可以确定的是这一路走来，回头是死路一条。

这干冷的空气并没有因为河流而变得湿润，大概走了一两个时辰，口干舌燥，在河岸与崖壁之间，我们看到了一架二战期间德国的飞机残骸，一侧的机翼因撞击而折断，机尾埋在尘土中，机舱里的驾驶员已经变成了一堆白骨，胸前挂着一枚骑士铁十字勋章，驾驶舱内蛛网暗结。

胖三从白骨的衣襟里摸出一把鲁格 P08 手枪，如获至宝地掂量着说："这枪不简单，你知道这是什么吗？"

我说："手枪！"

胖三摇头，说："放到70年前，这就是荣耀！"

胖三说着就把"荣耀"塞进了裤裆里，我还真担心他装枪的姿势，这"荣耀"一不小心走了火，可就真的光宗耀祖了。他继续翻弄着尸骸，希望能从中搜罗到其他的意外收获，最终找到了弹匣里的8枚子弹和一只弹鼓里的32枚子弹，擦去灰尘弹鼓还是崭新的，这飞行员还没有来得及掏出手枪，飞机便失事了。

我仔细地观察了一遍飞机的残骸。胖三把子弹塞进口袋里，鼓鼓囊囊的。我问他干吗，他从裤裆里掏出来手枪，掂量着分量，扔了一枚子弹给我，说："一会儿实在走不动了，坚持不住了，来个痛快的，咱哥俩一人一个，免得难熬。"

我质疑地看着他手中的子弹和枪，说："过了这么久，就这破枪和破子弹，万一打不死，岂不是更难熬？"

"子弹有的是，管够！"胖三自信地拍了拍衣袋，看着飞机残骸和尸骨说："你说这德国鬼子，死乞白赖地飞到这深山老林里找什么刺激！"

我也在想这德国的飞机为什么会在这里失事，他们在这里寻找什么？即便是来探索勘察地形或者掠夺中国的财物，也应该用的是运输机。我看飞机的型号是FW190，这是一种全金属构造的悬臂上反下单翼白昼用战斗机。我在日军的集中营里见过一款这样的飞机，机头粗壮，机尾尖细，飞行速度快，便于操作，机身背部拱起部分是个透明的滑动开启的座舱盖，可视范围和视角良好，在战斗中轻巧灵活。这款飞机的主要功用是轰炸目标，在二战期间德国的战斗机为什么会在这穷乡僻壤的深山老林里失事？莫非这里有什么危险的东西？

我还在陷入思虑的时候，胖三不知道在地上捡起了什么小石块，这黝黑的小石块散落在泥泞的石缝中，星散在战斗机附近。胖三撅着个大屁股在我眼前晃来晃去的，我从机翼上跳下来，拍打了一下胖三，他惊恐万分，脸上写满了心虚，如获至宝地把一件东西揣进怀里。

我问他藏了什么，他装糊涂说没有什么，虽然故作从容，仍然可以看到他心中的窃喜。我拨开他的身体，挡在他身后的是一具喇嘛的尸骸，尸骨上蛛网暗结，在他的身边散落着几颗蜜蜡、绿松石和玛瑙的念珠，念珠的芯线已经断裂。我心想胖三一定藏起了念珠上的一些配件，这一路不辞劳苦，好不容易捡到点甜头，也没有直接戳穿他。

我端详着喇嘛的尸骸，从尸骸腐朽的程度上来看，这喇嘛和德国飞行员是同一时期死亡的，应该在二战的早期，从两个人死亡前一瞬间的姿势来看，死前一定看到了什么极其诡异而恐怖的东西。

胖三盯着喇嘛的尸骸惋惜地说："一个喇嘛不兢兢业业地搞好自己本分的业务，人家打仗他跟着凑什么热闹，这可不就把自己给搭进去了。"

我对他的话尚有期待，战争的爆发总是伴随着信仰、宗教、资源、利益和科技的革新等等，这件事情很可能是卷入中外势力共同密谋的结果。

我以为胖三知道些什么，继续追问："你怎么知道的？"

胖三搓着手，再一次勘探了现场，沉思说："最完美的解释就是这德国的飞行员喝大发了，酒驾。一脑门子扎进这深山老林里，这小风一吹酒醒了，哎哟妈呀，飞岔道儿了！当场就蒙了。这喇嘛也就是路过，天生一副热心肠啊，搭把手随便就给瞎指挥了一下，飞行员还以为这喇嘛是碰瓷儿的，一个瞎指挥，一个瞎飞，这能不出事儿吗？这肯定得出机祸，万万没想到，喇嘛顺道搭把手就把自己给搭进去了。所以造就了今天我们看到的这匪夷所思的情形，根据我的勘探结果，经过我缜密的逻辑分析，这是一起飞机撞人事件，机主肇事逃逸未遂，看着喇嘛被撞得稀巴烂，干脆直接被吓死了。”

我由衷敬佩地注视着他，总结说：“你这脑子放到几万年前，随随便便一编，绝对可以重写人类的文明史，就这智商，猴子是绝对演变不成人类的。”

胖三没有听进去我在说什么，完全不觉得自己拖了文明发展史的后腿，摸着肚子叫个不停，我也突然感觉到饥肠辘辘。我们继续向前走，一路上的石像生模样越来越诡异，奇形怪状就像走进了远古的山海经里。湍急的河流最终汇集到一条广阔的山涧之中，山涧深不见底，眼前重山叠巘，烟波浩渺，似乎已经走到了绝境，前方已经无路可走，口干舌燥又加上饥饿，心中惶惶难安，一阵眩晕涌上心头。

我们依靠在一块岩石上喘息着。发现这石壁上有一溶洞，我们穿过溶洞，豁然开朗，一条栈道蜿蜒起伏地攀附在兀立的危峰之间。这栈道应该建于古蜀时期，用青铜铁链将梨木嵌于山石之间，铁链之间犬牙交错，环环紧扣。整座栈道依山而建，壁立千仞，悬于万丈崖谷之上，踏在木桥上发出嘎嘎吱吱的声响，有些木条已经残缺不全，在山涧之间，崤函之固。从栈道上往下看，下临无际，这古蜀栈道在绝壁奇峰中犹如一条土龙，盘卧在重峦叠嶂之中，气势恢宏。

我们如履薄冰地迈出第一步，脚下咫尺之间就是生死的临界点。

走出一两百米后开始适应，桥上冷风刺骨，胖三惊了一脑门子汗水，我们完全不知道风是从哪个方向刮过来的。从木桥的缝隙中可以看到深渊里一片漆黑，有水流的声音从脚底下传来，我们的衣物已经烧得差不多了，只有胖三拎着一只湿漉漉的背包，他从包里拿出一支冷焰火抛入深渊之中，冷焰火穿过黝黑的深渊，十几秒钟才听到落入水中的悠远声响。一个黑影若有若无地挡住了冷焰火的光亮，胖三随即又定点定位地抛出去了三支冷焰火，这次在三个定点的范围内我们看清了一些轮廓，深渊里传来鬼哭狼嚎的叫声，胖三一屁股蹲在了木桥上，这哀号声就萦绕在我们的耳边，伴随着呼啸的风声，千方百计地想钻进我们的脑子里。

深渊的河谷中竟然漂浮着无数的棺材，在向同一个方向漂流。

胖三趴在栈道上从缝隙里往下看，这些棺材从哪里来？又要飘向哪里去？胖三从包里掏出来一盒还在滴水的香烟，拿出一支 Zippo 打火机护着风想点着，他蠕动的嘴在颤抖，一不小心打火机跌入到深渊之中。整个深渊仿佛突然被点燃，发出幽幽的蓝光犹如繁星，波澜壮阔，在河流中浩浩荡荡地流向远方，一眼望去眼花缭乱。我们站在栈道上就像站在了宇宙之巅，万千的星光从脚下流淌而过，我们瞠目结舌看着发生的一切。

胖三以为自己做错了什么，惹了大祸，扔掉了手中蹂躏成沫状的香烟，胆怯地说："鬼，鬼火！"

我说："这是数千年来积累下来的磷火。"

这燃烧后的磷火吸入口中，就像榴梿的味道，微甜夹带着酸腐的刺鼻味，还有其他的腐烂味道。

胖三闻了闻觉得这气味有些熟悉，问："这是什么味？"

我说："快走，这是死亡的味道。"

在古蜀的栈道上，我们急不择路地向着光亮的方向向前跑了一段路。隐约地从山峦之中传来一处亮光，犹如皓月，点缀着星散的鬼火，做出众星捧月之势。

我们面露惊喜，不顾一切地疾步前往。

Ⅶ 龙纹咒

栈道开山而建，穿越山河，下面的路越走越深，此时我们预估已经深入到深山峻岭的腹地。我和胖三跑出一段路程停了下来，亮光之处位于一座巍峨的山峦之中，屹立在万山群岭之上，巍巍高大，耸入云霄，云雾紫气缭绕，栈道旁秀丽壮观。这蜿蜒环绕的栈道就像是天梯，我们刚才又跨过了天池，一眼望去有龙楼、凤阁在云雾中若隐若现。

如果这是一座古墓葬群，这些深渊里的棺椁周而复始地循环在其左右，被葬者一定权势欺天，犯下弥天的罪过。我们这一路跑过来，我突然转身发现胖三不见了，在黑暗之中看到胖三径直地站在原地，我喊了他两声，他没有回应我，我折身回去找他，他那张脸有些古怪，冲着我挤眉弄眼，示意我不要过去。胖三诡异地看着我，他距离青铜铁链还有一段距离，他的一只脚陷进了木头里，木条已经开裂，在他前后的几块木条都摇摇欲坠。胖三的遭遇危如累卵，脚下的木板吹弹可破，甚至不敢大声说话，岌岌可危。一粒鬼火飘落在胖三的鼻子上，喷嚏呼之欲出，看着胖三的鼻子我都感觉全身痒痒。他终于忍不住，一瞬间喷唾成珠，与此同时栈道上的木桥碎成一片，我一把抓住胖三的背包，死死地揪住他的衣襟，胖三也反手扣住了木板，指甲在木板上抓出了一道深深的痕迹，木刺从他的指甲扎进血肉里。

胖三使出了吃奶的劲儿，含情脉脉地看着我，说："老子不能死在这儿，这地儿风水不好。"

生死关头这死胖子还有心情看风水，我颤巍巍地用尽全身力气抓住他，勉强往上拉动着他，我咬牙切齿地说："看风水这种闲情雅致的事情，你可以爬上来慢慢看。"

我快支撑不住了，手腕火辣辣的疼，已经感觉不到手指的存在。

胖三的目光注视着亮光的方向，面如死灰，张口结舌地说："这……这是……"

我趴在栈道的木桥上，一只手攥着青铜铁链，从桥底下一眼望去，我心中也不禁一怔。虽然从我的视角看上去是倒立着的，我们前方连绵不断的山峦走势极其诡异。这个视角刚刚绕开了亮光，如果不是在这一个水平面上还真难看出山脉的走势轮廓，前方的山脉丑恶粗雄，山体露骨带石，枝脚尖利、破碎，脉络臃肿硬直，一股凶恶的气势让人感到一股莫名的压迫，心生畏惧。卦象主凶，有杀诛之势，正是杀龙之势。诡异的是山脉的走势又不符合普通的杀龙决，但看龙势走向，四周星峰侧立，崖壑峥嵘，周围枝脚逆行，乖戾反复无常，异于常态，忘前忽后，行度不随，杀戮之中又暗藏着悖逆的凶相，有吞天灭地之势，让人窒息。

来不及细想，我身后栈道上的木板传出断裂的声响，胖三突然向下滑动，我的两手死命勾住他的背包，胖三吓得青筋暴露，求爷爷告奶奶挣扎着往上爬。我突然感觉到一阵眩晕，用力地甩动着胳膊，胖三用一种怪异的眼神看着我，面色苍白，好像见到了鬼，他大喊了一声："你……你的眼睛！"

我不知道自己哪来的力气，或许胖三心血上涌突然身子变轻了，他说话间我们两个人又重新躺在了栈道上。还没来得及喘上两口气儿，栈道上木板的裂纹越来越长，我和胖三爬起来跑向前方，身后的栈道接踵而至地从我们身后断裂开，整条栈道瞬间轰然崩塌。跑出两三千米，我们闯进了栈道穿山而过的隧道里，我不知道胖三究竟看到了什么，他那张活见鬼的表情，让我如鲠在喉，我问胖三："我的眼睛怎么了？"

胖三欲言又止，吞吞吐吐地说："没、没什么！"

我指着前边山峦的方向，说："前方不是一个好去处，那边的山脉太邪性，我们不能去！"

一阵地动山摇，胖三回头看了看已经落入深渊中的栈道，我们已经没有了回头路，反问我说："我们还能去哪儿？"

我们只有硬着头皮走下去。狭长的隧道里有风吹进来，溶洞内有石阶倾斜着蜿蜒至黑暗中，石阶上有水，洞穴内没有光，深不见底，洞壁潮湿，扑鼻的腐烂气味让人作呕。我们打开了战术灯，灯光射进黑暗中，只能照亮两米左右的距离，走了半个小时左右，开始看到了亮光。

走出隧道之后，我们甚至都怀疑走错了地方，一条花香四溢的乡间小路，山涧中溪水潺潺，涧旁林木蓊郁，几间亭台阁楼坐落在溪边，云蒸霞蔚，竟然是一处清幽的古栈。让所有人想不明白的是这样的一处仙境，坐落在阴森的深山老林中，多少显得有些突兀。岸侧野花飘香，山垭间有清馨的暖风徐徐吹来，古栈由几座庭院构成，庭楼院落依靠着悬崖峭壁，一眼望去廊房数百间，坐落有序。

胖三早就口渴难耐，看见有庭院，本来疲惫难堪的他像打了兴奋剂，双腿开拔，一路小跑就过去了。

我说："这地儿有蹊跷。"

胖三已经管不了那么多，沿着小径直至庭院前，一股脑地扎进了庭院里，一座牌楼巍峨耸立，用象形甲骨文字写着：

抬头看见这三个字，胖三挠着头夸赞道："这字写得好，长得漂亮，这三个是什么字？"

我紧锁眉头，说："幽冥关！"

胖三看着周围的美景，说："好名字，这应该就是小情侣幽会、冥思的好地方。"

我继续解释说："幽冥关，俗称鬼门关。"

胖三的脸上露出一丝怯懦，很短暂，还是被我看到了。

他强颜欢笑说："我长这么大不是被吓大的！"

看着他这身肥膘，轻轻松松就被吓大了，那还真太对不住那些年的粮食。无论从体格还是从精神头上看，我理解地点了点头说："绝对不是，能看出来。"

胖三指着牌楼上的三个字，说："我被这么几个字给吓到了，这辈子岂不是白活了？"

我继续点头，说："你白不白活跟这几个字没关系。"

说着话胖三踏上了石阶，升阶入室，皆是朱栏石砌，画栋雕梁，珠帘半卷，他愣在了门口，眼睛直勾勾地看着庭院里，目瞪口呆地惊讶道："我去！"

我跟上去只看见庭院里满满当当站满了人，这偏僻的牌楼里熙攘的人群还都是熟人，大部分我们都认识。人群中央站着两个彝族女孩，正是沙玛蔷、沙玛诗两姐妹，委屈地站立在庭院里一动不动，九爷带着一伙人手持枪械盛气凌人，一个女人正站在人群中间，咄咄逼人地在向屋子里问话。我们感觉到这个场合氛围不对，深表歉意地笑了笑，胖三拉着我想离开，转身两把枪指着我们的脑门。

胖三舔着脸尴尬地笑着说："真巧，又见面了，缘分啊！就是这么奇妙。"

九爷诡秘莫测地说："那您想不想看看更奇妙的？我能一秒钟把你从活人变成尸体。"

九爷说完，他身后的几个人蠢蠢欲动。我看这架势，立即跟胖三划清了界限。他茕茕孑立地站在人群中，立即套近乎，说大家都这么熟了，何必这么客气呢！

阁楼的东亭为石碣，一座石碣耸立在台阶上，石碣上刻满了饕餮纹，中间写着"驱忘台"三个字，看上去没有门径，砖石高筑。

福冈亚美从人群中走出来，戴了一副墨镜，冲着牌楼内紧闭的木门轻声地唱着一曲歌谣，唱道："龙纹咒，聚魂棺，一纵观音一重山，如若识得变星法，龙古卜现永生殿。锁魄椁，九旒冕，一纸枯木烬红颜，此生不渡黄泉路，万世不饮幽冥泉。引渡人，渡忘川，奈何千秋执一念，参不破是非情仇，洗不尽世间哀叹。霓宫恋，幽冥关，一朝一望一绝尘，依稀绝唱空千山，一曲唱尽千古怨……"

胖三本来打着哈欠，我提示他说："你听出这段话里有蹊跷了吗？"

胖三竖起耳朵，恍然大悟地点头说："很顺口，也很押韵！"

我匪夷所思地看着胖三。九爷一把揪起来胖三的脖子，让他别吵，暴躁地说："哥们儿，我们在很正经的场合很正经地聊天，你能不能走点儿心。"

胖三极度配合地捂住了嘴巴，服服帖帖地说："走心，一定要走心。"

我们身上的衣服和裤子，刚才在水中的棺材里被烧得差不多只剩下一条短裤了，褴褛的衣衫挂在身上，胖三痛心疾首地检讨自己的错误，诚恳地说："我们穿成这样是不是不太讲究？不体面，拖了团队后腿，要不我们先回趟北京换条裤子再来？"

"哈哈，那你还能回来吗！"一个衣着光鲜亮丽，西装革履的小弟笑得前俯后仰。他的胸前插了支胸花，捧腹大笑乐得四肢和胸花颤成一团。九爷冷冷地看着他，反手一个大耳刮子扇在他脸上，呵斥道："你穿这么隆重，搞得就跟你很重要似的。"

"闭嘴！"福冈亚美被我们嘈杂的争辩声所干扰，终于唱不下去，忍无可忍地说道。又转身冲着牌楼朗声说道："有些人年纪大了，老糊涂了，耳朵不好使，眼睛不好使，脑子也不好使了，看来我们要换一种方式跟婆婆探讨问题了。"

九爷看着身边的小兄弟，怎么看都不顺眼，这一路走来每个人脸上都灰头土脸的，只有他穿得干干净净。九爷怒火中烧，示意他把衣服脱了，换给了我跟胖三，张伯伦也随手脱去了外套递给胖三，道了声辛苦。

"你们说我应该换什么方式来沟通呢？"福冈亚美转身问道。

这个问题一出，所有人都默默地低下了头退避到一旁，众人趋之如鹜，噤若寒蝉。只有胖三在埋头穿衣服，刚勒紧裤腰带，看所有人都在看着他，胖三完全不知道发生了什么，顿时整个庭院里尴尬无声。看着他茫然的表情，福冈亚美又重复了一遍问题："如果有人想阻止你得到心爱的东西，你会怎么做？”

胖三挠了挠鼻子，说：“一手一把西瓜刀，立即剁了他。”

福冈亚美面露微笑，满意地笑着说：“我喜欢你的做事风格，简单、粗暴。如果你再长点儿脑子，会更好。”

胖三不确定福冈亚美是不是在夸赞他，没敢接茬。

庭院里九爷的那一拨人各个逞凶肆虐，有人提议一把火烧了这牌楼，说话间有几个人想冲进去，刚走到门口，从牌楼里传出来一个苍老的声音说：“我一个老奴，大字不识几个，没什么好探讨的。”

“生死的问题从来都不是几个字可以说得明白的！”福冈亚美苦笑着说。

只听牌楼里咯吱的声响传来，一只红裙翠袖的雪白纤手推门而出，身披金缕衣，头戴妙常笄，手腕上带着一只和沙玛蔷、沙玛诗姐妹一模一样的手环，叮叮当当响个不停，香气袭人，透过金缕衣隐约地看到她肩上文着一条赤龙。我们都吃过两姐妹的亏，恐怕再次遇到巫蛊邪术，各个屏息静气，以防不测。

“这都什么年代了……”胖三摩拳擦掌，等看到女人的面容，他瞠目结舌地看了看我，出来的人正是我们在忘川河边遇到的龙文身的女孩，胖三低声地问我：“这不就是河边洗澡的小娘们儿吗？”

我说：“是。”

想起我们在河边相遇的情形，胖三又放低了声音问：“你们两个是不是有一腿？”

我完全不知道胖三在说什么，疑惑地看着他问：“什么意思？”

他解释说：“专业术语叫，搞破鞋、小三、一夜情、偷情……俗称婚外恋。”

我敬佩地看着胖三，说：“你偷情的经验和知识还真是渊博。”

胖三诡异莫测地一笑，色眯眯地：“瞧你这记性，我可是看得清清楚楚，她是你炮友？”

我仔细端详着眼前的这个女孩，从她的脸上看出来有一种似曾相识的感觉，我问：“炮友这个称呼，是不是太严肃了！”

沙玛蔷、沙玛诗两个姐妹受制于人，异口同声地喊了一声：“巫祖婆婆！”

所有人都哑然失声，错愕地看着眼前的这个小姑娘。她就是传说中的巫祖婆婆，就连福冈亚美都忍不住愀然色变，稍看了一会儿，瞧出了几分端倪，似乎认出了眼前的这位巫祖婆婆。令人完全出乎意料，无论从年龄上，还是样貌上，这个十七八岁的小姑娘都和“婆婆”两个字无关。

这个婆婆礼让我们进屋，谦卑地笑着说：“不知道有贵客到，有失远迎，既然来都来了，进屋喝杯茶水吧。”

福冈亚美有些迟疑，让九爷随时控制着场面，每个人身边都安排了两个人尾随着，每个人紧绷着情绪，如箭在弦，如果发生不测，动起手来，方便控制所有人。

我们进入到牌楼里坐下，胖三跟着九爷的人站在后边，伺机趁乱逃出去。

福冈亚美坐定后，开门见山地说：“大家都是聪明人，来这里相信你知道我们需要什么。”

婆婆轻撩衣衫，妩媚地笑道：“不着急，先喝点汤水，慢慢说。”

她使唤沙玛蔷、沙玛诗两个姐妹去偏房倒水，片刻便捧出几盏精致的茶碗，晶莹剔透，碗壁上精雕着一尾盘龙，房间里顿时茶香四溢。我和胖三捧着茶碗端详了许久，刚接过来杯碗便目眩神移，如饮甘露，一些人捧着碗还没有来得及细看，不觉一饮而尽。

张伯伦正要捧着杯子喝水，福冈亚美突然一把将碗摔在了地上。

沙玛蔷震怒地说："你……"

九爷握紧了手中的枪，站起身说："福冈小姐可是日本的贵族，赔不起你一只碗吗？"

沙玛蔷倔强地说："贵族很了不起吗？"

婆婆咳嗽了一声，喃喃地问："贵族？有多贵？有价格的东西都是廉价的。"

九爷都觉得为福冈亚美的面子上有些挂不住，捋起袖子想动粗。

福冈亚美不以为然，笑盈盈地说："这汤水应该不是给活人喝的！"

胖三喝了一大口，还没来得往下咽，听到她这么说，顿时不明觉厉。婆婆并没有否认，讳莫如深，保持缄默。只是沙玛蔷有些动容，搞得胖三嘴里的这口汤水不知道该不该咽下去。

婆婆媚笑着说："既然你们能找到这里，我的规矩，你们也应该知道，引渡人，不引生者，不渡异类。"

福冈亚美反驳说："规矩是定给人的，还好，我们都不是。"

胖三听到这里一口老汤喷得到处都是，本来他想喝完汤水把这只碗也顺走，正在偷偷摸摸地往怀里揣，这一喷成了众人眼中的焦点，尴尬地又把碗从怀里掏了出来，轻轻地放在桌上。

胖三舔了舔嘴唇，尴尬地说："这汤不错！碗更好。"

福冈亚美啧啧叹息地说："可惜了这无根之水，这无根之水取材于眼泪，放入酸、甜、苦、辣、咸五味，放入曼珠沙华的粉末熬制而成，有驱忧解愁之效。”

婆婆为之一振，重新打量着眼前的这个女人，突然捉摸不定这个女人究竟是什么来头。众人听得有些迷糊，完全不知所云。胖三听说是好东西，悔恨交加，看着喷了一地的汤水束手无策，想问问沙玛蔷还有没有，可不可以再来一碗。

这配方我听得心中翻江倒海，觉得有些恶心。

胖三回头一想，又觉得哪里不对，问道：“这么好的东西，为什么不是给活人喝的？”

福冈亚美居心叵测地说：“这个问题倒是要好好问问这位巫祖婆婆了，敢问婆婆芳名？”

胖三向婆婆投去渴求的目光，等待着她解开谜底。

婆婆并没有生气，面带笑颜，毕恭毕敬地说：“世人习惯了称呼老奴孟姜。”

眼前这位颜如舜华的绝色少女，称自己老奴，从那张稚嫩的嘴里说出来，听上去有几分声不对位，名不副实，这场景让人啼笑皆非，总感觉到怪怪的。胖三没有听出什么异样，看见房间里所有人的脸色都变了，个个铁青着脸，把手里的碗放到了一旁，敬而远之。

胖三口中又默念了两遍，还是没有察觉到有什么问题，继续重复着说：“孟姜，孟姜，好名字！”看着孟姜的那张笑脸，精致的五官可谓是绝色倾城，他突然觉得恍然大悟，脱口而出一个名字：“孟姜——女！”

福冈亚美气定神闲地点了点头。

胖三平心静气地喘了口气，突然兴奋异常地拍着大腿说：“孟姜女？

这回可是见到名人了，等会儿给签个名，合个影儿啥的。”

他的举动让屋子里的人都感觉到困惑，一脸疑虑地看着他，所有人都想知道胖三究竟知不知道孟姜女是谁，能不能分得清孟姜女跟香港歌星的区别。

福冈亚美埋头沉思，难以置信这竟然是自己团队里带出门的家伙。

我突然想起了周沫，从孟姜的脸上确实看出了似曾相识的轮廓。我私下里暗示胖三，低声说：“孟姜女还有一个绰号，叫孟婆，据说以摆地摊卖汤水为生！”

胖三听到这两个字，嬉笑的脸上突然严肃起来，指着桌上碗里的汤水，吞吞吐吐地说：“孟婆汤？”

“从配方和功效上来看，目前是！”我说。

胖三突然退避三舍，自己找了个墙角处面壁思过，但终于还是没忍住，转头好奇地问：“孟姜女士，跟您打听个事儿，小道消息，我就那么一问您别往心里去，请问哭倒长城那事儿到底是不是你干的？”

“这跟你有关系吗？”我问。

提到这个问题，孟姜似乎感觉到有些晦涩，难以启齿，她最终沉吟地说：“如果世人愿意把一场起义和战争说得这么矫情，那我也没有办法。关于这件事情，作为当事人，流传出来的版本我听说过几个，还是听到了不少的惊喜，至于更多的传言还在收集学习中。”

“你哭倒长城那事是一场起义战争？”我不解地问。

张伯伦质疑地问：“你参与了哪一场起义？反对秦王暴政的一场抗争？”

面对张伯伦的质疑，孟姜没有反驳，笑着说：“所有！”

“一派胡言，鬼话连篇！”张伯伦听到她的回答觉得很可笑，简直贻笑大方。这些事情听上去虽然匪夷所思，但是一路走来遇到了太多奇怪的事情，我们都已经习以为常。看张伯伦难以遏制情绪，想必精神错乱快疯了，他指着周围的环境说：“我该相信这个鬼故事吗？”

“鬼才信！”胖三补充说。

“再插嘴，我现在就让你信！”福冈亚美让胖三闭嘴，她身后的两个人立即拔出了枪。

“鬼才愿意住在这种地方。”胖三心有不甘地说。

我嗤之一笑，在古代兄弟姐妹一般会由大到小会按照“伯、仲、叔、季”的排序，老大即称为伯，又被称为孟；老二为仲；老三是叔；最小的为季。孟姜便是姜姓的大女儿。

我说：“文天祥曾经提笔感慨‘秦皇安在哉，万里长城筑怨；姜女未亡也，千秋片石铭贞’想必这姜女不是一个人而是一个职业，一脉相传，嫡传女性，姜家的长女被称为孟姜。姜小姐，姜女士我说得对吗？”

孟姜似乎有所动容，好像被识破了，感觉到索然无趣，调皮地看着我微笑，说：“有点儿意思。”

胖三听得目瞪口呆，追问：“你说孟婆是一种职业？那 BOSS 是谁？给阎王爷打工？这事儿够面儿，是个露脸儿的好单位，这工资、福利和待遇都顶天儿了吧。”

我说：“在华夏部落时期，有炎黄二帝，黄帝为姬，号轩辕氏；炎帝为姜，号神农氏，是最初的姜姓。最早有《山海经》记载，炎帝之女，游于江中，出入必以风雨自随，以帝女故曰孟婆。最早的第一任孟姜，本名瑶姬，参得龙古天书其中一卦残卷的奥义，便精通练神飞化之道，也是巫术的始祖，夏禹治水时，也得以神女授符，将符咒传授于夏禹，铸九鼎，刻龙纹而镇九州，自此便诞生了巫术。孟姜因未嫁而死，葬于巫山，终岁莹洁，多有典籍记载，旦为朝云，暮为行雨，和《山海经》所载如出一辙，所以说孟婆只有一个——巫山神女。相应了孟婆终生处子之说，也就是你们所说的巫祖婆婆。而在这千秋变换的历史中，随着血脉的传承，孟姜一族的人数有千千万万个。”

胖三舒缓了一口气，大大咧咧地坐了下来，完全没有把自己当外人，捋起袖子说：“搞了半天，大家都是一家人。都是炎黄子孙，这还客气什么，有什么好吃好喝的赶紧招呼上来。”

胖三说完，没有人搭理他，房间里异样沉默。

孟姜突然捂着嘴咯咯地笑，迈动着步子，风姿绰约，轻撩了一下胖三的眉梢，散发出勾魂摄骨之媚，看一眼便感觉到全身酥软无力。

孟姜依偎在胖三的身上，说：“明事理的人还是有的。”

九爷几个人听着话里有话，严阵以待想动手，福冈亚美面带微笑地看着孟姜，孟姜不以为然。

胖三热情地回应说：“有话好好说，买卖不成仁义在，实在不行，大家可以交个朋友。”

九爷身边的一个小弟终于按捺不住，叫嚣着说：“我们千里迢迢来到这儿，不是为了交朋友的。”

福冈亚美故作厌恶的表情，爱憎分明地说：“多个朋友多条路。”

“路是自己走的，朋友给不了你什么路，从现在的情形看你已经无路可走。”孟姜故作悠闲，相敬如宾地说。

福冈亚美虽然戴着墨镜，还是可以看出有一些不安。

沙玛蔷从内屋捧出来一尊赤红色的彝器，形状如同焚香炉，颈矮而细，雕有精致的龙纹，做工精细，色泽犹如鲜血，娇艳欲滴，从彝器中不断地传出来嗡鸣声。福冈亚美看到器皿，忍不住站起身后退了两步，这彝器里封禁着的是一个活物，九爷听到嗡嗡的声音，顿时如坐针毡，镂空的炉盖中飞出几只硕大的苍蝇。根据我们的认知只能叫它苍蝇，可是与普通苍蝇又完全不一样，无论从个头和色彩上都是我们从来没有见过的。橙色的头，红色的翅膀，獠牙利齿，冲着九爷和福冈亚美就飞了过去，速度之快犹如饿狼扑食。

张伯伦看着这极具攻击力的苍蝇，觉得难以置信，脱口而出："食尸蝇！"

有一口真真地咬在九爷的脖颈处，九爷手忙脚乱地挣扎着，极力摆脱这食尸蝇的纠缠。众人看着九爷痛苦不堪，几个人谨小慎微地想刚冲上去帮忙，看到九爷抓开的衣领处赫然显现出一块一块的尸斑，立即望而却步。

九爷被自己抓破的伤口溃烂得不成样子，疼得在地上左右翻滚，脖颈处血淋淋的一片。可是这血是浑浊的黑色，像一摊污泥沾满了衣襟。福冈亚美也愣住了，她想到了结果不乐观，没想到会这么糟糕，完全出乎了她的意料。

孟姜似乎早就预料到会这样子，脸上露出诡异的笑容。

福冈亚美立即抓住了沙玛蔷的手腕，疼得沙玛蔷扭曲着一张脸，她厉声说："别再装神弄鬼，收了你的妖蛾子。"

几只食尸蝇立即张牙舞爪地扑了过来，福冈亚美躲避着放开了沙玛蔷。孟姜不动声色地站在那里，沙玛蔷退后了几步，在孟姜耳边委屈地提示说："婆婆，这些人来者不善！"

孟姜和善地笑着说："一群神神道道的不速之客闯到这里，还趾高气昂地指责我们装神弄鬼，没要你们的命你们还想怎么样才算客气？"

福冈亚美盯着孟姜，假装笑吟吟地说："上次见到你的时候还是个黄毛丫头，这次来脾气见长啊，口气挺大，有点儿味道。"

"我这脚气味儿更大，要不要闻闻？"胖三眼瞅着她们摩拳擦掌，估计是要动手，立即转移话题。

房间里所有人都没工夫搭理他。福冈亚美的话让孟姜陷入了沉默，她全神贯注地盯着福冈亚美，二人灼灼相视，怒火中烧。孟姜片刻就红了眼眶，热泪盈眶，这种情形如果不是至善至亲的恩情，那肯定就是不共戴天之仇恨，依现在的情形来看后者的概率比较大。

孟姜咬牙切齿地说："是你！"

福冈亚美笑着问："记起来了？"

孟姜知道这些食尸蝇对她无用，挥了挥手，几只食尸蝇重新飞回到彝器中，恶狠狠地说："日夜相盼，不敢苟忘！实在是没想到，您还死皮赖脸地活着呢？"

福冈亚美丝毫没有生气，奉承地说："托您的福，一时半会儿还死不了。"

孟婆掐指一算，冷冷地笑道："那可要好好享受了，恐怕也就剩下这一时半会儿了。"

"过去的事儿都过去了，你又何必耿耿于怀？到头来为难自己也为难别人。"福冈亚美婉婉有仪地说。

"事儿虽然过去了，无论过多久，欠下的账还是要还的！一个世纪前你大张旗鼓地带领飞机大炮抢夺帝女尸不成，逼死曾祖婆婆，一把火烧了这冥河两岸，想必这回又熬不过那昼夜不停、心如刀割的炼狱般的绞痛之苦了吧？”孟姜愤恨地看着她，语调中多出几分得意，一个女人可以把幸灾乐祸演绎得如此妩媚，竟然不惹人讨厌。

“当年看你年幼，可惜了这么一幅绝美的皮囊，据说彼美孟姜，洵美且都，德音不忘，你把风情万种风姿绰约的年华浪费在冰冷的墓葬门前。这么多年过去了，当初放了你一条生路你不走偏要闯死路。同样的事情，同样的场景，过了这么多年，我真不希望再看到一次。”福冈亚美叹息地说。

九爷几个人拔出枪把屋子内外团团围住，水泄不通，房间里顿时硝烟四起。

沙玛蔷愤恨地注视着福冈亚美，疑惑地问：“你就是逼死曾巫祖的日本军官？”

突然，福冈亚美身后的一个守卫冲上去开了一枪，这一枪打偏了，房间里从四面八方传来嗡鸣声。光线突然暗了下来，我们抬头看到屋顶上黑压压的一片，光柱照在房梁上透着红光，就像千万个红色的繁星一样在闪烁。根本数不清有多少食尸蝇，铺天盖地地盘旋在我们的头顶上，各个利齿獠牙。擦枪走火的那哥们瞬间变成了一堆森森白骨，几个人吓得扔掉了手里的枪，心肝儿都在颤抖。人群中还传出一股尿骚味儿，不知道究竟有几个人吓尿了。

房间里乱成一团，几个人挣脱着往外跑，无数的食尸蝇像洪水猛兽一样倾泻下来。几个冲锋逃跑的人立即化为了一堆白骨，还保持着慌乱中逃跑的姿态。我们几个人躲在胖三背后，想着他肉多应该能多挺一会儿。

这些食尸蝇只是堵住了门口，却没有表现出攻击一切的举动。这些看上去杂乱无章如洪水般的食尸蝇之间的配合紧密无间，有组织有纪律地排列出一些图案，好像是在被人为地操控，几个人退缩到墙角处，手忙脚乱地挣扎着。

九爷拿着枪的手在哆嗦。

孟姜笑盈盈地说：“你们病了，需要治疗。”

福冈亚美气急败坏地摘下了墨镜，本来掩藏在墨镜下的眼眶溃烂成一片，瞳孔中似乎有一团火在烧，眼白处全部都是红色的，脖颈处青筋暴露。九爷看到福冈亚美墨镜下的惨状，想起福冈亚美对自己的承诺，思绪上有所触动，禁不住有些动摇，心生退意。

孟姜看到她的状态也很意外，没有想到会恶化到如此地步。

福冈亚美抢过九爷手中的左轮，情急之下气急败坏地点射了几枪，说：“大不了鱼死网破。”

“你是鱼，可惜我不是网！”孟姜眼睛都没有眨一下，没有露出惧色，而是把目光看向了我，说：“死鱼我见多了，破网没见一张，鱼死不死跟网没关系，关键在于握着网的手，与其满世界地找答案，不如低头看看自己手里有什么。”

福冈亚美低头去看握着枪的手，她摘下了手套，藏在手套里的是一幅惊心动魄、惨不忍睹的景象，她的整个手掌都溃烂掉，露出鲜红的血肉，好像被火灼烧过一样，掌心周边的腐肉还在恶化向腕部扩散。我也看向了自己的手掌，手掌中氤氲着一团红光，有灼烫的刺痛感遍布在整条右臂上，那种隐隐的疼痛突然被放大，顿感心力交瘁。我的右手上隐现出一团黑色的瘀痕，形状就像一只眼睛。

我惊出一身冷汗，这是什么时候的事情？没有人提起之前好像没有察觉到什么异样，这突然凭空地冒了出来，整条右臂好似被火灼伤了一样。是我们这一路上触碰到了什么不该碰的东西？我迫不及待地去看其他人。

胖三凑过来了一个大脑袋，呵呵地笑道：“你这只手有意思，瞧着都瘆得慌，纯爷们儿！”

“龙纹咒，你们触碰了天机，这是上古卷轴中最邪恶的诅咒。”沙玛诗难以相信自己的眼睛，她第一次见到这样的东西。这情形她知道，却从未亲眼看到过。

孟姜看着福冈亚美听到古卷反而露出了喜色，询问道：“忍受着这无名诡火，日夜煎熬，最终身体自燃，烧尽三魂七魄。我看你三魂已去其二，天魂胎光，地魂爽灵，只剩下命魂幽精，七魄已去其三，尸狗、伏矢、雀阴、吞贼、非毒、除秽、臭肺即将散尽，只剩下一副臭皮囊。天地阴阳自有生灭，即便有人妄想矫揉造作，希图逆天改命，凭着一股执念，你们注定受到诅咒，最终也难逃劫数，时间到了，自然灰飞烟灭，永世不得轮回，沦落到这样的下场，又何苦呢？”

我一脸无所谓，对于我们来说，暴风雨总要来，既然已经身处在暴风雨中，猛不猛烈都不重要了。

福冈亚美气急败坏地用枪正面迎着孟姜的额头，握着枪的手在颤抖，嗔怒地说：“我不介意有些人再死一次。”

孟姜叹息地说：“没有人可以再死一次。”

我们身上的状况，根据福冈亚美所做出来的行为和反应来看，她应该早就知道这一切。我突然明白了为什么她要迫不及待来到这里的原因，我们要找的答案应该就在这里。

果然不出我所料，福冈亚美继续说道："我写下了历史，写下了文明，在即将揭晓答案和真理的时候，我还不能死。我不怕死，但我不能不明不白地就这么死了，我的事情还没有做完。我不为难你，你要做的很简单，带我们找到帝女尸。"

"生命只是暂时的，死亡又有什么不同，难道你还想死出一朵花儿来吗？"孟姜刻薄地问，她嗤之以鼻，假装没有听到福冈亚美口中的帝女尸。

福冈亚美趾高气昂地想进一步逼迫孟姜。

我们再次听到"帝女尸"这个字眼儿，这应该是历史的遗留问题，这个问题从第一次听到便一直困扰着张伯伦。张伯伦一直埋头不语，沉思了良久，难以置信地问："帝女尸？"

房间里的人四顾张望，都希望可以在彼此的脸上寻找到答案，却没有人敢开口进一步追问，胖三焦躁地问："你们谁能抽空帮我解释下这个帝女尸究竟是个什么玩意儿？"

九爷气急败坏地问："这跟你有关系吗？"

胖三有些失落，看不惯九爷的那张脸，疑惑地问："今儿除了去死，其他的就都跟我没关系呗？"

福冈亚美刚准备冲着屋子里的人发一通火，酝酿的嚣张气焰瞬间就岔了气，冲着屋顶开了一枪，厉声责问："你们闹够了吗？"

九爷立即点头退下。胖三绷着脸。

张伯伦迫不及待地解释说："据说长在黄泉路上深埋深渊中的一种植物，又叫遥草。瑶姬死后，葬于巫山，因她终生都是处子之身，尸体上才长出来的一种花草。仙骨葬于凤冢，根据《山海经》中所述：帝女死焉，其名曰女尸，化为遥草，其叶胥成，其华黄，其实如菟丘，服之媚于人。多年来一直都有人在探寻，却苦于寻找无门，相传这些资料由雍正所藏，后散落民间，年末一本《洞冥记》悄然在人群中传播开，'洞冥'意为言洞悉冥漠幽冥之事，揭示修道、寻法千古不传之秘。记载了汉武帝求仙问药的事端，其中有一条记录引起了很多人的好奇：暗河之北，有紫桂成林，其实如枣，群仙饵焉。韩终采药宣称：'得而食之，后天而老。'其中《洞冥记》所记载：琳国去长安九千里，生玉叶李，色如碧玉，数十年一熟，味酸。昔韩终常饵此李，因名韩终李。"

"这个韩终扬言食此物不止与天地同寿，甚至比天更长，比地更久，直到地老天荒，人都未必老去！这牛吹大发了吧。"胖三本来想嘲讽一番，突然发现整个屋子里就他一个人在搓着手笑，其他人都一本正经地听着，这场景严肃得让胖三全身都不自在，不解地问："我们大老远地跑过来，就是为了一株植物？还是一个人？还是为了一个植物人？"

我忧虑地看着胖三，真怕福冈亚美和九爷几个人手中的枪还略有余温，瞬间把他打成骰子。

我立即质疑地问："你怀疑帝女尸，也就是这个传说中的遥草，就是韩终最后所采到炼制长生不老药的重要药材？"

张伯伦摇头，难以说服自己，叹息地说："我也不愿意相信，根据几本鬼神怪力的孤籍野史就断定这些东西。根据我这么多年对细菌和病毒的研究，依据《山海经》和《洞冥记》所提供的地理位置和功效，如果我猜得没错，遥草很可能是它的主人瑶姬用特殊的方式培育出来的一种新生物。瑶姬乃炎帝之女，神农氏以丹药方术为长，掌握着失传已久的秘术，也在情理之中，绝对不可能是瑶姬死后尸体变成了遥草，这纯属无稽之谈。这遥草应属于草本科，能结出一种色如碧玉的药用果实。韩终明确地证实了它的存在，遥草也就是朱草，葛洪《抱朴子·金丹》中描述：朱草状似小枣，栽长三四尺，枝叶皆赤，茎如珊瑚，喜生名山岩石之下，刻之汁流如血，以玉及八石金银投其中，立便可丸如泥，久则成水，以金投之，名为金浆；以玉投之，名为玉醴，服之皆长生。从药性的描述上，这种草具备了龙血树的特性，却和龙血树的药性全然不同，龙血树所产出的龙血竭主要用作防腐，活血散瘀。龙血树应该是遥草嫁接过程中的提取物，也就是现在我们生物学中所说的同源重组过程中的基因之一。这重山深涧之中出现了龙血树，我们似乎已经接近了这种古老的植物。这朱草是困扰了华佗一生的药引子，应该就是这种遥草。李时珍所著《本草纲目》中的长生不老药金浆也需一味名为朱草的草药，可惜他苦苦寻觅了一生而不得见，抱憾终生。”

苏茉莉忙着追问：“西王母的长生不老药金浆玉液就是此物？”

张伯伦继续叹息，说：“那只是神话传说，一切没有经过证实之前都只是猜想。”

我看着张伯伦，这一路上有个问题我早就想问他了，我觉得他在说谎，一直都没跟我们说实话，即使说了两句实话，一定也有更重要的事情隐瞒着我们。

我问：“以前你对这些嗤之以鼻，把这些当作小孩子过家家的东西，你怎么会对这些长生不老的玩意儿如此感兴趣？并且了如指掌倒背如流，这些知识应该不属于一个生物学家的涉猎范畴吧。”

张伯伦偷偷地把眼光投向了福冈亚美，支支吾吾了半天也没说出来个为什么。

胖三也笑呵呵地说："我说老张，你不好好搞自己的研究，非得跑到这来搞植物，搞来搞去有意思吗？"

我看得出来张伯伦有难言之隐，这老家伙处处透着诡异，心里揣着猫腻。可他的目光却在偷偷地瞄向福冈亚美，好像在征求她的意见，我突然有一种被背叛的感觉，这种被人玩弄于股掌之间的感觉让我愤怒，又忐忑难安。

福冈亚美点头应允，做出无所谓的表情。

张伯伦叹了口气，用颤颤巍巍的手去摸头发，他突然用力把整张头皮似乎都扯下来了。屋子里所有人都吓了一跳，定睛细看才知道虚惊一场，他手中握着的是一顶假发，他也顺手摘下了假胡子。他原有的头发已经完全脱落掉，看着张伯伦脑袋以上已经没有了任何毛发，差点儿就没认出来是他，一眼望去阴森恐怖。

他突然抱着头蹲了下来，眼泪如决堤的洪水，哽咽着说："我得了癌症，晚期。我自己清楚活不过这个冬天了，人总是会死的，可是我害怕……我还有事情没有做完，我还不能死……"

胖三拍了拍他的肩膀，安慰他说："什么时候的事情？"

张伯伦说："半年前，我尝试了所有的疗法都无济于事，我查遍了所有的医学书籍，可是我找不到任何的方法！这是我唯一的机会了。"

我厉声责问："所以，这就是你串通福冈亚美拿活人做实验的理由？"

福冈亚美站出来打断了我，说："现在已经来不及了，乐观估计已经有数万人感染上了病毒，我也是按照祖上传下来的秘方小心翼翼地进行试验的，还好我们现在知道了问题出在了哪儿！"

我觉得这一切都很荒唐，也很悲哀。

我问："我也只是你们的试验品？"

"不，你只是一个意外！"福冈亚美提到我，她更绝望了，摇着头说。

胖三惊讶地看着我，问："哥们儿，你是一个意外，你知道吗？"

一个人满腹悲伤地从一个受害者突然变成了一个更悲伤的意外，这才是最悲哀的事情。看着胖三感同身受的表情，无辜之余，剩下的也只有无奈，这让我悲痛欲绝。

福冈亚美满怀歉意地说："你本来是我们所有人唯一的希望，后来发现在你的DNA提取中也发现了同样的问题，病毒并没有被控制而是在变异，毒性越来越强。病毒因为长期的低温休眠，遏制住了它的生长，可是一旦你重新回归到人群中接触到氧气，恶化的速度便越来越快。"

看着她那张丑恶的面孔，我忍不住说道："当年二战期间，你们就是用这种病毒来对抗那些弱势的平民百姓吗？"

福冈亚美立即摇头辩驳，说："这个项目极其隐秘，在二战中被列为X终极档案。我们从来没有用于平民身上，只在选定的人群中做小规模实验，大部分人死于常规的病毒实验。"

我冷笑着说："那我应该烧香拜佛地感谢你祖宗十八代喽？"

"对不起！"福冈亚美低头鞠躬，她继续说："这个秘术是天书的残卷，早就已经失传。留下来的只是只言片语的残卷，本来在始皇帝的时候就已经断层，已经是错的了，可是我们回不了头！"

我说："头，长在自己身上，只要想回，什么时候都可以！"

福冈亚美略带着乞求地说："历史总是惊人的相似，很多事情在历史的舞台上换了件衣裳，一遍又一遍地上演。回头并不困难，困难的是不忍心回头看到惨不忍睹的事物，如果现在回头，你会发现整个世界都已经沦陷。我们不是贪生怕死，我们是在试着拯救和挽回这个世界。”

胖三啧啧称奇，说：“这话听上去怎么都像吹牛，你一定要把这个牛吹得这么一本正经吗？”

沙玛蔷倔强地插了一句说：“先毁了这个世界，再去拯救这个世界，你们这帮人得闲成什么样呀！”

想起自己的命运就是一个玩笑，我无奈又感慨地说：“这个世界是善变的，这年头，是个人都想去改变世界。其实这个世界也不需要谁去解救，世界就是这个德行，无论你做什么，它都是这个样子，没有什么新世界，新世界只是人类自以为是的定义。”

胖三尴尬地挠着头，顿时感到自己的渺小，一瞬间没有了用武之地，牵强地耸了耸肩，无奈地说：“你们把主题搞这么宏大，我都不知道该说些什么了。”

福冈亚美本来要滔滔不绝地继续说下去，被胖三这一打断，话到嘴边忘记了要说什么，双眼直勾勾地盯着胖三，埋怨地问：“好端端的一场友好和谐的会晤，被你搞得这么尴尬，你不感觉到惭愧吗？”

“我应该惭一脑门子好愧吗？”胖三眨着眼睛，手足无措，没分清一时半会儿究竟是谁在闹笑话。

孟姜从容自若地说：“万物终有定律，可是你忘记了终结比定律重要。你在历史的舞台上唱了这么久，不累吗？看着身边的人一个一个地死去，最后剩下你一个人，形单影只，孤寡终生，还不够啊？人生的意义不在于可以永远地活下去，而是活出属于自己的人生。”

福冈亚美嗤之以鼻，讥讽地笑道：“你这一脑门子心灵好鸡汤，啧得到处都是，在说给鬼听吗？你离开这个世界太久，可能早就已经忘记了什么是现实，你的一生都在往返于这幽冥河上作引渡人，这条路你走了无数次，不知道你死后是不是还渡得过去？”

她说完房间里的众人齐刷刷地掏出了枪，顿时火药味扑鼻。

福冈亚美的态度很强硬，咄咄逼人，她用实际行动证明，我们到这里绝对不是来散步的。沙玛蔷、沙玛诗两个姐妹立即被几个人捆绑住，福冈亚美抬起手一枪打在了沙玛蔷的胸口上，一声枪响，她眼睛都没有眨一下。所有人都没有眨眼，在众目睽睽之下，房间里的空气仿佛凝结了，几秒钟后沙玛蔷雪白的肌肤上流淌出血液，顷刻染红了衣襟。沙玛蔷疑惑地看着四周和人群，突然意识到发生了什么，应声倒下前那双无辜的眼神困惑地看着孟姜，如果不是亲眼所见，绝对不会有人相信，死都可以死得如此优雅、美丽。

俗话说千秋无绝色，悦目是佳人。佳人在生命的最后一刻，楚楚动人，懵懂中带着一丝眷恋。稍作惋惜，更让人害怕的是一种恐怖的氛围突然出现在房间里，所有人都知道这件事情严重了。

福冈亚美再次把枪口指向了沙玛诗，沙玛诗倔强地仇视着她，她此时内心深处已经被愤怒和仇恨占据，没有一丝怕意，视死如归。福冈亚美没有了耐性，从靴子中掏出一把匕首，在沙玛诗的脸上比画着，刀尖立即刺破了沙玛诗的脸，热血在刀刃上流淌。她胁迫地说：“需不需要我把问题写在这貌美如花的脸蛋上？你才会给得出一个满意的答案！”

福冈亚美的手段令人发指，手法之残忍，心思之歹毒，让人不寒而栗。九爷和她身后的几个手下都看得胆战心惊，心生怯意，情不自禁地心生防备。

看着血泊中的沙玛蔷，孟姜皱紧眉头，仰天长啸，发出龙吟一般的悲鸣。天空中突然风云骤变，大风突起，房屋里凝结的空气仿佛被人剥离了色彩，华屋雕墙，庭楼玉阁，在飓风中瞬间被撕碎，所有的一切都化为了灰烬。天空仿佛被拧成了一团麻花儿，刚才的牌楼已经都变成荒郊，巨石森然。我们几个人站在一处孤立而冰冷的塔碑前，白骨垒起成山。

沙玛蔷的尸身在地上竟然顷刻间化为粉尘，随风而散，剩下僵立的白骨，狰狞恐怖。塔碑耸立在万丈的悬崖峭壁之上，我们心中一惊，所有人都没有识破这障眼法，不禁怀疑我们所看到的究竟有多少是真实的。冰冷的风拍打在脸上，有细沙，那种疼痛是真实的，靠近悬崖山涧的几个人的脸上被划出了几道伤痕，伤口在流血。他们全然不知，只是目瞪口呆地看着这突如其来发生的一切。

黝黑的巨石下是万丈崖涧，漆黑的山涧中怪石嶙峋，沉静地躺在这里，千百万年被风雨侵蚀。站在悬崖前耳鸣目眩，孟姜双目充血，流淌出血泪，如同赤火一般在燃烧。一道幽幽的蓝光在山涧之中点亮，仿佛在天际之间闪烁，天空中有晕如虹，卷动着天空中的阴云，犹如一条长龙，被狂风席卷而散在山涧中徘徊。几根上古的青铜铁链捆绑着一颗巨石，巨石在黑暗中若隐若现，四周萦绕着一层红色的雾霭，朴拙而粗犷的铁链上刻满了符文，一些符文已经被锈迹斑驳的铜渍所掩盖，直至延伸到深不见底的无尽深渊之中。

孟姜的血脉中散发出红光，在她右肩上的那条赤龙文身跃跃欲试，似乎游走在她白皙的肌肤上。胖三满怀新奇地盯着她肩上盘着的赤龙文身，似乎有一股力量要挣脱她的肌肤，她血红的眼眶欲裂，狰狞的表情看上去很痛苦。

胖三目瞪口呆地看着孟姜，惊奇地说：“这文身哪家店做的，这玩意儿高科技啊！这是要变身？”

我们有一万个理由让胖三闭嘴，但这次他说的这句极其不靠谱的话我们都深信不疑。

我们脚下的岩石突然在晃动，狂风席卷着我们身边的尘埃，似乎要搅碎这一切。有人转身想逃跑，只有福冈亚美气定神闲地站在原地，看时机成熟了，默许地点了点头。此时站在她身后的珠算子向几个人做出了一个确认的神情，自从上次在众人面前现眼以后，珠算子这一路都讳莫如深，就像一个透明人紧跟着福冈亚美。说话间几个人将孟姜团团围住，几个人迅速地转换着位置，他们脚下的步伐很奇怪，就像喝醉了酒，四肢却强健有力。突然间一张金黄色的网从天而降，这张网处处都打着锁龙结。我们从来没有见过这种材质，绳索表皮犹如龙鳞，在光亮处熠熠生辉，孟姜整个人被网罗在其中，瞬间被牢牢地捆绑住。四周跌落的岩石随着孟姜的喘息渐渐地平息下来，刚才被撕裂的天空形成一个巨大的漩涡，接下来的是死一样的寂静。孟姜就像一头困兽，越是挣扎这绳索捆得越紧，孟姜白皙的皮肤上瞬间便勒出了一道一道的伤痕，她挣扎了一会儿，仇视着我们每一个人。

一阵手忙脚乱之后，珠算子擦了擦额头上的汗水，站稳了脚步，气喘吁吁地看着孟姜，得意忘形地挽起袖子，说：“今天任你是大罗神仙，也逃不出这缚魂索。”

缚魂索这三个字突然触动了我们，我忍不住看向了张伯伦。张伯伦一脸疑惑，胖三也被这三个字吓到了，这不科学！因为这些全然是神话传说中的器件，这些已知的史前文明资料中，剩下来的便也只有神话了。

缚魂索在史料中的记载寥寥数笔，又被称为擒龙锁。不畏水火，不惧利刃，据说有锁魂聚魄的功能，普通人被绑上片刻，立即魂飞魄散，被捆之人再无回天乏术。

我们当然不会相信这种无稽之谈，聚魂锁魄这种封建迷信的说法，实在难以让我们相信。猜想这种绳索应该是某种拥有记忆功能的特殊柔性矿物质制成，坚硬程度强过地球上已知的任何物质。且不说福冈亚美是怎么得到这些东西的，我们甚至连眼前的这个东西究竟是个什么玩意儿都不知道，连想都不敢想福冈亚美他们带来的这几只箱子里还有什么东西。那个之前装疯卖傻的珠算子现在终于开始拿出了自己的实力。让我们忧虑的是，这次行程中福冈亚美一伙人明显是有备而来，只有我们被蒙在鼓里，这无异于在刀山火海中裸奔，竟然还在庆幸自己手握着绝对的信息资源，这会儿看来我们完全成了别人的棋子。

福冈亚美走过去站在孟姜面前，感慨地说："你说你这丫头跟你曾巫祖婆婆一样，脾气大心眼儿小，做事儿没个分寸。我好声好气地来跟你探讨问题，找个答案，你又何苦要逼我，非要把场面搞得这么尴尬。"

孟姜"啐"了她一脸带血的口水。福冈亚美蹲下来说："引渡人就应该做好本职的工作，只要我们渡过这幽冥河，我们各取所需，从此以后你走你的黄泉路，我过我的独木桥，各自相安无事。"

孟姜冷冷地笑道："区区一个缚魂索，您老贵人多忘事，引渡人的灵魂早就献给了未来，一纸百年的契约，人神无欺，早已无情无欲，你拿一只腐烂的躯体又能怎么样？"

福冈亚美早知道她会这么说，从容地看着她，笑吟吟地从怀里掏出来一只骨鞭。

她全神贯注地盯着骨鞭说："我管不了你的契约，却可以让你的未来提前到来，提前结束。这只七星挽月鞭，据说抽取龙筋，剔得凤骨，由月华星精凝练而成，蕴含太阴与星辰之力，可驱山赶石，是专克你们巫族一门的法器。一个世纪前这只鞭打得你们一位巫祖皮开肉绽，生不如死，魂飞魄散，跪着只求一死，最终饮恨而终。"

"你们这群畜生！"孟姜想起曾巫祖婆婆死前的惨状，恶狠狠地骂道。

福冈亚美起身狠狠地一鞭抽打下去，孟姜一声哀号响彻云霄，身上立即皮开肉绽，血肉模糊。她整个瘦小的身子都在颤抖，哀怨地盯着福冈亚美。几鞭子抽打下去，空旷的崖壁上鬼哭狼嚎，就连珠算子站在人群中都觉得于心不忍，这个平时像木头一样沉默的人，也不禁动容，不忍直视。九爷也看得胆战心惊，忍不住后退了几步。

福冈亚美眼神中凶光毕露，这个女人疯了，为了目的不择手段。

胖三终于忍不住，大喊了一声："太虐了，我们是来寻找方法的，不是来寻找刺激的，这是整的哪一出。"

这缚魂索像长了利爪一样捆绑在孟姜身上，深入骨髓之中，孟姜低声哀号，试着挣脱，索鞭却越收越紧。孟姜身上的那条文龙散发着赤红色的光，在她肩膀、后背，前胸的皮肤上游走，龙吟声不绝于耳。孟姜的皮肤在发生着变化，白纸若曦的肌肤上隐现出一些皱纹，出现褐色的暗斑，一头青丝乌发褪去了颜色，几缕白发显现出来。

孟姜倔强的神情让我想起了小时候曾和父亲一起到川蜀、滇南之地寻医问药的老媪。孟姜和老媪身边的姜儿神情惟妙惟肖，她愤怒的眼神像要撕碎福冈亚美。

福冈亚美嘴角挂着狰狞的笑容，她更享受折磨敌人的过程。

这个女人让人心生畏惧，心肠犹如蛇蝎。在二战时亲眼看到战友们一个个惨死于她的手中，这个双手沾满了鲜血的女人，撕破了伪善的面具，现在想起来依然历历在目，脊背发凉。

看着孟姜痛苦地挣扎着，转瞬间年华即逝。我一把攥紧缚魂索，突然感到掌心一热，骨刺直入掌心，整条手臂立即麻木到失去知觉，这些骨刺像长了牙齿一样，死死地咬住我的手臂，犹如烈焰在灼烧。我将缚魂索缠绕在自己的双臂上，倏地将缚魂索的一端套在了福冈亚美的脖颈处。福冈亚美猝不及防，站在她身后的几个人扑将过来，我稍用力，福冈亚美脸色剧变，咳嗽了两声，几个人又退了回去。

在我的胁迫下，缚魂索像一条眼镜蛇一样，蜿蜒地从孟姜身上抽离，游走而去。我将缚魂索的一端递交给胖三，胖三手指触摸到骨刺像触电一般缩了回来，苏茉莉跨步去接手。我扶起地上血泊中的孟姜。

孟姜躺在我的怀里，看着我脸上的轮廓，轻抚着说：“能够再遇见你，真好。”

面对她老去的容颜，这些年昙花一现，经历了这么多年时代的变迁后，我甚至都没有来得及记住她的样子，我说：“我都快忘记了，我们认识了多久？”我痛心疾首地说，“我一直都在找你。”

她满头的银发，从我指尖垂落，她说：“我等了你这一生，能够等到你，已经很幸运了，多久，都不算太久。”

孟姜转瞬之间从及笄之年到垂危暮年。张伯伦、胖三几个人面面相觑，都欷歔不止。

一群人突然荷枪实弹地围了上来，将我们团团围住，福冈亚美在我们背后冷冷地笑道：“都闹够了吧。”

福冈亚美已经被松绑，手中紧握着缚龙索。

苏茉莉愧疚得不敢直视我们的目光，低着头站在她身后，叫了一声："母亲。"

"你是日本人？"我看着苏茉莉，苏茉莉欲言又止。

胖三暴跳如雷，指着苏茉莉，又看了眼张伯伦，愤怒地说："你个判徒，我早知道你有问题，我说这一路走来到处都是坑，处处都是坎儿，千算万算，老子差点儿以为是自己本命年的原因天天活见鬼了。鬼没见着一只，内鬼都凑够一桌麻将了，早应该想到你是叛徒，我调查过你，警署里根本就没有你的档案，我早就该拆穿你。"

福冈亚美舞动着手中的缚魂索，凌厉地说："我的义女本就是我的义女，何时需要你来拆穿？人生需要拆穿，聪明人都知道，但是更重要的是活着的希望。"

福冈亚美话音刚落，她身后几十把长枪短炮：防暴猎枪、芝加哥打字机齐刷刷地统一将枪口指向了胖三，只需要一秒钟就可以把胖三打成筛子。

胖三尴尬地搓着手，举起双手投降，笑嘻嘻地说："我希望以和为贵，我先举手表决，这都啥时代了，我无条件赞成做一个讲文明、树新风的社会主义新人类。"

几个人并没有把枪放下，九爷用手枪指了指胖三怀里的东西，让他掏出来放在地上。胖三磨磨蹭蹭地从怀里摸了半天，悄悄地摸出来一块砖头，在众目睽睽之下轻轻地递给我。

我一脸苦闷地看着他，又看着他手里的砖头，敌方清一色美式装备，敌我实力悬殊。我不解地问："给我干吗？你是想让我用它拍死你，还是用它拍死我自己？"

几个人里三层外三层地把胖三捆了个结实，胖三没想到他们会来真的，双手被反绑着被几个人摁倒在地上。

胖三疼得咬牙切齿，他看着福冈亚美，嫉恨地说："你个老古董，挖坑埋了就是文物。"

福冈亚美故作从容，说："我不想伤害任何人，任何人想伤害自己，我也愿意效劳。"

我正想开口劝慰几句，珠算子挺身而出，大义凛然地说："您都一百几十岁的人了，小孩子不懂事你也不懂事啊？一个世纪都过去了，怎么就活不明白呢！你们要找的是我，这事儿跟他们无关，放了他们。"

所有人都匪夷所思地看向了珠算子，我被捆绑得像一个粽子一样，吊挂在悬崖的峭壁上。脚下是漆黑的深渊，我能嗅到幽冥泉中死亡的味道，我和胖三都用一种敬仰的眼神看着他，完全不知道这个珠算子什么路数。其他人都一脸困惑，看着珠算子突然着了魔一样大义凛然地站在人群中，视死如归。

福冈亚美疑惑地问："我们要找的是你？你哪来的自信？"

胖三一头雾水地看着我，问："你没事吧？"

我说："我没事。"

胖三摇了摇头，说："我没说你。"

我和胖三同时看向了珠算子，异口同声地说："我觉得那哥们儿不像没事的样子。"

胖三一再确认地问："这哥们儿是你那边的人？"

这个珠算子坑蒙拐骗样样精通，嘴里没一句实话，可这句话说得看上去比真的还真，我盘算了一下，说："我这边没这样货色的大仙儿。"

珠算子说："虽然我只是路过，看这情形，我觉得下边会有很重要的事情发生，想突出一下自我实力，适当地担当点儿责任。"

福冈亚美不耐烦地咳嗽了两声。

九爷在一旁暗示他，说："别着急，现眼咱们得分场合，你放心，有你显摆的时候。"

珠算子躲到人群中，愤愤不平地看着我们，不再言语。福冈亚美缓步走到孟姜身边，假惺惺地扶起她，亲昵地说："我相信这个时候你知道自己应该干什么了吧。"

孟姜颤巍巍地站起来，佝偻着身子，挣脱了福冈亚美，"啐"了一口，不屑地看着福冈亚美，说："可怜的女人，你有病。"

福冈亚美听到孟姜出言不逊，没有发怒，反而面带微笑地说："我有病我知道，我也知道你是一个好人，好人不应该拒绝一个病人。"

福冈亚美挥了挥手，几个人想动手，准备将我跟胖三抛进幽暗的深谷之中。

孟姜遥望着远方，天空中突然乌云密布，数不清的乌鸦盘旋在上空。几个人冲着天空开了几枪，有零星的乌鸦跌落下来狠狠地摔在了地上，摔成了肉泥，从任何角度看这都是不祥的预兆，让人心中压抑。

她空洞的眼神中带着一丝绝望，感慨地说："人不能触碰神的禁忌，更不能有神的欲望。"

这些乌鸦有序地盘旋在头顶，眼睛里泛出幽红的光芒，凶恶至极。几只乌鸦俯冲下来，竟然对我们有攻击的意思，几个人手忙脚乱地躲避着。这些乌鸦像长枪短炮一样鸟瞰着我们，毫无规律地随机直冲而下，锋芒毕露，这同归于尽的袭击方法，速度之快让人措手不及。福冈亚美的几个手下被俯冲下来的乌鸦直接刺穿了胸膛，当场毙命，扑空的乌鸦撞击在岩石上，地上顿时点缀着星星点点的血渍。乌鸦犹如冰雹般砸落下来，一缕一缕的血雨落在我们四周，浸染在衣服上，荒乱之中几个人跌入了深不见底的深渊之中，惨叫声不绝于耳。

胖三随手在地上捡了一只鸟的尸体，只见这鸟的眼睛通红，鸟喙锋利，爪如鹰钩，发冠卷尾，羽毛色泽黝黑，体型比乌鸦大出数倍。

胖三惊讶地说："哎哟，我去，这是什么玩意儿，谁家的乌鸦长成这样。"

张伯伦看了一眼，惊恐地躲避着说："这哪是乌鸦，这是尸鸠，乃是极阴之物，生活在阴暗潮湿的地方，专食腐肉、鱼虾。"

人群中传出来几声凄凉的惨叫声，被尸鸠啄伤的伤口处整条胳膊立即像被风干了一样，伤口溃烂，迅速地从手臂向全身蔓延，最后枯涸成干尸。

孟姜踉跄地走向了无名台，几根饕餮纹的青铜巨柱耸立在无名台上，饕餮柱上镶嵌着几根硕大的古青铜锁链延宕到深渊之中。孟姜从袖口中拿出一节骨笛，我们耳边立即扬起悠然的笛声，婉转缥缈，万壑风生，音韵哀叹，曲调犹如阵阵松涛。这曲调萦绕在蒙胧的空气中，飘向无尽的黑暗深处，听在耳中有绝尘之念，洗尽尘俗，韵绝千古，不绝如缕。

突然，一个硕大的黑影在黑暗中若隐若现。看不清它的轮廓，它顺着青铜锁链的方向，由远及近，蜿蜒地盘旋在我们的上空。

阵阵龙吟声伴随着音韵，一只庞然大物飘然而至。

Ⅷ 藏龙涧

孟姜手中的骨笛悠然而止，一只气貌严耸的龙骨出现在我们的面前。这只庞然大物突显端倪，形神巍峨，吓得几个人魂飞魄散。待缭绕的烟雾散去，勉强称得上是一艘船，可是这船竟然悬浮在悬崖边上，如果不是看到两根巨大的青铜锁链，所有人都以为是这只船在飞。

孟姜看了看身后心生畏惧的人，扶着沙玛诗先移步踏上了跳板。

脚下是悬空的万丈深渊，只有几根骨头搭连在一起，胖三试探着敲了敲船舵，坚硬无比，声音振聋发聩。福冈亚美面露喜色，让九爷几个人试探着走上去，随后自己也紧跟着上了船。冷风一吹，船内龙涎馨香馥郁，所有人都颤颤巍巍地上了船。

胖三被孟姜袖口中的骨笛吸引，勘察了骨船，试着去抠弄着孟姜袖口里的骨笛，被孟姜察觉略显尴尬，假装欣喜地说："这玩意儿高科技啊，还是声控的。"

我暗示胖三消停会儿，低声说："牛你可以乱吹，这招魂笛你可吹不得。"

我们脚下云海缭绕，遮天蔽日的尸鸠盘旋在我们头顶上，它们没敢再靠近骨船半分。骨船的船头挂着两盏蓝色荧光的长明灯，船体四周黝黑一片，光线绝迹。很快我们便进入了一条悬浮在空中的甬道，甬道两旁层峦叠嶂，怪石嶙峋。这些石头都被人雕琢过，密密麻麻的沟槽中摆放着石像生，人像的神情古怪，或长鼻大耳，或身材矮小，或身影伟岸，比例迥异于常人，各个表情狰狞恐怖。

孟姜警告我们，不要往下看，切记不可走出这幽冥船，引渡人从来没有引渡过生人，也没有引渡过异类，一旦掉下去，沉身这脚下的欲海，便万劫不复。

胖三好奇地拿了一个手机扔了下去，手机立即消失在黑暗之中，屏幕的亮光瞬间被黑暗所淹没，一眼望去漆黑一片，光明绝迹的地方让人脊背发凉。让人感到目眩神移，神情恍惚，几个人都禁不住后退了几步，挤在甲板上。只有九爷略显得有些激动，神情恍惚地看着胖三，胖三没有察觉到他的愤怒，九爷板着一张冷冰冰的脸，疑惑地问："你刚才扔的是我的手机吗？"

九爷的脸气得像猪肝一样通红，攥紧了拳头。

胖三献媚地说："九爷，您是做大事的人，应该不会拘泥于这些小节吧。"

九爷点头称是，他身边的几个人也杂然相许。胖三正要庆幸自己的机智，九爷看着胖三那一脸横肉，点头说："既然我的小事被你扔下去给办了，要办就得办大事，今儿我把大事也一并办了。"

九爷的话音刚落，几个人围上去把胖三给捆了，这架势眼看要把胖三给扔下去。他们摁着胖三吊在龙骨上，胖三看了一眼脚下无尽的深渊，气急败坏地在骂娘。

在这千钧一发之刻，珠算子站出来劝解说："大家都是明白人，明白人为什么一定要把事情搞糊涂呢。"

我也跟着劝慰，说：“九爷，我很欣赏你的做事风格，不过你也可以试着找找用拳头以外的方式来解决问题。”

胖三追问：“聪明人都喜欢用拳头解决问题吗？”

九爷说：“聪明人不喜欢浪费时间。”

胖三青筋暴露，指名道姓地提议说：“九爷，这是咱们两个的私人恩怨，我这辈子最讨厌处理私人恩怨的时候有第三者插足，你一定要把私人恩怨搞得这么兴师动众吗？如果还是个爷们儿，有种就单挑。”

九爷捋袖揎拳，气急败坏地叫嚣着说：“谁第三者插足了？”

胖三看着自己被撕破的衣物，衬衫、脖子、袖口上的脚印，委屈地说：“这哪是第三者插足啊，这插足都插成蜈蚣了。”

九爷接受了胖三的单挑，几个人七手八脚地把胖三放下来，胖三脚步还没有站稳，九爷冲上来两个人扭打在一起。

“够了！”孟姜大喊了一声，惊恐地看着他们，眼前发生的一切让她感到恐惧。

福冈亚美默许地看着九爷他们，喜怒不形于色，她在试探孟姜的底线。

九爷目露凶光盛气凌人地问：“老人家，您怕了？”

孟姜沉吟地说：“怕，当然怕了，我怕你们下不了这幽冥船，到不了那藏龙洞。”

福冈亚美挥了挥手，示意他们停下来，孟姜的话她不敢掉以轻心。

九爷心有不甘，悻悻而回，乖乖地站到了一旁。胖三也退到了我的身边，看着福冈亚美和九爷的手下警惕性有所放松，我把胖三拉到一旁，低声细语地说：“我有一个计划。”

胖三很显然对我的计划很感兴趣，虽然我什么还没说，这个时机只要有动静都是好事，我们一路被胁迫，再糟糕的情况都好过现在。

福冈亚美全神贯注地盯着孟姜，怕出什么纰漏。苏茉莉凝望着远方的黑暗处发呆，珠算子有所察觉却假装若无其事，只有九爷和几个手下愤愤不平地在一旁低声细语，点起了烟。甲板四周几个挎着枪械的人也放松了警惕，接着抽了几口烟。

我说："这是一个好时机，是时候由我们掌舵了，我去搞定苏茉莉，你去搞定福冈亚美那恶毒的女人。"

胖三睁圆了眼睛，匪夷所思地看着我，一脸为难地说："搞一个女人容易，搞定一个女人不容易。"

几个人开始注意到我们，我咬了咬牙，比画了一个抹脖子的手势，让他果断地擒住福冈亚美控制住局面。胖三没有理解我的意思，反问："做掉他们？你什么时候这么心狠手辣了？"

我正要开口解释，九爷冲着我们大吼："你们两个鬼鬼祟祟地在做什么？"

胖三低声在我耳边怨天尤人地说："弄死他们？怎么弄？难不成让我去恶心死他们！"

我不想再跟胖三废话，用力在他后背上拍了一下，把胖三推到了福冈亚美的身后。胖三身体肥胖佯装要摔倒，借势伸手锁住了福冈亚美的喉咙。福冈亚美一众人猝不及防，吓得几个人面如死灰。

苏茉莉伸手拔出来一把袖珍唐刀，想冲上去搭救福冈亚美，我转身擒住她的胳膊，一把冷峻的唐刀跌落在甲板上，唐刀上的龙纹浮雕熠熠生辉。苏茉莉的皮衣被扯开，胸襟处挂着一块玉觿，这块玉觿悬挂在她的胸前突然跌落下来，我一把抓过来玉觿，色泽朴实无华，手感温润，玉觿环壁上的两条浮雕龙栩栩如生。这块玉觿我再熟悉不过，这正是当年我亲手为女儿一一戴上的玉觿！

我愁绪万千地看着苏茉莉，口中喃喃地问：“这玉觿是哪来的？”

顷刻间，本来已经掌握的局势稍纵即逝。

我立即被苏茉莉反制住，几个人把我掷地有声地擒在地板上，动弹不得。苏茉莉好像没有听到我的问话，怅然若失地看着我发呆。

胖三也立即被结结实实束缚住，唉声叹气地看着我，疑惑地反问道：“你到底跟谁一伙儿的？”

我还没有从思绪中缓过神儿来，搪塞地说：“你是说刚才，还是现在？”

胖三一声叹息，听天由命，这事儿认栽了。他自言自语地说：“你还真是闷声作大死。”

我们被悬挂在桅杆上，像腊肠一样被倒挂着。

胖三放弃了垂死挣扎，他嘲弄地笑道：“千算万算，小爷这条命算是交代在这里了。”

福冈亚美抚摸着脖子上的勒痕，怒目圆睁，咬牙切齿地看着胖三，愤怒地问：“能葬身欲海，死在这墟空之地也算你福分，死之前你还有什么愿望？”

胖三想了想，庄重地提出了一个愿望，说：“我早习惯了这种场面，你也甭跟我吹牛，我一直很欣赏你们日本人切腹自尽的壮举，有没有人愿意出来表演看看？”

九爷怕胖三再惹得福冈亚美生气，举起一把手枪，立即打断了缆绳，胖三还没有来得及做出反应，就直挺挺地跌落了下去，坠入无尽的深渊之中。

我连累了胖三，心中有愧，看着他最后那张哀怨的脸心中忍不住一阵酸楚。

九爷走到我跟前，一脸歉意地盯着我，拉动了枪栓，福冈亚美咳嗽了一声，从他的手中夺过了手枪递到了苏茉莉的手中。苏茉莉迟疑地接过那把手枪，一脸迷茫地凝视着我，眼睛里写满了疑惑。

她把枪还给了九爷，手中紧握着那把龙纹唐刀，说："我习惯了用这个。"

她步履维艰地向我走来，福冈亚美转过身去佯装没有看到，余光中洞察着这一切。

突然珠算子手指前方大喊了一声："那是什么？"

在混沌的迷雾尽头隐现出幽暗的亮光，重峦叠嶂的山体在迷雾中好像悬浮在空中一样。脚下缭绕的烟雾一缕一缕地散去，对面崖壁上森然耸立着几根巨大的擎天石柱，从远处看去阴森恐怖，数条赤龙的浮雕攀附在石柱上，惟妙惟肖。在怪石嶙峋的山峦中，横卧着几座龙楼宝殿。

我们深入到地下已经数百米之深，在这坚硬的岩石中鬼斧神工的建造出的琼楼玉宇，无论取材还是工艺，都是目前的技术水平所不可及的。

幽冥船刚靠近彼岸的无名台，福冈亚美、九爷一众人就整装待发，孟姜几个被挟持着走在人群中，他们完全忘记了还有一个人被吊挂在桅杆上。看着他们远去，我挣扎着想从桅杆上荡下来，听到船上有细微的响声，一个东西哼哼哧哧地在往穿上爬，那个身影虽然看上去肥大，动作却轻盈矫健。突然那黑影冲我吹起了口哨，原来是胖三！他顺着龙骨上的檣橹又爬了上来，抽身在龙骨的甲板上站定，气定神闲地喘了口气，茫然四顾发现早已经人去船空，看着我被吊挂在桅杆上，扑哧一声笑了。

我低声地沉吟说：“放我下来。”

胖三掐着腰，完全在一旁看热闹，啧啧地说：“我当是谁，这位爷，您这姿势可是够销魂的呀，咋还玩上捆绑了呢。”

“赶紧放我下来，再晚了，我们都要在这里陪葬。”我严肃地说。

“此时非彼时，诸行无常，诸法无我，你本没把我看在眼里，又何苦这会儿把小爷我看在眼里。”胖三得意扬扬地说着，得意忘形之际面部暗自抽搐。

我正要让胖三别闹，耽误了时间，我们谁都甭想活着走出去，但是听他的语气觉得哪里不对，他的脸上突然再次露出诡异的笑容。我心中一震，这是我第二次在他的脸上看到这种表情，那种僵持的笑容，嘴角挂着一丝邪恶，说不出来的诡异。胖三自己完全没有察觉到，他悠闲地倚靠在龙古上视若无睹。这两次笑容都是在进入到地下古墓里才出现的，我努力地在想胖三和以前究竟有什么不一样，除了他的衣着，说话也有点颠三倒四，如果一个人受到了极度惊吓，可能会失心疯，一个人可以被假扮，可是他的言行举止是无法模仿的，那是多年以来一个人的习性。

我眼前的这个人散发出来几分邪性，完全像变了一个人，莫非我眼前的这个人根本就不是胖三？如果他不是胖三，那他会是谁呢？那胖三这会儿又在哪里？

胖三悠闲地看着我，无动于衷地说起了风凉话：“看起来你很需要有人陪啊。很显然我就是这个人。”

我愤怒地注视着他，说："真活见鬼了，如果有的选，我情愿你是一只死鬼。"

胖三目光呆滞地看着我，双眼直勾勾的，看我脸上带着愤怒，他才扭捏着身子帮我松绑。他迟缓的动作和怪异的举止，让人说不出来的别扭。我刚被松绑，胖三还没有来得及反应过来，我纵身跃下了甲板，顺着龙骨上的缆绳滑落下去，胖三扭扭捏捏地跟着我爬了下来。走下无名台，已经看不到孟姜、福冈亚美和九爷他们的身影。

一条黝黑的甬道出现在我们面前，胖三摸索出一只猎鹰手电，护着风点了支烟，手电光照得我睁不开眼睛，我揉了揉眼睛。胖三嘴里叼着烟呆呆地站在了原地，火柴已经烧到了手指，我顺着他的眼睛看向远方，我们位于一个极其庞大的空洞中，战术手电的光柱消失在黑暗中，根本射不透这深渊般的黑暗。我们借着寸光走在这无尽的黑暗之中，除了脚步和胖三的埋怨声，口耳眼鼻好像被人堵住了一样，唯一的感触就是脚下甬道上的石雕纹路，身陷其境，让人不寒而栗，最让人绝望的是永远都看不到尽头。甬道的四周是参天而立的龙形、貔貅、饕餮等巨型石雕圆柱，森然而立，延宕至黑暗深处。

我有一种预感，会不会这辈子永远都走不出这甬道了。

我们大概走了几个时辰，四周除了这些巨型的石柱，已然没有看到任何的东西。看着这些雕刻的符文、石像，我们好像一直在原地行走，在这里似乎连时间都停止了，不只我有这种感觉，胖三哼哼唧唧地埋怨着说："这次咱们是不是遇到鬼打墙了？"

"嘘！"我听到四周窸窸窣窣的声响，又不太像风的声音，就像老鼠在啃咬东西。我严肃地看向了胖三，那张无辜的脸向我证实了这不是他干的，我让他不要发出动静仔细地听，低声说道："把灯关了，这黑暗中有东西。"

胖三从脑门上取下灯，发抖的手竟然怎么也摁不动开关，"咣当"一声把灯摔了个粉碎，我们立即又身处于绝对的黑暗之中。

我们仔细聆听，那个窸窸窣窣的声音也随之消散而去，胖三一不小心踢到了刚才掉在地上的手电残骸，嘎吱一声，我们身边突然有一层幽暗的荧光在闪烁。这空气中弥漫着一种粉尘性的物质，细如流水一般从指间划过，照亮了整个地下空间，抬起头，头顶上犹如银河一般，星宇环绕，暗流涌动。

我们脚下的岩石晶莹剔透，随着我们移动的脚步声，有节奏地散发出光芒，这些水晶石头散发出来一种让人感到目眩神移的能量，我们停驻了片刻，它们竟然蠕动着在呼吸。

它就像一台庞大的机械巨轮一样，我们就像轮子里的小白鼠。

"这么好玩的石头，三爷我还真是第一次见到。"

胖三摩拳擦掌地想去触碰脚下的那些水晶，我一把摁住他。

我们所在的位置是由无数块精致的水晶搭建而成的一个祭坛，八根巨大的石柱随机地组合成一些阵型。这些水晶就像一个精密的机器一样，随着脚步的重量在悄无声息地交替改变，存在于二维空间里的几何悖论未必完全无法在第三维度里实现，只是选材的问题，而这种石英材质的水晶，从视觉的变化上更容易营造出如梦似幻的氛围。这些水晶本没有色彩，在遇见四周空气波动的时候，根据震动的频率便散发出微弱的光芒，在有光亮的时候，肉眼难以察觉它的变化，所以这么长时间以来，我们一直都在绕圈。

胖三缩回来手臂，看着我们脚下，一脸茫然地说："这是一道水晶悬魂梯。"

我点了点头，说："什么人会在祭坛上修建悬魂梯？"

胖三说："这只有鬼知道了，祭坛用来祭祀的，这悬魂梯莫非是为了血祭，将活着的人和动物放在祭祀台上，用悬魂梯困住被祭祀的活物。活见鬼了！咱们怎么误闯到了这里，福冈亚美那个女人跑哪儿去了？难道飞上天了？这上天无路入地无门，还好我的心理素质很棒，就是在这个鬼地方走上一百年，我也存得住气儿，可是爷这肚子不争气，现在咕咕直叫，借债鼓都打了几百遍了。"

我们感觉到身心疲惫，似乎在这里走了一整天，度秒如年。事实上我们只走了几个时辰，甚至可能更短，如果是这些水晶在起作用，给我们造成了时空的假象，此时我跟胖三已经产生了幻觉。

胖三一屁股坐在地上，一副生无可恋的表情，感慨地说："这前不着村后不着店的，还真让佛祖给说着了，佛曰：彼佛如来，来无所来，去无所去。无生无灭，非过去现在未来。"

"这是哪个佛曰的？"我看着石窟中的八尊佛像，以八卦乾、坤、坎、离、震、艮、巽、兑的顺序排列着，毗婆尸佛、尸弃佛、毗舍婆、拘留孙佛、俱那含牟尼佛、迦叶佛、释迦牟尼佛、弥勒佛，分别代表着不同的属性，划分出过去、现在和未来。

胖三茫然地看着我，对几尊佛像指指点点完全分不出来谁是谁，试着想给刚才所说的话找个主，最后挠了挠鼻梁，蒙了一个知名度最高的说："释迦牟尼佛！"

我脑海中闪烁出在图书馆里的记忆，突然想到了《华严经》里的一段话：诸佛刹中，皆能示现，譬善幻师，现众异相。

我细数着说：“这句话是释迦牟尼说的，话的内容是彼佛，即是未来佛弥勒，这祭坛的阵法布置是婆罗门族的一种，释迦牟尼佛是现在贤劫千佛的第四位，弥勒佛为贤劫千佛之第五佛，离位和震位之间，生门在东北方向。”

胖三听我说完，擦了一把冷汗，说：“哥们儿，别瞎折腾了，东北方向哪有什么门，这乌漆巴黑的，一条道走到黑啊，你这可是作了一脑门子好死。”

“未来既然不可见，那我们就闭上眼睛。”

我闭着眼睛向东北方向走去，像盲人一样摸索着，突然感到脚下的浮雕纹路不见了，似乎已经走到了尽头，这一脚踏空在虚无的黑暗中。脚尖刚触摸到柔软的地面，猛然间一只大手抓住了我的脚踝，力道之大，差点儿跌入黑暗的深渊之中，我勉强站稳身子，我脚下一团黑影，死死地拉扯住我的裤腿。

我定睛细看，胖三抱着我的腿，瘫软在地上，趴着一动不动。

胖三笑嘻嘻地说：“我觉得这种场合，这个时候被抱大腿，你一定会很有成就感。”

我的脚刚跨出所谓的生门，正要无奈地摆脱开他，脚尖突然一阵赤热，瞬间一阵刺痛，鞋子已经燃起熊熊大火，胖三一把将我拉了回来。这引火烧身的一幕让我胆战心惊，我差点儿被烧为飞灰，如果不是胖三劝阻我够及时，这会儿已经成了烤卤猪了。

我百思不得其解，说：“离为火，震为雷，怎么会这样，究竟哪里错了？”

我惊魂未定，水晶石后藏匿着的门骤然关闭，犹如壁画一般关闭得严丝合缝。

胖三看了看手上的军工表，我恍然大悟，是时间不对！天时未到，此祭坛的方式按照天干地支、八卦、五行的组合随机而相互变动，变数之多，如果一个一个地尝试，即使千军万马到这里也不够一个一个地死在这里。我们又往回奔到几座门前，果然不同的时辰，这些门锁在悄无声息窸窸窣窣地发生着变化，在千变万化之中我们竟然找不到任何规律。

胖三跑了一会儿跑不动了，喘着气儿说："不、不跑了，累死我了。"

我心急如焚地说："如果你不想变成红烧肉，就老老实实地勘探一下我们身处何处。"

胖三气馁地说："别枉费心机了，省点儿力气吧，我们是出不去了，先后天八卦都有二百五十六变，天干五行瞬息万变，十二地支纪一昼二十四小时为十二时辰，这变数怕比天上的星星还多，我不想这辈子老死的时候满头白发，咱们还坐在这里伸着手指头数数。"

正在我们陷入绝望时候，一扇石门洞开，从远方传来一阵急促的脚步声。

我和胖三警觉地站起身，躲在一扇石雕后。一阵凌乱的脚步声走来，几柱亮光慢慢地向我们移动，在空旷的甬道上首先传出来一阵剧烈的咳嗽声，我和胖三心中一喜，我们都听出来了这是福冈亚美的声音。光柱前人影绰绰，一个婀娜多姿的身影搀扶着一个老态龙钟的老人在缓缓地迈动着步伐，远远望去，是沙玛诗和孟姜的身影。福冈亚美一如既往地走在众人拥戴的人群中央，珠算子和九爷伴其左右，胖三看到他们激动地差点儿鼓掌欢迎了，恨不得跑上去给每个人一个拥抱。

孟姜看到我和胖三有些动容，想不明白我们为什么会在这里。福冈亚美看到我们就像看到了两只怎么拍都拍不死的苍蝇，一脸不屑地看着我们，寒暄地说："还活着呢？"

胖三一脸欣喜，说："托您的福，有口气没喘均匀，还没死透。"

孟姜和沙玛诗被迫着往前走，福冈亚美也没有再理会我们，我们跟在大部队的后边。他们用了一个小时的时间牺牲了三个雇佣兵证明了同一件事情，就是遇到了和我们同样的问题，我们都出不去了。

福冈亚美再三逼问孟姜，孟姜坦言自己也未曾到过这里，实在不知道如何找到出路。我们都无计可施的时候，胖三早已经习以为常，这么多人热热闹闹地被困在了这里，差点儿就提议搓麻将斗地主了。

此时珠算子跃跃欲试地站了出来，笑吟吟地看着众人，掐指一算，口中念念有词，说道："子属坎丑属艮寅艮卯震辰巽巳巽午离未申坤酉兑戌亥乾，这乃是西域婆罗门教丧门（沙门）一派的禁术，以梵天古卦所造的梵天阵。"

孟姜眼睛一亮，继续在听。

福冈亚美也闪烁着希望，迫不及待地追问："先生可懂得此阵法？"

珠算子自鸣得意地大笑道："哈哈哈，不懂，我只是听说过而已。"

孟姜听他这么说，终于舒缓了一口气，这个细微的表情不只是我，珠算子也注意到了，同时也没有逃过福冈亚美敏锐的眼睛。

福冈亚美含沙射影地说道："我想这里应该有人会知道。"

还没等我们反应过来，九爷已经心领神会，把枪指向了孟姜，说："我相信你应该会。"

沙玛诗立即挡在了孟姜面前，张开双臂挺身而出，用前胸挡住了九爷手上的枪口，一汪明媚的眼眶里晶莹剔透的泪水在打转。沙玛诗无辜地说："婆婆真的不懂，这些年来从来没有听她提及过。"

福冈亚美狡诈地说："懂不懂这不重要，我想你可以猜猜看。"

孟姜叹息地说："老奴确实不懂这梵天阵，如果一定要试，我就用揲筮法一试。"

胖三立即鼓掌叫好，说："揲筮法，我喜欢，这名字听上去都这么牛，我看好你。"

九爷幸灾乐祸地说："你既然这么感兴趣，一会儿找到出口，你第一个打头阵。"

胖三瞬间心里没底气了，抿了抿嘴，问："顺道问一嘴，这揲筮法究竟是个什么玩意儿？"

珠算子解释说："这揲筮法是古筮的一种，古人占卜时用五十根蓍草，大衍之数五十，其用四十九，去一不用，经分二、挂一、揲四、归奇四营十八变后得出卦象，这占卜方法又叫命筮。"

胖三听得这么烦琐复杂，一定是什么高科技的产物，自信心爆棚，握紧拳头力挺孟姜，说："加油，一定行。爷今儿就替你们探探路，让你们看看什么叫勇士。"

孟姜从怀里拿出一把蓍草，虔诚地祈祷着。

我替胖三捏了一把冷汗，珠算子又一本正经地补充说明道："这位壮士，通俗地讲这种占卜方式，跟扔鞋、石头剪子布一样的功效。"

听到这里胖三的一张脸绿成了大草原，真想把刚才的话当屁给放了，闷着头退到了人群的最后，又被几个人齐心协力地推到了大家的视野中。

孟姜将一把蓍草抛入到空中，看到她的手法，珠算子那张狞笑的脸突然僵持住了，再也笑不出来。孟姜的手法让他闻所未闻，见所未见，她挑动着蓍草的手势和摆放方位，暗藏玄机，深谙五行八卦之法和五行八卦却略有不同，又高明出不知道多少倍。

珠算子的手指情不自禁地在模仿着、跳动着。

沙玛诗向我使了个眼色，她的目光定格在东南方向，算好了时辰，她在耳环上轻轻敲击了几下，频率越来越快，像是在倒计时。蓦然间沙玛诗扶起孟姜，疾步地向东南方向跑去，我们同时仓皇地跑向了东南方向的石门。福冈亚美一行人猝不及防，紧跟在其后，我向胖三使了个眼色，胖三机智地尾随着我们闪身躲进了一扇石门中，那扇门后是数不清的溶洞，在山体中四通八达，犹如一窟天然的迷宫，福冈亚美他们即便立即追上来，也得在这溶洞里迷失很长一段时间。

跑出数百米，我们四周的溶洞开始变得豁然开朗，人工雕琢的痕迹逐渐显现出来。溶洞四周都有雕琢的鸟兽图案，洞口的尽头有亮光闪烁。我们从洞口探头出去，又是一条精美的壁画走廊，这些走廊里的壁画已经脱落，残缺不全，色彩褪去了荣光，昔日的峥嵘亦可见一斑。整条甬道凿山而建，穿三重泉，开石辟地，绕过地下水耸立在山间，甬道高达数十丈，宽阔得在古代足以行军，通风、排水渠道都经过精妙的设计。

这条甬道与祭坛相通，想必祭坛的出口也未必只有一个。

我向孟姜求证，孟姜点头称是，说：“这地下古城依山而建，长达数千年之久，我在这里生活了百年，所知甚少，和整个地下古城相比只是冰山一角，所见一隅而已。此生所至最远之处，也止于祭坛门外，足终于此。刚才揲筮法完全是权宜之计，梵天古卦在殷商时期就早已失传，刚才得以脱险，完全是得益于无意中察觉到孟家的标识，看到卦位与石门重叠有赤龙纹廓，才以命相搏。”

胖三拍着胸脯，感慨还好是虚惊一场。

孟姜指了指胖三依偎着的雕像，神兽口含一盏青铜古灯，孟姜没有说出来话，咳嗽了几声。沙玛诗绕到胖三的背后，摘下头簪刺入到神兽的口中，一阵琉璃破碎的声音，神兽口中的珠子立即破碎，金黄色的油状液体流淌出来，瞬间被点燃，散发出透亮的蓝光。这光芒随着破碎的声音延宕至远方，整个甬道被照亮，神兽头顶上的长明灯瞬间被点亮，那些残缺不全的壁画映入眼帘，虽然只是残留的一些遗迹，壁梁上脱落的朱漆残片，在湿润的石板上，历经了千年的岁月。包裹在雕梁画栋上的绸缎上的刺绣，依然娇艳如初，色泽亮丽，足矣让人感慨古蜀人的缫丝、髹漆、绘画、雕塑工艺堪称一绝。

残缺不全的壁画上隐约地可以看到有古蜀人开采金、银、玉、铜等矿产冶炼青铜的场景。在茂盛的山林中他们驱使犀牛、牦牛、大象、豺狼、虎豹等开山耕作，制造竹编木骨泥墙的干栏式茅屋。其中，记载了殷商周武王联合古蜀鱼凫伐纣，族人手持戈、剑、矛的战争场面，中间是大量残缺的壁画，大面积脱落。

沙玛诗突然一声尖叫，胖三神情紧绷，立即拔出了枪。

我们围观过去，在甬道的排水渠中发现了一具尸体，我疾步走过去看到一具尸体躺在排水渠中，已经泡得极度腐烂，至少已经死去了几十年，确切地说是一具尸骸。衣物包裹在尸骸上，从骨骼的身高、着装上看，是三十年代的服饰，从体型特征上分析，这是一具外国人的尸骸。

在这地下古城中出现一具外国人的尸骸，实在令人匪夷所思，这里是连孟姜都没有抵达过的地方，竟然会出现外国人，孟姜也被吓到了。

我们顺着排水渠逆流的方向一路找去，惨不忍睹的一幕出现在我们的面前，甬道的拐角处一股扑鼻的恶臭传来，上百具尸骸凌乱地摆放在地上，砌堆成山。尸骸旁碎石嶙峋，水流从石头缝里渗透出来，顺着排水渠流淌，几块巨大的石块严严实实地镶嵌在甬道的前方。这里发生过大面积的塌陷，冷风从乱石中挤出来，石头缝隙里积累的尘埃中也长出了青苔。

检查了尸骸身上的衣物，是二战前的衣物。这些尸骸里有英国军人，革命军和美国的考古队员，散落在一旁的背包里有考古勘探的工具，碎石堆里也残留着一些工具，洛阳铲、声呐探测仪等，仪器上写着“SONAR”的俄文字样，1915年出厂。仪器已经腐朽成一块锈迹斑驳的铁块，看着仪器的样式，应该最老一批的声呐设备，设备上有法文的注解声明，应该是法国和俄国首批联合开发量产的老式设备，在当时这已经是顶级的尖端科技。

我们前方的道路被乱石所阻，正想折返回去寻找其他的出路，突然身后传来一声震耳欲聋的爆破声，一阵零碎的脚步声萦绕在甬道中，我们百爪挠心，不知道该何去何从。碎石旁的壁画被地下水打湿，一层一层地脱落下来，我看着石壁上的裂纹有些蹊跷，那些残缺的裂纹轮廓上如同一扇门，我敲打了几下裂纹四周的墙壁，果然裂纹处是空的，这石壁上的壁画是被人贴上去的。仔细观看和整体的色泽略有错位，新旧程度也明显不同，如果不是被地下水侵蚀，很难察觉，在光照均匀的情况下便看出了突兀，这些裂纹处的石壁被人刻意地修复过，很显然是想掩饰这扇门背后的秘密。

我正在想这扇门背后究竟隐藏什么，胖三已经踩踏着碎石一脚踹在了石壁上，石壁轰然倒塌。一股难闻的霉味扑鼻而来，令人作呕！

胖三差点儿一脑门子栽进去，弓着腰要去捡回自己的鞋子，探着头用手电的光柱往里边张望。黝黑的洞穴里尘埃四起，等到尘埃散去，我们小心翼翼地悉数躲进坍塌出来的侧室里，这侧室的甬道做工显然比我们走来那一条看着粗糙，好像还没有完工，还残留着斧凿的打磨痕迹，完成得很仓促。

孟姜轻抚着凹凸不平的墙壁，脚下残留着破损的碎石。这些碎石上落满了尘埃，并不是胖三刚才那一脚造成的，这些碎石被地下水侵蚀，在地上浸泡有一段时间了，侧室的石壁上有人为破坏的痕迹，我们在断壁残垣之中试着找到其他的出路。这些石室雕凿成型的时期要早于这地下的古城，对于这些藏匿在壁画中的石室，孟姜一无所知，也从来没有听人提及过，甚至曾巫祖婆婆都不曾知晓，莫非这座古城之下还有古城？

石室外一阵脚步声徘徊了须臾，停留了片刻，便消失在耳边。

我和胖三各自打开了战术手电，又扔出去几根照明棒。光源照亮石室，这石室中虽然干燥，壁画却氧化得很严重，这石室并非第一次开启，早就有人已经涉足，墙角处残留着几根勘探的工具，从样式和型号来看，应该和甬道里的那拨人是同一时期同一批的装备。石壁上还有未完成的作业，墙根处散落着木梯、拓包、毛刷散落的墨迹，一些失败的拓片凌乱地摆放在地上，这些宣纸与泥土混为一色，常年的氧化、风干，轻轻一碰便化为了尘土。石室里虽然空旷，通风设计精巧绝伦，我们躲进石室中很久依然没有感觉到空气稀薄，呼吸平畅。

残垣断壁上，彩绘了一件祭天活动。一辆青铜车上鸾旗招展，编以飞禽的羽毛载于车上，众人虔诚膜拜车上篷帐。帐中有一人安详而坐，青衣，竝加蝉冕，居于万人之上。一行人在祭坛上参拜，至于祭坛上他们所参拜的东西，由于壁画的氧化和缺失，已经残缺不全。

胖三“哎哟”一声，我们都同时看向了车子上的人，此人眉尖上挑，双目斜长，其目纵口鼻的尺寸异于常人，好像带着一副棱角分明的面具。祭坛上空红光闪烁，紫气萦绕，云山缭绕之间，隐约可从残留的画面里看出来，一条人面蛇身人腾空在祭坛之上，盘成一轮圆球状，全身散发着赤红色的光芒，直目正乘。

孟姜看到这画面，情不自禁地跪了下来，口中喃喃有词，沙玛诗也跟着跪了下来。这壁画上的东西，竟然和孟姜、沙玛诗身上的文身颇有几分相似。孟姜说这壁画上虽然残缺不全，她一眼便认出了这是她们族人的圣物——九阴烛龙，在上古乃是太阳的象征。

我说：“据《山海经》中记载，烛龙也称烛九阴，便是此物？”

孟姜点头说是。她小心翼翼地抚摸着壁画，畏惧之余，脸上透露出无尽的欣喜，继续说：“古人束草木为烛，修然而长，以光为热，远谢日力，而形则有似于龙。龙者，古之神物，名曰神，曰烛龙。此乃我族中圣灵，族人生而文圣灵刺身，成人礼血祭烛龙，相传烛龙其瞑乃晦，其视乃明，不食不寝不息，风雨是谒。”

胖三完全没有听懂，说：“这人面蛇身的……你们这举办的祭祀活动，还真是跨种族，跨物种的联谊活动啊。”

孟姜听到胖三对圣灵不敬，怒不可遏地看着他。胖三突然意识到自己说错了话，他尝过沙玛诗姐妹的厉害，如果孟姜出手，自己估计都死了几百遍了。想到这里胖三忍不住哆嗦着身子，退到了一旁。

光照亮这石室的深处，波光粼粼，四处都有坍塌的痕迹，室内排水系统完全被破坏掉，越往里走越感觉水凉刺骨，不知不觉冰水已经漫过膝关节。水中淹没着残缺的石像生、青铜器、绸缎，在坍塌的石块上雕刻着一些花鸟。我沿着碎石看向石壁，蓦然一惊，在石壁上斧凿着一些怪异的文字，字里行间隐约地可以看到不规则的图形，看着这些符文我感到似曾相识。

我突然记起来多年前的一件事情，曾经在巫镇突然塌陷出一处深不见底的天坑，那些英国人、美国人、俄国人以及日本人从深渊中探寻出来的拓片上的符号和这石壁上的很相似。这些符文为什么会出现在这里？根据地理位置分析，难道巫镇就座落在这地下古城之上？在近千米的地下世界，东西南北已经无法辨别，更无法判断我们目前所处的位置，一切只能靠猜测，如果那些符文和地下古城一脉相承，难道那些拓片和青铜器便出自于此地下古城？

想到这里，我突然不明觉厉！这是一个跨越了时代的事件，一个庞大而且根深蒂固的组织，一直在探寻着地下古城的秘密，这个地下古城里究竟有什么不为人知的东西？这些人绝对不会是为了壁画上这些用来吓唬小孩子的神话故事而来。那些俄国人和日本人费尽周折地只是想搞些中国上古的神话故事回去哄孩子睡觉？这荒诞的答案绝对难以让人信服，隐藏在这些符文背后的秘密已经没有人再知晓，这些符文在数千年的传承中，大部分已经没有人再认识。

孟姜看着这些符文，完全一头雾水，能识出来的符文寥寥无几，根本无法拼凑出原有的大意。我们从乱石丛中穿过，石室的另一端是宽阔而甬长的走廊，走廊的四周密密麻麻地凿满了符文，这些符文和图案不属于任何一种已知文明，仔细看这些符文不禁让人目眩神移，瞳孔里立即布满了血丝，神志模糊。

沙玛诗用手电照着石壁，试着用相机去拍照，胖三回头看了一眼，吓了一跳，沙玛诗不自觉地淌出了血泪，她完全没有察觉到，血泪蜿蜒在她的眼眶周围，孟姜突然惊惶万状，立刻制止了我们，战战兢兢地说着，我们不要去看壁画上的任何东西，也不要触碰这里所有的一切。她严肃地强调了“所有的一切”几个词，她曾听曾巫祖婆婆提及过，遗失的古卦中记载过一些被列为禁忌的文明，不可触碰，凡人视之，定会血泪相祭。这些符文另有玄机，符文暗藏天体的运行轨迹，万物的起源，这些文明是神的禁忌，会永远迷失在这迷宫般的地下隧道中。

这种感觉似曾相识，我再次感受到了那一股古老而神秘的力量。

这些符文在有光亮的情况下，图案轮廓和顺序通过视觉扰人心智。我们移开视线，尽量把注意力集中在彼此的身上，回避直视甬道上的符文。我猜测就好比一个人在颠簸的大巴车上看书，会有恶心想吐的生理反应，可是这血泪实在是没有办法解释。

我们走入甬道深处，这甬道的走廊也四通八达，沿途我难以抑制好奇心，暗中观察符文的变化。如果说是这些符文在搞鬼，我宁愿相信是古人在雕刻这些符文的时候给出来的心理暗示，先不说这些符文究竟能不能看懂，即便看得真真切切，读个通透，文字的内容也难以致命。真正的原因应该是出在这些石头上，这些矿物质石头和我们在梵天古阵里见到的水晶异曲同工，含有大量的放射性物质，经过口腔呼吸到身体里，麻痹大脑、扰人心智，让人产生幻觉。

想到这里我顿时感觉到不寒而栗，不由自主地加快步伐。

我们在甬道里走了大约半个时辰，突然看到了幽暗的亮光，胖三第一个跑过去站在出口处，他伟岸的身影挡住了亮光。

胖三呆滞地站在了甬道前，惊愕地张圆了嘴巴，惊呼地感慨了一声："我们不会是到了阴曹地府了吧！"

IX 聚魂棺

我和沙玛诗搀扶着孟姜，疾步跟了上去，看到眼前惊世震俗的一幕，瞬间都石化了。

一条广袤无垠的神道，壮丽恢宏地出现在我们面前，神道两旁立有华表，九重捍门，禽星塞口，如笋如笏，四周龙盘虎踞，在北辰之位，一只气势磅礴的龙纹赤鼎悬于空中。这漆黑幽暗的神道尽头，看不到任何东西，只有两旁站立着两排威武的人像石俑，栩栩如生。

视野的极限便是这空旷的神道上的一只巨鼎，这鼎有拔地倚天之势。青铜鼎本来就是国之神器，重器，这么大的青铜巨鼎在史书上竟然没有任何相关的记载。在河南安阳发现的后母戊鼎，跟它比起来相形见绌，后母戊鼎简直就是建模用的小玩意儿。这鼎铸造年代远早于商周时期，闻所未闻，见所未见。这鼎被深埋于地下，鼎耳由几根坚硕的青铜锁链穿过，纵横交织在神路之上，直入混沌深处。这鼎巍峨耸立了千年，毅然纹丝不动，鼎上的铭文刻了一个龙飞凤舞的符文，像是一个人站在有一只眼睛图案的蛇形面前，形似蜀字。

孟姜目不转睛地盯着那个符文，说：“这是一个‘烛’字，这图腾很像我们族人的印记。”

我匪夷所思地看着那只巨鼎，疑惑地问：“从来没有人知道它的存在吗？”

孟姜惴惴难安，说：“又或许是它的名气太大，被所有人都遗忘了呢？”

胖三嘲谑地说：“你这人真有意思，这话说得自相矛盾，既然名气这么大，怎么会被人遗忘呢？”

孟姜继续说：“如果是所有人都知道它，却没有人再见过它，只闻其名，未见其形，遗忘的是它的样子，而不是它的名字。”

“胡说八道，连是个什么玩意儿都不知道，怎么会记得它的名字？我就奇了怪了，你说古人是怎么搞出来这么个玩意儿的？铸造这么个东西，还不得直接搁在火山里炼造啊。这玩意儿在里边进行核试验空间都富余，古人用它来干吗呢？”胖三不屑地说。

我看着眼前的这个庞然大物，惊愕地说：“因为它遗失了，这难道是九鼎之一？”

孟姜看着我，她没敢确定，可以确定的是我们两个想到了一块去了。

胖三啧啧称奇，惊讶地说：“你的意思这玩意儿还不止一个？这玩意儿看上去少说也有了四五千年的光景了吧，想当年这巨无霸还是批量生产的？咱们要把这玩意儿倒腾出去，论斤卖那也是一个天文数字。”

这重器威严肃穆，足以震慑九州，我又问：“这鼎摆放在这里，不是为了当作一个普通的摆件吧？”

胖三也陷入了深思，赞成地点了点头，说：“这肯定不是一个普通的摆件，莫非是吉祥物？”

我回忆说："多年前，一个叫巫镇的地方塌陷出一处天坑，详细的位置大抵上是我们所处的位置，发掘出来的文物也颇有几分相似，当年有人传说那处天坑直通酆都鬼城，鬼门洞开，一个镇子上的人瞬间蒸发了。"

孟姜也听闻过这件事情，她说："哪里有什么酆都鬼城，那只是世人的谣传，这个世界纵横叠加，一个时代结束了，也随之会被埋葬在黄土之下。当年婆婆为人逆天改命，触碰到上古的禁术，遭了天谴，引火烧身，塌陷出的天坑让地下世界再现人间，被日本的女军官福冈亚美逼死在冥河岸边。"

我感慨地说："命运难测，造化弄人。那些年命途多舛，社会动荡，别人要抢，守住的守不住的都在那里。夺走的是物件，守住的是人心，已经很难得了。"

"世界都如此善变，人心又何尝守得住。"孟姜嗤之以鼻地笑道。

胖三撇着嘴看着我们，竖起大拇指说："老陈，我误会你了，开始我以为你只是作得一脑门子好死，现在你还矫得一脑门子好情。"

我说："在这种阴森恐怖的地方说这种凉飕飕的风凉话，你不觉得冷吗？"

胖三摩拳擦掌地踏上神道，脸上泛出一种诡异的笑容。

我刚说完，还没有来得及细想，一声呼啸而过的龙吟声从黑暗的深渊中传来。听到声音，我们都放缓了脚步，一阵狂风从神道上迎面扑来，风随着蜿蜒的山脊咆哮而过，而这风眼便是出风口。站在风口上，我们举步维艰，这神道竟然修建在风眼之上，这口风眼狂风凛冽，相当诡异，一贯的习俗是气乘风则散，这里疾风散气，龙脉脉势四处流散，左右前后的青龙、白虎、朱雀、玄武，四势失衡，风水局已经被破坏。神道附近的山峦成七星之势，而这巨大的青铜鼎便在北斗位上。鼎自古有藏风聚气、避凶驱煞的作用，我一时半会儿想不明白古人为何要这样修建这神道，和脉势的走向相矛盾，又或许这数千年来地表的运动，或因为地震、战争以及地下水的改道而发生了移位变化，看着四周并未发现大面积塌崩的残留物和碎石，我百思不得其解。孟姜也洞晓了我的疑虑，只怕这不是一个好地方，此地凶险万分，前方的路怕不好走。

我说："这鼎除了调节风水、祭奠神灵，还有什么用途？"

胖三急不可耐地说："这个我懂，烹煮肉类，盛贮食物，实在不行洗个热水澡，也是可以的。"

我们对胖三的话基本上已经自动屏蔽，所有人都假装没有听见，但是被他这么一说，本来就饥肠辘辘，这会儿肚子咕咕直叫。

孟姜沉吟一会儿，看着这硕大的青铜鼎说："我曾经听曾巫祖婆婆说，烹煮只是世人对鼎最肤浅的认知，它之所以选用特殊的合金技术用青铜冶炼，还有一个最重要的本质作用，就是调节磁场。我们经常在庙宇的正门看到青铜鼎，每个人都是一个磁场体，在宗教以及各种祭奠活动中可以起到共鸣的功用，青铜鼎的威慑力是不可忽视的。"

胖三舔着嘴唇，估计这会儿他看什么都像鸡腿。

我们饥寒交迫地站在神道上，狂风犹如洪水一样刮过来，打在脸上生疼，让人窒息。这神道走不到尽头，一眼望去只是黝黑的峭壁，并没有像往常的庙宇、古墓一样，丝毫没有察觉到有陵寝的迹象，四周甚至没有一点儿建筑的痕迹，更像是一个祭坛。

我们失落地回到巨大的青铜赤鼎下，胖三一屁股坐在一块石阶上，孟姜和沙玛诗也停下来调养生息。

胖三喘着气儿突然蹦起来，好像这石阶会咬人。我们用灯光照过去，这石阶上有棱角分明的浮雕，我跳上石阶看着眼前广阔无垠的神道突然神情恍惚，这一切好像发生过。石阶位于青铜赤鼎的正下方，浮雕的棱角和线条蜿蜒至整个石阶，这石阶过于宽广，根本无法一睹浮雕的全貌。

我眼前猛然一亮，随着一声悠远的枪声，石阶上突然闪烁出电光火石，几个身影已经站在了神道上，九爷手上拿着一把枪，福冈亚美一行人缓缓地向我们走来，将我们团团围住。

九爷气急败坏地说："这几位小同志，脚底抹了多少油，这开溜的速度可够快的呀，我今儿倒是想看看，是你们跑得快还是我的枪子儿快！"

我从石阶上纵身跳下来，说："你们干的是玩命的勾当，玩别人的命，你们倒是一点儿都没客气，你们到底有没有考虑过被玩的人的感受。"

"别跟我废话，信不信老子一枪毙了你。"九爷拎着抢，气势汹汹地走到我跟前，枪口戳得我的脑袋隐隐生痛。胖三全神贯注地盯着我们，欲言又止。九爷呵斥道："看什么看，顺带着捎把手把你也给毙了。"

九爷打开保险，把手指放在了扳机上。我的汗直流，抬头去看周围的人，张伯伦袖手旁观，在一旁欲言又止，好像做尽了亏心事儿，几乎所有人都冷漠以对。苏茉莉满怀歉意地低下了头，默默地躲在人群的背后，风吹乱了她的头发。

九爷的脸上洋洋得意，在他扣动扳机的一刹那，孟姜咳嗽了两声。

她压根儿没把九爷放在眼里，只是嘲弄地看着福冈亚美，悠闲地说："我倒是想看看，你现在杀了这个唯一能打开聚魂棺的人，谁还能帮你找得到帝女尸？"

我听得一头雾水，完全不确定孟姜口中所说的人究竟是谁，心想着一定是孟姜的缓兵之计，情急之下随口说出来的。

九爷这一枪打偏在我的耳边，耳朵一阵嗡鸣。

过了良久，福冈亚美道貌岸然地走过来，伪善地赔笑说："年轻人脚力好，步子迈得太大，就难免脱离了队伍，既然大家都是一个团队，就需要磨合，想必九爷也只是跟大家开个玩笑，大家多见谅，消消气。"

我们听得出这是福冈亚美故作从容向我们抛出橄榄枝。

孟姜笑吟吟地看着她，想看她还能耍出什么花样，说："想必几位是迷路了，在这鬼地方迷路并不可怕，被鬼迷了眼睛，那可真就要命了。"

福冈亚美的几个人和胖三一听这阴森恐怖的地方有鬼，再次环顾了四周的环境。除了来时的甬道，没有任何的门洞和出路，他们顿时觉得脊背发凉。

珠算子目不转睛地盯着我背后的石阶，口中念念有词，面色一沉，掐指一算说道："根据老夫多年来的经验，此地大凶，大凶呀。"

胖三蔑视地看着他，自己身上的伤还历历在目，说："你当我们瞎吗？这鬼地方，鬼都知道是大凶之地，老子都被打成这样了，还能凶到哪儿去？你是当老子这顿打是白挨的吗？"

可能是风太大的缘故，珠算子好像没有听见，从怀里掏出来罗盘，围着石阶仔细地看了一圈，又抬头看了看悬在头顶上的青铜赤鼎，不禁皱起了眉头，摇头说："不对，这地方邪性。"

我们忍不住散开去看这石阶，石阶上的纹路骤然组成了一幅八卦图的模样。在九宫方位都标注着数字，这些数字像是坐标，和以往常见的八卦不同的是，八卦阴阳的鱼眼在离宫位和坎宫位上，在太阳的鱼眼处果然凹凸不平，有一枚齿轮型的浮雕。珠算子得意扬扬地将在博物馆里盗取出来的太阳神鸟环形的圆盘放置在鱼阳处，和太阳神鸟严丝合缝地镶嵌在一起，形成了一个太阳的模样。

福冈亚美和九爷已经开始感觉到窃喜，至少他们来对了地方。

珠算子故弄玄虚地站在石阶上，暗示我们一起来见证奇迹，我们激情澎湃地等待着奇迹的到来。过了几分钟，除了凛冽的风声，什么都没有发生，珠算子冥思苦想，关键时刻这链子掉得一点儿情面都没留，一颗脑袋摇得跟拨浪鼓样的，嘴里啧啧称奇，始终想不明白哪里出了问题。

他口中念念有词："没错啊……坎北，离南，震东，兑西……"

我分析了目前石阶上这一轮八卦，说："既然文王的后天卦位对不上，那就试试伏羲的先天卦位，离三，坎六，水火既济，坎为水，离为火，既济则是水火相交为用。三合六易，三为大合，六乃是易数。八卦最初只有三爻，六画而成卦，自古伏羲一画开天，三画万物众生之相，众生周而复始，生生不息，穷尽万般变数，万物始于三，变于六，故六画为易卦。"

珠算子听我说到这些，一脸不耐烦地看着我。胖三也完全没有听懂，只有孟姜和福冈亚美默默地点头，孟姜若有所思，福冈亚美还在等着我说下去。

突然想到这里，我恍然大悟地说："所以这八卦应该有两个！"

我刚说完，珠算子一口老血差点儿被气得喷将而出，所有人都呆滞地看着我，那种失落的神情就像在看一个动物园里的猴子。这空旷的神道上，别说找到第二个八卦，这孤零零的一个石阶已经一目了然。

胖三哭丧着一张脸，死气沉沉地说："我觉得我们都要死在这里！难不成我给你画一个八卦出来？"

珠算子的脸气得像猪肝一样，说："这位小兄弟，我不知道你有没有听说过，人法地，地法天，天法道，道法自然。你可以侮辱我，但是绝对不可以侮辱人道，侮辱天道，侮辱自然。”

我瞬间成了惨无人道，伤天害理的大罪人，我更不知道珠算子这个老东西什么时候把自己剔出了人道。来不及辩驳，我再次跳上石阶，看着八卦的纹理，脚下似乎有东西在蠕动，一个踉跄差点儿摔倒，我脚下的这些纹路、字符，成环状竟然可以移动。孔子在修缮《周易》的时候闭口不谈鬼神，他深知鬼神之厉害，存而不论，一生之中敬鬼神而远之，唯一一次被问及鬼神之事，推诿说：未知生，焉知死？

我试着敲了敲石阶上八卦的四周，虚实相间，这石阶有一部分是空心的，我想起了孔子的一句话，纵身跳下去试着推动石阶上的八卦，说：“一而二,二而一，吾道一以贯之，一就是二,二就是一，你们还傻愣着干吗，帮把手！”

福冈亚美点了点头，十几个人围上来。我们围成了一个圈，逆向地推动石阶上的符文，果然在缓慢地移动着，我再次爬上石阶，把阴阳的双鱼从离宫位和坎宫位上逆转移动到乾坤的宫位上。咯咯吱吱的响动从脚下传来，果然跟我的猜想差不多，透过这些符文的间隙隐约可以看到这八卦是双层的，在下边一层也隐隐地露出一些更古老的符文。当阴阳的鱼眼在落在乾坤的宫位上，相当于把石阶上的八卦整整垂直了 90°逆转了宫位，一阵剧烈的震动，两个八卦图交织重叠镶嵌在了一起。两仪化为四象，阴中有阳，阳中有阴，阴阳共济。

整个石阶内部响成一片，机械运转的声响不绝于耳，我从石阶上跌落下来，摔得全身的骨骼嘎吱作响。所有人都挡住了耳朵，四周狂风的气流被打乱，在这个空旷的地下空间里横冲直撞，发出鬼哭狼嚎一样的声音。

不知道过了多久，风突然停息了，石阶上一柱幽暗的蓝光直冲云霄，照射在我们头顶那尊青铜赤鼎上。

我们站定了身子，一眼望去，几个人都开始跪下来膜拜，那一刻，我们看到了神迹。

只见在青铜赤鼎下，显现出一个符号，这个符号我们都再熟悉不过。这个符号一直都在我们的身边，甚至贯穿了人类的整个文明史。

那是一个清晰的万字符：卍

这个符号在古希腊、古埃及、古印度、古中国、印加文明、苏美尔文明甚至玛雅的文明中都有所贯穿，出现在所有文明的图腾上。投射在青铜鼎上的符号，左右略有差异。

胖三说："这个我懂，不过这石阶上的万字符和投射出来的万字符，方向是反的。万字符在藏语里叫'雍仲'，佛祖的心印，是太阳的核心，也是永生不灭的象征。据说佛祖是雅利安人的祖先，地球编年史上一代的文明遗孤。如果当年希特勒自诩雅利安人是自己的祖先，那一定是因为他们看到了八卦图投射到青铜赤鼎上的符号，才拿来做纳粹的党徽和标识？"

我心中一顿，那种不祥的预感更加的强烈！我看着胖三，觉得他没有我想象的这么简单，也不像表面上看着这么憨厚。

我还没有来得及细想，孟姜虔诚地拜了几次这个符文，说："这个字我认识，是甲骨文里的'巫'字，巫字最早是太阳的图腾，神权的象征。在历史的演化中便成了神权使者的专属符文。相传这个字源自神话，在这个基础上衍生出河图洛书，伏羲又将这个秘密藏于八卦图中。三皇五帝以来，将这个符文用于君权神授的封建统治王朝，想必也有几分道理。"

十

胖三一拍脑门，说："你讲得天花乱坠，老子头都蒙了，巫婆嘴里果然鬼话连篇，还能不能讲几句人话，这牛吹得天都塌下来了。"

"别人的天塌没塌下来我不知道，我知道咱们这天可要塌下来了。"九爷和胖三抬着头仰望着说。

一阵轰轰隆隆的震动声，只看见我们头顶上的青铜赤鼎在缓缓下落，我们来不及反应过来，那青铜赤鼎的下降速度越来越快，想从神道跑回来时的甬道已经不可能了，所有人都作鸟兽散状，各自寻找掩体，零星地逃散。

我们几个人就近集体地躲到石阶下，怕这青铜赤鼎砸下来，我们都组团被拍成肉泥了。

一阵地动山摇，沉闷的青铜锁链急促地从峭壁上滑动着，顿时整个地下古城要坍塌了一样，碎石滚落，尘土飞扬。

过了良久，在混沌的黑暗中几株灯光投射过来在尘埃中闪烁。我们各自拍打着身上的尘土，青铜赤鼎就悬挂在我们头顶三丈之处。九爷带着几个人点了几根燃烧棒，火光照亮了四周，几个试着跑向甬道的人在甬道入口处被震得七窍流血，也有几个人的尸体被碎石砸得支离破碎。神道上的尘土犹如东北腊月的皑皑白雪，如同雪崩，戏如流沙，已经足足有一米之厚。我们清点了人数，有五六个人活不见人死不见尸，很有可能被埋在了这尘土之下。

这地方数千年来很少有人来过，这么巨大的动静，如果不是躲在这青铜赤鼎之下，我们肯定被这里的尘埃给活埋了。弥漫的风沙中，在我背后突然传出来一个痛苦的呻吟声，福冈亚美被一陨落的巨石碰倒，看着她无助而哀怨的眼神，我伸手去搀扶她，还没有触碰到她戴着手套的指尖，九爷抢先一步走了过去，帮她拍打着衣角上的尘土。

在神道的尽头，峭壁上的岩石一层一层地脱落，在石壁中竟然是龙飞凤舞的两扇巨大的石门。我们之所以没有找到任何门的痕迹，只因为这门太过于庞大，超乎了我们的想象，我们只缘身在此山之中。整个大门开山而造，鬼斧神工，没有人会想到古人竟然将两座山头的崖壁开凿成门。随着青铜赤鼎缓缓降落，显现出峥嵘的城阙模样，门庭洞开，一扇巨型的阙门巍峨而立。

我们站在神道上，踏入巨门的一刹那，步入了文明的禁忌，沉寂了千年未曾再涉足的禁地，所有人都情不自禁地呆住了。

一团暗红色的星云簇拥在门庭内，珠算子掐指一算，说：“这门不能进，生死有别，这门进不得！”

福冈亚美欣喜若狂地说：“是她，就是她！”

手指触碰到这袅袅的星云，在指尖萦绕，细滑而有质感，我们都不太确定地看了看对方，确认彼此看到的东西是否一样。

我在这团星云里看到了我漫长的一生，似乎眼前灯光闪烁，在战火中，我身边的战友一个又一个倒下，热血飞溅。硝烟中我的脸上、身上全部都是血，皮肤被烧焦，无助的恐惧如潮水般包围着我。我又回到了那个阴暗潮湿的地下实验室，我孤立无助地看着身边发生的一切无能为力，周边和身上都插满了仪器，身体在痉挛，感觉不到任何的温度。这一切都仿佛是幻觉，而我从来都没有走出过那间昏暗的地下室，我眼前的光渐渐地消失。

我的身体冰冷，手脚无法动弹。一个声音从我耳畔响起，那是我女儿的声音："爸爸，我想回家。"

黑暗中，突然亮起了一道白光，我看到了周沫和一一的笑容，突然她们的面孔变得极其恐怖，仿佛瞬间被风化，和战场上千万的厉鬼一样向我扑将过来。我内心仅存的那点儿美好瞬间崩塌，沉寂在黑暗的深渊中，万念俱灰。

我努力地睁开眼睛，一双眼睛瞪着我，那双眼睛如同一汪深水，双手摇晃着我的肩膀，是孟姜，我从幻想中醒来。

沙玛诗头脑发胀，还不知道发生了什么，孟姜也刚刚苏醒。

看着胖三、福冈亚美和九爷他们形态各异，在自己的幻想中不可自拔。胖三舔着嘴唇，面带笑容，享受地吧唧着嘴说好吃，再来一碗。福冈亚美一动不动地站在我们身边，突然手舞足蹈，扭曲的脸上像是面对着千军万马，不过这千军万马都是向她来索命的。九爷慌张地捂着脸，一脸惊惧，像是看到了什么恐怖的事情，最后拿起枪插入到自己的口中，喃喃地说着："别逼我，我不想死！"

我一把夺过他手中的枪，在他脸上连续扇了几个响亮的耳光。他木讷地看着我，抚摸着麻木的脸，完全不知道发生了什么，看着我举起的手，似乎明白了什么，愤怒地挣脱了我的手。

孟姜和沙玛诗试着叫醒其他的几个人。

珠算子唯唯诺诺地躲在人群背后，突然掩面而泣，号啕大哭，锐挫望绝地说："想我一生策无遗算，上可天算，犹言天数，亦可断运推命，占卜生死，机关算尽，到头来却算不出叵测人心。"

这地方处处透着诡异，磁场异常，从岩石中散发出来的磁场、蜃气，乱人心志，让人产生幻象。从触摸到这暗红色的星云后，我们看到的东西都不一样了。我不知道那一刻他们究竟看到了什么，每个人看到的都是自己内心深处最恐惧的事情，那些无法释怀的东西终将成为过眼云烟。

我们逐个从幻境中苏醒过来，只有张伯伦教授气定神闲地站在人群背后，神态自若，面带着微笑。这笑容有点儿诡异，意味深长地看着我们，看上去完全没有被这星云所迷惑。每个人都察觉到了这点，匪夷所思地看着张伯伦。为什么只有他是个例外，完全没有被迷惑，我们也清晰地看到了张伯伦曾经触摸到了这暗红色的星云。

我试探地看着孟姜，孟姜是第一个从幻境中醒来的，我想知道她有没有察觉到异样。

九爷这一路都看不惯张伯伦，想借题发挥，气急败坏地想抓起张伯伦质问，试着一把抓起他的衣领，还没有触碰到张伯伦，手指像触电了一样蜷缩回来。

张伯伦那张苍白的脸上，从微微嘴角、鼻孔、眼睛、耳朵里淌出鲜血，已经气绝多时，脸上还挂着诡异的笑容。

沙玛诗对张伯伦做了进一步的尸检，五脏六腑受到了真空的挤压爆裂而亡。张伯伦的死相看上去好像沉沦于幻象之中，在众目睽睽之下倒在血泊中，也可以说是被吓死的。反常的是张伯伦的手掌上有几颗细微的针孔刺痕，看上去很突兀，这些小圆点突然星散在他的手掌里，成黑褐色，很有可能是这些有毒物质诱发了张伯伦的幻觉，让他的癌症极度扩散。

这更像是伪装成幻象的谋杀，究竟搞什么鬼已经不重要了，重要的是谁在搞鬼。

我和苏茉莉同时注意到了那些紫黑色的针孔，苏茉莉摇了摇头，疑惑地问：“这是？”

“二进制，这是一种警告。”我仔细又看了一遍这些圆形针孔的序列，试着破译这些二进制的信息，说：“生命不可触碰的禁忌。”

九爷突然歇斯底里地断言说：“诅咒，这是诅咒。”

九爷精神几欲崩溃，福冈亚美带来的一些人也六神无主，团队内部开始动摇。一个扛着设备的中年人被吓破了胆，瘫在地上，连滚带爬地跑向来时的神道，引起阵阵恐慌，人群里蠢蠢欲动。随着一声震耳欲聋的枪声，逃窜的中年男子应声倒下，大家顿时安静了下来，但是恐慌并没有随即消失，而是压抑在了每个人的心中。

福冈亚美让她的心腹和九爷在星云门前摆设了各种仪器，门后确实存在着大量的放射性物质，放射性物质辐射等级达到七级。声呐探测这扇门后是一个巨大的空间，空间之大，几经校准都无法判断出它的面积。

福冈亚美彬彬有礼地说：“我做了一个决定，你们几个腿脚比较好，麻烦几位帮忙探个路。”

“这哪是探路，这是送死啊，你的决定一直都这么草率吗？”胖三气急败坏地说。

福冈亚美怂恿地说：“草率的不是我的决定，而是你们的生命，我在给你们一个改变世界的机会。”

胖三暴跳如雷地说：“改变世界，就凭你？你以为这世界就像卫生纸，你想改变就改变啊。”

“这世界什么样我不知道，这世界要变成什么样鬼才知道，我就想知道的是，你究竟要寻找什么？”我不解地问。

九爷不想废话，舞动着手里的枪。只听他不耐烦地说：“既然鬼知道，这事儿就简单了，你变成鬼不就知道了吗？”

神道上突然传来咯咯吱吱的破裂声，人影绰绰。神道上的石俑好像突然活了过来，石破天惊，那些石俑破壳而出，蠢蠢欲动。黑暗中千军万马向我们步步紧逼，我和胖三被迫打头阵，孟姜和沙玛诗被福冈亚美挟持，我们还在争论不休，苏茉莉义无反顾地走进了星云门里。我来不及伸手劝阻她，也跟着进入了星云门内，触碰到这些星云，并没有感觉到身体的异样，也没有再产生幻觉。

我还未站稳脚跟，福冈亚美和九爷他们便一股脑地冲了进去，争先恐后比我们跑得还快。

混沌在我们眼前一缕一缕地散去，这些暗红色的星云背后竟然是无尽而恢宏的穹顶，一个隐遁的世界渐渐地露出峥嵘的一面。广袤无垠的山涧峭壁上，一条螺旋形的巨龙建筑气势磅礴地盘绕在穹顶之中，每一片龙鳞都是一尊佛龛，千万尊佛像形态各异，拼凑出龙纹栈道，巨龙盘卧的中央汇集成八卦的阴阳两极，千手千眼的千佛目光都注视着穹顶中央的一具石棺。

石棺的四周峻宇雕墙，神霄绛阙，由硕大的几根青铜锁链交织而过。这一切似乎都飘浮在空中，在无尽的混沌中，暗红色的星云缭绕，若隐若现。

胖三抚摸着旁边的浮雕，眼睛里迸发出异样的光芒，嘴里啧啧称奇道：“这地界儿要是在北京，那可大发了，一平方米怎么说也得五六万吧。这年头死人比活人舒坦。”

九爷随声附和，又质疑地问：“这鬼地方，难道你还想在这里置办几套不动产？”

福冈亚美欣喜若狂地看着眼前的一切，指着那具石棺说：“这些岩石的开凿时间超过了一万年以上，甚至更久远，我们正在进入一个光明无法抵达的领域，这是史前的文明，这石棺就是生死之门。”

胖三无奈地拍了一下脑门，说："完了，又疯了一个。"

我感慨地说："国之大事，在祀与戎。生死困扰了世世代代的人们，想必古人为此也是耗尽了心血。"

孟姜突然扯了一下我的衣角，看着她脸上那极其复杂的神情，经历了刚才的星云我突然惊觉，心中顿生狐疑。我开始怀疑自己的眼睛，看到的一切，听到的一切，感触到的一切，都好像不真实，难道我们眼前的一切都只是幻觉？看着千万尊佛龛，我耳边似乎响起了聩鸣之声，佛乐长鸣，似乎千万种混淆在一起的经文从四面八方响起，心里瘆得慌，头疼欲裂。当我试着相信一些事情的时候，一个声音告诉我一定要谨慎，更要谨言慎行。

我看着身边的胖三，胖三嘴里嘟哝着几句藏文的佛经，我虽然没有听太明白，这声音却听得仔仔细细，是从他的嘴里发出来的。我注意到了他的手势，手结印契，不经意间以衣覆手，时而神神秘秘地低声密语。他的言谈举止，竟然像一个喇嘛，我想起了死在德国战机边上的喇嘛，胖三一定是着了道，中了招。

我反手扣住胖三的手腕用力一掐，一方面质问他犯了什么毛病，另一方面只要他有所反抗做出意想不到的动作，立即将他擒住。我制住他的命门，胖三手腕一疼想抽回去，被我死死地摁倒在地上，我说："你这死胖子，念的哪门子歪经，搞什么鬼？"

胖三问："念经？我没动啊，一直都没有开口说话啊。"

我听见胖三说话，心中一凉，我感到一股无形的重力压在了我的身上。这股力量越收越紧，胖三的声音竟然在我的背后，胖三在我的后边，那被我摁倒在地上的又是谁？我手里扣住的哪还是胖三的手，只感觉手心一凉，我手中一股柔软而冰凉的东西在蠕动，奋力从我手中试图挣脱。

胖三在我背后突然惊呼了一声，说："哥们，你背上有脏东西。"

我冷汗直流，头皮发麻，冷风在我脖颈处串流，我背上有脏东西？背上似乎有人在喘息，就在我的耳边，这让我差点儿窒息，我背上究竟有什么东西？

胖三用猎鹰手电照射过来，我手中攥着一节藤蔓，藤蔓像一条蛇一样缠绕在我的手臂上，灯光照过来，我手一松，它们迅速地撤离到岩石的缝隙里。这鬼蔓藤竟然深入到数千米的地下，无处不在。

瞬间几声惨叫传来，黑暗中九爷的几个人被这些藤蔓拉扯住，缠绕着脖颈、胳膊、身躯、裤腿，拖进了深渊之中。

胖三从我背后捡起一根斩断的藤蔓，这藤蔓瞬间就枯萎了，枯枝上还残留着绿色的黏液。

他并没有发现这些鬼蔓藤，还以为是根草，说："你背上有根树枝，还真够脏的。"

我叹了口气，说："在这地儿说话，能不能注意点用词儿？"

珠算子狗急跳墙，急得直跺脚，拍着大腿说："我说什么来着，此地大凶，大凶呀！"

福冈亚美激动地说："这是人类从未踏足过的禁忌，也是从来没有人涉足的文明。"

顷刻间，我们沿着千佛栈道，从青铜锁链上走到了悬浮在空中的楼阁里，峻宇雕墙，壁画栩栩如生。浮雕开凿的壁画上，记载了一场大洪水，大洪水淹没了文明，人首蛇身的天神铸造了九鼎，帝女将龙古天书铸造于青铜鼎中，分配于九州镇压水患。其中这龙纹赤鼎传于古蜀，由蚕丛、鱼凫等后世守候，世世代代镇压着最古老的邪恶力量。这些神话故事多多少少都有些记载，我们也屡有耳闻，和口耳相传的神话相差不多。让我们感到震惊的是这些图腾、这些神话传说里的图像资料首次被人看到，和后人想象的完全不同，这龙纹赤鼎想必就是我们来时神道上的那口青铜巨鼎。

福冈亚美对壁画上的内容置若罔闻，自从进入这穹顶之内，她的目光就没有离开过这具石棺。石棺上龙舞银蛇，密密麻麻的圆孔雕琢在石棺上，石棺的四角有四尊狰狞的神兽，叱咤四方，神兽的脚下像铆钉一样的凹槽，没有序列地排列在一起。汇聚而成的阴阳两极中间是一个万字符，青铜锁链嵌入石棺之中。

面对这具石棺，周围的空气阴寒刺骨，犹如掉进了冰窟窿里，顿感衣单体薄让人不寒而栗。这千万只佛龛，千面千眼的聚焦之地，人被看得瘆得慌，心中一阵发毛。这慈颜善目的佛陀，如果换个角度，在不同的光影下顿时变得怒目圆瞪，爪牙毕露，狰狞之极。

一念成佛，一念成魔。

珠算子唯唯诺诺地躲到了人群背后，他也看出了这口石棺非同寻常，站在石棺附近。

福冈亚美站在石棺前，哭了，久违的眼泪夺眶而出。

胖三和珠算子嘀咕着问：“她怎么了？怎么在哭？”

珠算子也答不上来，猜测地说：“这可能是她表达喜悦的方式。有一种倾诉方式叫喜极而泣。”

福冈亚美抚摸着石棺，戴着手套的手指战战兢兢，扼腕抵掌，不能自已地说：“我们即将进入一个未知的领域，与神灵平起平坐。”

胖三看着福冈亚美手舞足蹈，心中暗骂，喃喃地断定这个老不死的婆娘彻底疯了。

胖三和珠算子很显然对那具石棺没什么兴趣，对与神灵平起平坐更没有什么兴趣，一脸恭维地注视着福冈亚美，毕恭毕敬地说：“看你器宇不凡，我一猜就知道你是个有正义感的人。”

福冈亚美看了一眼胖三，点了点头说：“你猜得不错。”

胖三看有机会，顺势接茬往上吹，继续溜须拍马地说：“您干的都是大买卖，了不起的大事件，捎把手顺带着就改变了世界，对于我们这些没有追求的小屁民，能混口饭吃，喘口气儿活着就已经很奢侈了。这见证奇迹的时刻，我们没这福分，事情走到这一步，也算圆满地完成了，我家里还有点事儿，您先忙，没什么事儿我们就先撤了。”

胖三向珠算子打了个马虎眼儿，珠算子突然反应过来点头称是，说着两个人准备开溜，原来胖三企图把福冈亚美的马屁拍舒服了，好找个借口，脚底上抹了油随时开溜。胖三的表现并没有让我感觉到意外，他贪财，不过比起贪财他更怕死，他的行为完全可以解释得通。而这个珠算子，好人不像好人，坏人不像坏人，完全不知道他是怎么掺和进来的，也不知道此行他究竟图个什么，几次危难时机都起到了点睛的作用，救我们危难于水火，态度貌似中立，老老实实地藏匿在人群中，看不出来他的用心。

孟姜在我耳边暗示：“做任何事情，一定都要当心那些老实人，但凡惊天动地的大事，无论好事还是坏事都是老实人干出来的。”

我们提防地看着珠算子，一个没有欲望的人，也同样说明了他没有底线，没有底线的人是很危险的。同时珠算子也察觉到了异样，躲避着我们的目光。

福冈亚美面带微笑地说：“站住！想回家了？那要不要把你们的机票、差旅费也一同给你们报销了？”

珠算子脸色一沉，顿时毛骨悚然，惶恐不安地说：“不、不用了吧。”

胖三完全没有听出来福冈亚美的言外之意，有些不好意思，木讷地问："这合适吗？"

"都到这个地方了，送你们回阴曹地府，岂不是更方便？"福冈亚美冷冰冰地说。

说话间九爷拔出了枪准备动手，珠算子猫着腰躲在人群中想开溜，突然寒光一闪，一把龙纹唐刀落在他面前。苏茉莉手持唐刀，已经挡住了珠算子的去路。

苏茉莉面无表情地说："交出来！"

珠算子假装没有听懂，装疯卖傻地问："交什么？"

苏茉莉冷峻地说："拿着不属于自己的东西，不觉得烫手吗？"

苏茉莉从珠算子怀里掏出来了一样东西，竟然是九龙玉觿。这玉觿不知道什么时候已经到了珠算子的手中，珠算子有口难言，不想再狡辩，失落地站在了一旁，任由他们宰割。

福冈亚美对珠算子大失所望，痛心疾首地说："我以前很尊重你，可是你现在恶心到我了，你以为真的能从茉莉手中偷到九龙玉觿吗？早知道你心怀不轨，我就是想看看你究竟想干什么。"

孟姜冷冷地嘲讽道："恐怕你更想知道的是这九龙玉觿能做什么吧？"

福冈亚美仿佛突然被拆穿，讪讪地笑着说："那你一定知道喽？"

孟姜说："鬼才知道。"

福冈亚美说："大家放心，今儿打不开这聚魂棺，所有人都要死。"

胖三口沸目赤地说："您这话说得也太鼓舞人心了。"

孟姜不屑地说："老奴不懂得什么大道理，但是老奴知道贼永远都是贼，贼成不了英雄。"

"古往今来，哪个英雄不是贼？"福冈亚美咯咯地笑着说，然后目光看向了珠算子。

珠算子做贼心虚，唯唯诺诺地附和道：“对，对，您再给我一次机会。”

福冈亚美说：“我给你一次机会，把这石棺打开！”

胖三说：“我们千里迢迢来这儿，刨坟掘墓，干这些丧尽天良的事情，这对吗？”

福冈亚美纠正他，说：“错了，你错了，不是我们，是你。”

“凭什么？”胖三愤愤不平地说。

福冈亚美晃了晃手中的枪，九爷和手下的几个人同时举起了枪瞄准了胖三，他们用实力告诉了他，凭这个。

胖三一拍大腿，妥协地说：“这有说服力了。”

福冈亚美给了珠算子和胖三机会，珠算子完全不知道自己该怎么办，胖三焦躁地问：“我们现在怎么办？”

“硬着头皮，该怎么办就怎么办呗。”珠算子咬着牙低声窃语地说，按照习俗开棺之前有人请过他做法事，珠算子假意勘探了一下四周的环境，蹦出来几句风水俗语，掐指一算，说，“我需要黑狗血、法印、处女血、三清铃……以及一枚护身符。”

胖三仗义执言，热情洋溢地说：“真巧，我认识一个处女，不过现在还是不是，就不知道了。”

“谢了。”胖三的心意珠算子心领了，这会儿完全指望不上他。

胖三挠了挠头，不解地问：“你要护身符干吗？”

珠算子坦言相告：“这不心里没底儿吗。”

珠算子站在青铜锁链上，身体瑟瑟发抖，胖三安抚地问：“你害怕？”

珠算子说：“我不怕！”

胖三又说：“那你别发抖啊！”

珠算子的双腿双手都在发抖，惶惶不安地说：“我没抖。”

“那谁在抖？”

珠算子和胖三同时看脚下，青铜锁链在微微地摇晃，那些鬼蔓藤从峭壁上顺着锁链在向人群蠕动。

胖三看了一眼脚下无尽的深渊，诚惶诚恐地闭上了眼睛，僵持在青铜锁链上，绝望地说：“我可不想死得这么难看。”

珠算子鼓舞他，说：“放心吧，你活着也好看不到哪去。”

胖三恼羞成怒，气急败坏地一步跳到了石棺上，掐着珠算子的脖子说：“你今天是没打算走出这鬼地方。”

两个人在硕大的石棺上扭打成一团，无意中碰撞到四角上的神兽，发出嘎吱的声响，石棺上的阴阳两极互换，迅速地转动起来，石棺裂开一条缝，缓慢地向四周移动。此时我清晰地看到了珠算子手上的小动作，他将神兽按照五行的阵列移位，假装无意而为之，触发机关。打开这石棺后，石棺成条状向四周星散而去，这些石块有六十四条之多，珠算子和胖三连滚带爬地抱紧了碎石，被眼前的一幕吓到了。

胖三吓了一跳，以为活见鬼了，双手合十地冲着石棺祷告说：“我说各位领导、各位同志、各位嘉宾，我可是好同志，这里可没我什么事儿，冤有头，债有主。”

石棺裂开后，一具圆形的青铜棺悬浮在空中，这石椁中的青铜棺被锁链捆绑得严丝合缝。这哪里是古墓啊，更像是一座牢笼，突然感觉到天光凶相毕露，青铜棺里一定不是什么好东西，邪恶而可怕的念头萦绕在每个人的心中，脸上写满了惊愕和诧异。只有福冈亚美一个人胸有成竹，从容地脱去外套，苏茉莉双手呈上九龙玉鱳，福冈亚美并没有立即去接，而是淡定地摘下了手套。再次看见她的那双手，我仍旧心中一凉，头皮发麻，这根本不是人类应该有的手，这是一只干尸才会拥有的手。

让我感触最深的是，她那只形如枯槁的手心已经烂成一片，乌黑的掌心中腐烂的形状就像一只眼睛，我忍不住去看自己掌心里的那团黑色的眼睛状的东西，情不自禁想到了自己坎坷的身世和命运。我只是福冈亚美的试验品，她之所以完全没有把我当回事，也是因为我所经历的一切她已经了如指掌，我在重复着她的老路，也就是说只要时间够久，我也会慢慢地变成她那样的怪物。

福冈亚美踏在那些悬浮的碎石上，如履平地，就像走在稳固的石阶上一样。

她走到青铜所制的聚魂棺前，将九龙玉鱳放置在阴阳两极的凹槽内，从两极的圆孔中瞬间投射出了两注暗红色的光，直接照亮了穹顶，我们想不到任何一个词儿来形容眼前的一切。整个穹顶就是一个机械的八卦建筑，六十四位悬浮的石阶汇聚在一起化作一簇暗淡的红光，这簇红光闪烁了几下，顿时我们的四周归寂于黑暗之中，那种黑暗伸手不见五指，让人绝望、窒息。我们的所有的照明设备在磁场的影响下，全部失去了作用。

黑暗中我们隐约地听到了胖三的声音，他的声音有些失落，质疑地问："就这？应该是这个效果吗？"

他刚说完，从聚魂棺处发出一声沉闷的撕裂声，那颗细微的红光突然爆发出耀眼的光芒，迅速地向四周扩散，无穷无尽地滚动着、碰撞着、毁灭着、再生着。斑斓多姿，形成螺旋状的星云，相互吸引，各自分裂，分裂出银河、星空、宇宙，变幻莫测，它们在生死中交织运动。一道死光从星云核心的自转轴射出，击打在青铜棺上，无数斑斓的星光般的尘埃飘落下来。

我们的头顶上布满了繁星，穹顶犹如星空一般。胖三忘记自己还站在碎石上，伸手去抚摸星云散布下来的尘埃，这些散发着光亮的尘埃像萤火虫一样在指尖萦绕。

胖三感慨地说："我去，这阵势，这是什么牌子的烟花？真漂亮！"

福冈亚美激动不已地说："这就是文明！隐遁的文明。"

胖三不屑地说："没人，哪来的文明？"

福冈亚美感慨地说："文明从来都不属于人类，文明可以被追溯到人类之前。大洪水淹没了文明，洪水退去，真相会一点一点地浮出水面。文明一直都在被颠覆，因为文明从来都不是被建造的、被发明的，真正的文明是被发现的，所谓的文明只是在探寻消失的遗迹。文明本就如此，发现得越多，就会愈加迷茫。"

我们确实迷茫了，更迷茫的是胖三。

胖三问："你的意思是文明不属于人类？只是人类发现了文明？"

孟姜看着眼前的一切，她那双湛蓝的眼睛泛出一丝灰色，声衰力竭地说："文明属于人类，只是人不属于这里，人类的家园不在这里，属于天空。"

福冈亚美恣睢地狞笑着说："时光就像洪流一样，简单而粗暴地从每个人的身边流淌而过，总是以最狂野的方式对待每一个人。你们永远不会懂，真正的宝藏不是金银珠宝，而是生命。"

胖三唉声叹气地说："点根炮仗，就能引发出你这么多感慨，如果放一串鞭炮，你岂不是要上天？"

在青铜棺上也呼应地亮起了斑驳的圆点，让人失落的是这青铜棺并没有如愿以偿地打开，那光柱依然持续地照射在青铜棺上，没有人知道究竟是哪里出了问题。

福冈亚美站在光柱中，疑惑不解地看着脚下，絮絮叨叨自言自语地问："哪里出了问题？究竟是哪里出了问题？"

胖三来不及顾及这些，和珠算子分头想开溜，珠算子握紧乾坤袋，看着预兆不吉利，从人群中偷摸地溜了出去。刚跑出几步，猝不及防，胖三踩空了脚下的碎石，一把抓住了他的乾坤袋，"滋啦"一声珠算子的乾坤袋被撕破了一个大洞，乾坤袋里满满当当的几打人民币散落下来。珠算子这乾坤袋里装满了百元钞票，这是福冈亚美付给他的佣金，人民币像飘零的叶子一般散落下来，坠入到深渊中。

胖三捡起来几张，不自觉地往怀里揣，拿着一张崭新的钞票，亲了一下说："出门在外，这些天风吹日晒的，终于见到亲人了，爹亲娘亲，还是不如毛主席亲。"

光线从翻滚的钞票上照射下来，钞票上突然显现出几颗闪亮的光斑。我从空中接过来一张钞票，在星空中比对了一下，和星云中的猎户座严丝合缝地重叠在一起，对应着青铜棺上的凹槽。

我恍然大悟地说："欧姆龙环，这是全世界货币系统的防伪技术，由5个小圆圈组成，组成的序列按照猎户星座的形式所排列。最早是在欧元上发现的，这种记号被命名为'EURion星座'。这种防伪的星象标志识别序列，它的预设的图案具有不可复制性，被日本的欧姆龙公司发现，又被命名为欧姆龙环。人民币、美元、日元、英镑、欧元……几乎全世界的金融货币系统中，都在全面使用这一防伪标识，也被称为货币的终极密码。"

我按照猎户星座的序列，重新在聚魂棺上点亮了对应的圆点，穹顶之上的星云渐渐地消失了，大部分的光点黯淡下去，最终只留下来了几颗耀眼的星光，青铜材质的聚魂棺开始摇摇晃晃，缓缓洞开。

珠算子心疼自己的佣金，欲哭无泪。胖三安慰他说："有问题就要学习，学习总是要交学费的。"

珠算子说："这不是一回事儿，问题这是我的钱。"

胖三大度地说："花钱能摆平的事那还叫事儿吗？"

珠算子咬牙切齿地说："所以说我们面临的问题不是事儿，是钱。"

胖三也觉得有点儿不好意思，从怀里掏出来一百块钱，递给珠算子，算作是抚慰金。

聚魂棺终于缓缓打开，可更让人难以置信的是，青铜棺里躺着一具尸体，这具尸体不是帝女尸，这具尸体穿着现代的服饰安详地躺在青铜棺中。我们瞠目结舌地看着那具尸体，这具尸体我们所有人都认识，青铜棺里躺着的人竟然是张伯伦！

我们看着这诡异的一幕，突然有一种被人耍了的感觉，此时张伯伦的尸体应该还在神道上，被抛弃在星云门外。

"张伯伦不是已经死了吗？莫非张伯伦教授诈尸了，自己走进棺材里的？"胖三又被吸引了回来，走过来匪夷所思地问。

福冈亚美儿欲崩溃，目露凶光，逼迫着众人问："究竟谁在搞鬼？谁把张伯伦的尸体放到了这里？"

张伯伦的尸体所显现的腐朽程度，肉眼可见。他身体里的水分早已经枯干，看上去好像年轻了不少，依稀可以看出来他面容的轮廓。

我越看越觉得这事情不对劲儿，疑惑地说："我看这事儿很邪乎，从青铜棺上的尘埃和尸体衣物的腐朽程度看，这具尸体至少已经躺在这里超过六十年了。"

“张伯伦死在这里已经六十年了，那跟我们朝夕相处的人究竟是谁？”胖三细思极恐，颤抖着说。

“莫非我们身边的一些人从来都不存在？或者我们身边有些人根本就不是人？”珠算子毛骨悚然地自言自语道。

这个轻描淡写的问题给了所有人心中重重一击，每个人心中都塞了一块大石头，都警惕地看着身边的人。

“既然张伯伦六十年前就死在了这聚魂棺中，那说明二战前后至少有人两次大规模地进入这地下古城之中。按照推算，第二次探索这地下古城应该是在六十年前，张伯伦是这一次跟随考古队伍进入的古城，并且死在了聚魂棺中。第二次进入地下古城的人全部都死了，根本就没有人活下来。”我假设地说。

“不，有一个人活了下来！”孟姜突然说道，我们所有人都看向了她。

我急忙追问：“谁？”

孟姜没有再说下去，闭口不言。

“如果张伯伦还活着，那就是有人在假冒张伯伦的身份？”胖三关注的焦点全部都在张伯伦身上，在这所有的人里，只有他跟张伯伦相识的时间最久。

孟姜突然发出银铃般的笑声，说：“你们从来都没有想过吗？渡得了幽冥河，能够进得了星云门的人，早就已经不再是人。你们仔细想一下，这一切匪夷所思的事情都只是你们的幻想，你们早就已经死在了时间里，或许你们现在还能够想得到自己究竟死在了哪里，死在了什么时间。”

所有人脸上都露出恐惧的神情，我们已经死了？

我感觉全身都很冰冷，这一路上所遇到的事情都很诡异，根本无法用常理来推算，难道我一直都没有走出那个阴暗潮湿的实验室？

“别妖言惑众了，老子死没死，老子还不清楚？”胖三终于忍受不了，破口大骂。

“六十年前，究竟谁活了下来？”我看着张伯伦的尸体，继续追问孟姜。

孟姜深邃的眼眸深情似水地看着我，晶莹剔透中夹带着一丝柔情。

那个眼神在那一刻我没有读懂，见她欲言又止，我再次逼问她。

她无奈地摇了摇头，叹息地说：“六十年前，唯一活下来的人——是你！”

我好像被雷击了一样，完全蒙了，怎么可能？六十年前我怎么可能会来到这里，这其中一定有误会，我摇头说不可能，绝对不可能。我只记得我醒来的时候，这世间已经过了百年，怎么可能在这期间苏醒过，并且还来到过这里？

孟姜继续说：“我知道你早已经忘记了，你忘记了一切，甚至忘记了我，我不怪你，这是你留给我最好的理由，也是最好的答案。我等了你一辈子，还能遇见你，真好！这辈子足够了。”

我的记忆一片混沌，完全没有丝毫的印象，我说：“你把话说清楚。”

孟姜长叹了一口气，说：“世间根本就没有什么永恒，此有则彼有，此生则彼生。此无则彼无，此灭则彼灭。万物守恒，阴阳共济，没有人能改变生死，同等的摄取都要付出等量的代价。聚魂棺只是一个转换磁场和物质的机器，一阴一阳，一死一生，力量的源泉便是运动，一切都是等量价值的置换。”

一声枪响，我的右肩上泛起赤红色的血液。

福冈亚美手握着一把枪，冷冷地说道："如果你想赢，那么你就要把自己当成输的一部分，输赢总是在一念间。"

子弹穿过了我的右肩，停留在孟姜的胸前，我抢过去扶起孟姜。

孟姜捧着我的脸，说："我要走了，我想过很多种离开这个世界的方式，可是我没有想到，死之前能够再次看到你的脸，这是我看到最美的场景。"

福冈亚美急不可耐地说："矫情的话都说完了，残酷的现实还是要面对的。"

福冈亚美已经站在了阴阳两极的阳面，苏茉莉被迫站到了两极的阴面。在我迷离之际，福冈亚美打开了生死之门，星云状的迷雾围绕着他们，穹顶上的光柱照射下来，聚魂棺在缓缓地加速运转，在弥漫的烟雾中，苏茉莉的脸像极了一一。她微笑着说："爸爸，如果不能够生在和平的年代，我依然会在战火的硝烟中等着你回来，爸爸，如果有来生，别忘记带我回家。"

我看到了周沫，看到了一一，那一刻，我不知道是不是自己产生了幻觉。我用尽最后一丝力气起身，被光柱反弹了回来，聚魂棺的四周走石飞沙。我重重地摔倒在石阶上，一阵天旋地转，恶心想吐。

一条炽热的火龙迎面扑向了聚魂棺，光柱在崩塌声中戛然而止，穹顶碎裂，佛龛碎裂，犹如雨下。苏茉莉跌落在我身边不远的位置，我艰难地爬过去，攥紧了她的手，胖三、珠算子搀扶着我们，几个人从青铜锁链向上钻进一个溶洞里。

在迷雾般的溶洞中，一路上都发现有人在溶洞中做了标识，这些印记同时指引了一个方向，我恍惚觉得这些标识似曾相识，在脑海中竟然残留着一些画面，我说："跟着这些印记走。"

“这些鬼画符究竟是谁留下来的？”胖三一脸疑虑的问。

我摇头说：“不知道，我好像见过这些印记。”

“你确定跟着这些印记能够走出去？”一个人突然从人群后边跟了上来，是福冈亚美身边的那个狗头军师，珠算子拿着摔碎的罗盘，蓬头垢面的张望着四周，胖三一把揪住了他的衣领，叱责的问：“你到底是哪一边儿的？跟谁一伙儿的！”

珠算子眼神游弋，搪塞了半天：“这个得分情况，我觉得此时此刻站在你们这边，更安全一些。”

“你以为这队伍是你们家菜园子？想站哪队站哪队？”胖三讥讽的说。

珠算子趴在岩洞上去看这些印记，这些印记使用刀子刻画上去的，这些印记留下来的很仓促，笔画在岩石上深浅不一，看这些符文字里行间的磨损，已经有些年头了，珠算子说：“以老夫多年的学识来辩解，这好像是一个陈字。”

“就你认字是吗？这字写这么丑你都认识，果然是一路货色儿，说不准留下这些印记的人早死了，你怎么知道它不是死亡印记呢？”胖三反驳道。

“一个陈字？”珠算子和胖三突然同时停止了争吵，不约而同地看向了我，异口同声地问：“这印记不会是你留下来的吧？难道多年前你这真的来过这里？”

我们一路沿着溶洞中留下来的神秘印记，摸索着往前走，几盏灯耗尽了电池，灯灭掉以后，在黑暗中溶洞显得更加的甬长，好像没有尽头。我们都开始怀疑这条路究竟是不是通向死亡，再往前走，胖三脚下突然踩到一团黏糊糊的东西，用手摸上去有些腥臭，是一些藻类生物，溶洞四周有一些水渍渗透出来，胖三埋怨道：“这些恶臭闻起来有点像泡在茅房里腐烂的尸体味儿！咱们这不会是到了阴曹地府了吧。”

我摸了摸溶洞四周的墙壁，有积水渗透，我说：“听，有水流的声音。”

在距离我们不远的地方有稀碎的流水声，我们辨识着水流的方向，很快就看到了一片亮光。

手指穿过那片亮光，眼睛一时半会儿还没有适应光线，我们站在一处残垣断壁上。眼前是波光粼粼的水面，几只鸿雁飞过。

有些事情，我始终都想不明白，这一路走来好像一切都被人设计安排好了一样，在我们的背后有一股无形的力量在操作着这一切。我、张伯伦、胖三、珠算子和福冈亚美都只是棋子，这种感觉在我们逃出地下古城后回想起来越发明显。

孟姜在我怀里死去的场景，一直历历在目，让我耿耿于怀，我的心思被珠算子一眼看穿，他一路上都试探着追问：“你真的不记得你们之间发生过什么事情吗？你和孟姜之间不像是一面之缘，你们之间一定还发生过其他的故事，在你身上有太多的秘密，这接近一个世纪的空白期，你真的不知道发生了什么吗？”

“你究竟想知道什么？”我问。

珠算子老谋深算地说：“我什么都不想知道，秘密成为秘密，一定有它不为人知的理由，问题是你究竟要知道什么！”

第二天，我们回到了北京，苏茉莉被安置在一家空军医院里，初步检查显示她的脑电波受到过强磁场的辐射，身体并无大碍，一切要等到她醒来以后再做检查。新闻称在四川某镇昨天晚上检测到了小规模的地震，没有发现人员受伤，经济损失还在进一步调查核算中。

这一个礼拜我都守在苏茉莉的床前，看着这个陌生的女孩，一种无以言喻的愧疚涌上心头。珠算子来探望过一次苏茉莉，看着病床上的苏茉莉，珠算子问我：“你有没有感觉到哪里不对劲儿？”

我看着病床上在寂静中沉睡的苏茉莉，说：“一切都刚刚好，有什么不对劲儿的。”

珠算子欲言又止，在病房中徘徊着，忍不住说道：“你偶尔会觉得我很不靠谱？”

我拍了拍他的肩膀，严肃地纠正他：“别这么谦虚，把偶尔去掉，我一直觉得你很不靠谱。”

“我是一个外人，可是一个外人都看出了这件事情有猫腻。”珠算子指着病床上的苏茉莉，说：“在你身上发生的事情那是一个奇迹，你相信这个世界上会有同样的奇迹发生两次吗？试着去接受现实吧，你的妻女早就已经不在了，就像同一滴水，怎么有可能会从同一条河流中流淌过两次？”

“你究竟想说什么？”我一把将珠算子推到墙角，厉声地问道。

珠算子说：“我跟福冈亚美不熟，但是足够了解她，这个女人心如蛇蝎，如果这是她一手操控的一场阴谋，那这阴谋也只是刚刚开始！”

“闭嘴！”我不想再听到他唠叨个没完，确切地说是不想接受他口中所说的事实，看着眼前这个有血有肉的女孩，无论她是什么人，我都想试着去赌一把。

“让我说实话是要给钱的，我是按照分钟计时收费的，无论你听没听，这话我已经说了，如果你想知道答案，很简单，一份简单的鉴定报告就可以给你一个正确答案，是你在拒绝真相。”珠算子掐指一算，确实说的都是实话。

我再一次陷入了沉思，看着苏茉莉，这是让我感觉到冰冷世界中唯一的温暖，我内心深处抵触知道答案，最残忍的就是真相可能会再一次赤裸裸地剥夺你的一切，让我彻底地认识到我本就一无所有，是在这世间苟延残喘地存活着的一个笑话。我一直都躲在图书馆里，调查关于六十年前的那一次考古活动，除了寥寥几笔官方的记载，没有任何其他线索。我反复地看从博物馆里带回的那卷录像带，录像带里那个消失的人是谁？而那个在考古现场人群中和我很像的身影，难道真的是我吗？我努力地去回忆，没有丝毫的头绪。

一个礼拜后，医院打电话给我，说苏茉莉突然醒来并且已经离开了医院，没有留下任何话。我找遍了周边所有的旅店、车站，都没有发现苏茉莉的身影，我不知道她为什么执意要离开，想必是经历了这么多，不知道如何来面对我。既然如此，有缘自然会再次见到，苏茉莉就这样从我的生活里消失了。

胖三神秘兮兮地来找过我一趟，他眼眶发黑、面色苍白，像一只熊猫拖着疲惫的身躯。

他那天突然问我："你相不相信这个世界上有鬼？"

我点了点头，说："信啊！每次见到你，不就是活见鬼吗！"

胖三说："最近我总是看到一些不干净的东西，半夜里听到有喇嘛在念经。"

我想胖三是真的被吓怕了，一些事情始终困扰着他。

他说："自打我们从地下古城出来，我觉得我被诅咒了，每时每刻都被诅咒缠绕着。你觉得张伯伦是人是鬼？"

我说："是人是鬼又能怎么样，到头来还不是活得像鬼一样。"

胖三不敢苟同，说：“我觉得不一样，至少我知道，人不应该像鬼一样活着。”

突然从我们背后传来一阵阴森恐怖的笑声。

珠算子背着一只乾坤袋，从我们身后走来，拍了一下胖三的肩膀说：“鬼有什么好可怕的，可怕的是人心。”

胖三吓了一跳，惊魂未定，说：“根据中华人民共和国宪法，以及我的个人意愿，当然主要是我个人的意愿，每次看到你这副嘴脸，我真想弄死你。”

珠算子安慰他说：“放心吧，以后你会经常这么想。”

胖三的电话响起，是一个无法显示的号码，胖三拿着手机在我们面前晃了晃，接通了电话，没有说话。

胖三说：“这是老子新买的手机，我一直都怀疑这电话的隔音效果太好了，一点儿动静都没有。这电话一天三次的响，就是没有声音。”

我说：“一是巧合，二是偶然，三才是问题，你每天都接到三次这样的电话？”

胖三头疼欲裂，躲避着喧闹的手机，一筹莫展地说：“可不是吗，跟闹钟似的，连时间、次数都一模一样。”

珠算子夺过来手机，在地上摔了个粉碎，欢快地摊开了双手，说：“现在问题解决了。”

“这是我刚分期付款买来的新手机，现在款还没还完，手机没啦！”胖三气急败坏地冲向了珠算子。

我狐疑地看着胖三，从地下古城出来以后，胖三好像换了一个人一样。

我一把抓住了胖三的衣领，说：“我知道你的秘密。”

胖三一脸茫然，吃惊地问：“我也想知道我究竟有啥秘密。”

我说：“你从古墓里出来，拿了不该拿的东西。”

胖三极不情愿地从怀里掏出一枚天珠。

珠算子看着他手里的天珠，心中一沉，惊讶地看着胖三，说：“这，这是……”

“这是什么？”我问。

胖三得意扬扬地说：“还记得在地下古城中，那一架坠损的战斗机吗？我从那个喇嘛的骸骨上顺来的，你们可不要小瞧这玩意儿，这可是价值连城的九眼天珠。你们瞧瞧这天眼，这手感，啧，啧，炯炯有神。”

珠算子恐慌万状，狰狞可怖地瞪着眼睛，看得人毛骨悚然。

他说：“我们天相一派立下的祖规，不言生死，不谈鬼神，不碰禁忌，您手里的这物件儿，那可是事关生死的大禁忌，这麻烦大了去了，这哪里是什么普通的九眼天珠，这是藏传的终极圣物，这是毁灭之神湿婆所佩戴的九罹天珠——一切灾难的起源。”

“你们那个什么派？会讲人话吗？除了危言耸听，能不能搞点实际的东西，我是个俗人，我就觉得俗话说得比什么都好。亲兄弟明算账，如果你有门路，这东西出手后我分你一成。”胖三讨价还价地说道。

“天相派！”珠算子纠正他，奋矜伐德地补充说：“庸俗，简直是俗不可耐，老夫就是堂堂天相一派的嫡系，第十八……不……第十九代传人天相师。”

“你们天相派都怎么选的天师？这天师都是石头剪刀布赢回来的吗？难道就没一个识数的？”胖三心存疑虑地问，珠算子面红耳赤，再次拿起来天珠端详，觉得还是谈谈这玩意儿值得多少钱更靠谱。珠算子掂量着九罹天珠情投意合地说：“既然俗话都说到这个分儿上了，老夫也就陪你庸俗一会儿，我还真就知道有一个地方能够出手这玩意儿！”

看着这九罹天珠我有一种不祥的预感，这个该死的胖三还是惹祸了，引火烧身，最终还是将灾难重现人间。

珠算子想拿过九罹天珠仔细地观看一番，胖三小心翼翼地将东西递给他，依依不舍，唯恐他磕碰到天珠。珠算子端详了一会儿，发现天珠的珠筒里有异物，用牙签挑了出来，一张蜷缩的羊皮古卷露出端倪。这精致而细小的羊皮古卷上有纬度和经度，竟然是一幅地图。

我试着将天珠上的天眼与羊皮卷重叠在一起，在这幅地图上竟然标识出九个地点，其中一只天眼和我们去过的地下古城完全重叠在一起。

我一把抓住胖三的手臂，该死的，还是中招了！胖三的手掌中竟然泛起一团黑色的雾气，这雾气就像是一枚眼睛。胖三还不知道事情的严重性，诅咒一直都没有解除，而不是刚刚开始。

胖三傻呵呵地看着我，他还在对这枚天珠估值，乐观地断定这天珠的价值至少相当于北京五环外的三居室。

看着羊皮卷上的标识，我假设地问：“如果想隐藏一个秘密或者藏匿一个东西，最好的地方在哪里？”

珠算子眼睛一亮，说：“如果是我，人们往往最容易忽略的地方就是眼皮子底下，最好的方法就是把它们放在所有人的视野里。”

九罹天珠在阳光下晶莹剔透，我们情不自禁地看向了羊皮卷上闪烁的天眼，那个位置刚好是：布达拉宫。